香港文學大系

舊體文學卷

程中山 主編

商務印書館

《香港文學大系一九一九—一九四九》編輯委員會已盡力查究相片刊載權的資料。如有遺漏之處，請版權持有人與本編委會聯絡。

香港文學大系一九一九—一九四九・舊體文學卷

主　編：程中山
責任編輯：洪子平
封面設計：張　毅
出　版：商務印書館（香港）有限公司
香港筲箕灣耀興道3號東滙廣場8樓
http://www.commercialpress.com.hk
發　行：香港聯合書刊物流有限公司
香港新界大埔汀麗路36號中華商務印刷大廈3字樓
印　刷：中華商務彩色印刷有限公司
香港新界大埔汀麗路36號中華商務印刷大廈
版　次：2014年11月第1版第1次印刷

ISBN 978 962 07 4512 6

《香港文學大系一九一九—一九四九》人員名單

編輯委員會

總　主　編　陳國球

副總主編　陳智德

編輯委員　危令敦　陳國球　陳智德　黃子平　黃仲鳴　樊善標（按姓氏筆畫序）

顧　　問

王德威　李歐梵　許子東　陳平原　黃子平（按姓氏筆畫序）

各卷主編

1　新詩卷　陳智德

2　散文卷一　樊善標

3　散文卷二　危令敦

4　小説卷一　謝曉虹

5　小説卷二　黃念欣

6　戲劇卷　盧偉力

7　評論卷一　陳國球

8　評論卷二　林曼叔

9　舊體文學卷　程中山

10　通俗文學卷　黃仲鳴

11　兒童文學卷　霍玉英

12　文學史料卷　陳智德

總序

陳國球

香港文學未有一本從本地觀點與角度撰寫的文學史，是説膩了的老話，也是一個事實。早期出現多種境外出版的香港文學史，疏誤實在太多，香港學界乃有先整理組織有關香港文學的資料，然後再為香港文學修史的想法。由於上世紀三〇年代面世的《中國新文學大系》被認為是後來「新文學史」書寫的重要依據，於是主張編纂香港文學大系的聲音，從一九八〇年代開始不絕於耳。[1] 這個構想在差不多三十年後，首度落實為十二卷的《香港文學大系一九一九—一九四九》。際此，有關「文學大系」如何牽動「文學史」的意義，值得我們回顧省思。

一、「文學大系」作為文體類型

在中國，以「大系」之名作書題，最早可能就是一九三五至三六年出版，由趙家璧主編，蔡元培總序，胡適、魯迅、茅盾、朱自清、周作人、郁達夫等任各集編輯的《中國新文學大系》。「大系」這個書業用語源自日本，指有系統地把特定領域之相關文獻匯聚成編以為概覽的出版物：「大」指此一出版物之規模；「系」指其間的組織聯繫。[2] 趙家璧在《中國新文學大系》出版五十年後的回憶文章，就提到他以「大系」為題是師法日本；他以為這兩字：

既表示選稿範圍、出版規模、動員人力之「大」，而整套書的內容規劃，又是一個有「系統」的整體，是按一個具體的編輯意圖有意識地進行組稿而完成的，與一般把許多單行本雜湊在一起的叢書文庫等有顯著的區別。[3]

《中國新文學大系》出版以後，在不同時空的華文疆域都有類似的製作，並依循着近似的結構方式組織各種文學創作、評論以至相關史料等文本，漸漸被體認為一種具有國家或地域文學史意義的文體類型。[4] 資料顯示，在中國內地出版的繼作有：

- 《中國新文學大系一九二七──一九三七》（上海：上海文藝出版社，一九八四──一九八九）；
- 《中國新文學大系一九三七──一九四九》（上海：上海文藝出版社，一九九〇）；
- 《中國新文學大系一九四九──一九七六》（上海：上海文藝出版社，一九九七）；
- 《中國新文學大系一九七六──二〇〇〇》（上海：上海文藝出版社，二〇〇九）。

另外也有在香港出版的：

- 《中國新文學大系續編一九二八──一九三八》（香港：香港文學研究社，一九六八）。

在臺灣則有：

- 《中國現代文學大系》（一九五〇──一九七〇）（台北：巨人出版社，一九七二）；
- 《當代中國新文學大系》（一九四九──一九七九）（台北：天視出版事業有限公司，一九七九──一九八一）；

➤《中華現代文學大系——臺灣一九七〇—一九八九》（台北：九歌出版社，一九八九）；

➤《中華現代文學大系（貳）——臺灣一九八九—二〇〇三》（台北：九歌出版社，二〇〇三）。

在新加坡和馬來西亞地區有：

➤《馬華新文學大系》（一九一九—一九四二）（新加坡：世界書局／香港：世界出版社，一九七〇—一九七二）；

➤《馬華新文學大系（戰後）》（一九四五—一九七六）（新加坡：世界書局，一九七九—一九八三）；

➤《新馬華文文學大系》（一九四五—一九六五）（新加坡：教育出版社，一九七一）；

➤《馬華文學大系》（一九六五—一九九六）（新山：彩虹出版有限公司，二〇〇四）。

內地還陸續支持出版過：

➤《戰後新馬文學大系》（一九四五—一九七六）（北京：華藝出版社，一九九九）；

➤《新加坡當代華文文學大系》（北京：中國華僑出版公司，一九九一—二〇〇一）；

➤《東南亞華文文學大系》（廈門：鷺江出版社，一九九五）；

➤《臺港澳暨海外華文文學大系》（北京：中國友誼出版公司，一九九三）等。

其他以「大系」名目出版的各種主題的文學叢書，形形色色還有許多，當中編輯宗旨及結構模式不少已經偏離《中國新文學大系》的傳統，於此不必細論。

1 「文學大系」的原型

由於趙家璧主編的《中國新文學大系》正是「文學大系」編纂方式的原型，其構思如何自無而有，如何具體成形，以至其文化功能如何發揮，都值得我們追跡尋索，思考這類型的文化工程的意義。在時機上，我們今天進行追索比較有利，因為主要當事人趙家璧，在一九八〇年代陸續發表回顧編輯生涯的文章，尤其文長萬字的〈話說《中國新文學大系》〉，除了個人回憶，還多方徵引紀錄文獻和相關人物的記述，對《新文學大系》由編纂到出版的過程有相當清晰的敘述。[5] 後來不少研究者如劉禾、徐鵬緒及李廣等，討論《中國新文學大系》的編輯過程時，幾乎都不出《編輯憶舊》一書所載。[6] 在此我們不必再費詞重複，而只揭其重點。

首先我們注意到作為良友圖書公司一個年輕編輯，趙家璧有編「成套文學書」的事業理想；同時，身為商業機構的僱員，他當然要照顧出版社的成本效益、當時的版權法例，以至政治審查等種種限制。[7] 從政治及文化傾向而言，趙家璧比較支持左翼思想，對國民政府正在推行的「新生活運動」，以至提倡尊孔讀經、重印古書等，不以為然。因此，他想要編集「五四」以來的文學作品成叢書的想法，可說是在運動落潮以後，重新召喚歷史記憶及其反抗精神的嘗試。[8]

在趙家璧構思計劃的初始階段，有兩本書直接起了啟迪作用：阿英（錢杏邨）介紹給他的劉半農編《初期白話詩稿》，以及阿英以筆名「張若英」寫的《中國新文學運動史》。前者成了趙家璧「理想中的那本『五四』以來詩集的雛形」，後者引發他思考：「如果沒有『五四』新文學運動的理論建設，怎麼可能產生如此豐富的各類文學作品呢？」由是，趙家璧心中要鋪陳展現的不僅止是歷史上出現過的文學現象，他更要揭示其間的原因和結果；原來僅限作品採集的「『五四』以來文學名著百種」的想法，變成「請人編選各集，在集後附錄相關史料」的比較立體的構想，再進而落實為「一套包括理論、作品、史料」的「新文學大系」。《史料集》一卷的作用主要是為選入的作品佈置歷史定位的座標，提供敘事的語境；而「理論」部分，因為鄭振鐸的建議，擴充為《建設理論集》和《文學論爭集》。這兩集被列作《大系》的第一、二集，引領讀者走進一個文學史敘事體的閱讀框架：新文學好比這個敘事體中的英雄，其誕生、成長，以至抗衡、挑戰，甚而擊潰其他文學「惡」勢力（包括「舊體文學」、「鴛鴦蝴蝶文學」等）的故事輪廓就被勾勒出來。其餘各集的長篇〈導言〉，從不同角度作出點染着色，讓置身這個「歷史圖象」的各體文學作品，成為充實「寫真」的具體細部。

《中國新文學大系》的主體當然是其中的《小說集》、《散文集》、《新詩集》和《戲劇集》等七卷。劉禾對《大系》作了一個非常矚目的判斷；她認定它「是一個自我殖民的規劃」（“self-colonizing project”），證據之一是《大系》按照「小說、詩歌、戲劇、散文」的文類形式四分法（“four-way division of generic forms”）組織「所有文學作品」，而這四種文類形式是英語的“fiction”，“poetry”，“drama”，“familiar prose”的對應翻譯，《大系》把這種西方文學形式的「『翻譯』的基準」（“‘translated’ norms”）典律化，使自梁啟超以來顛覆古典文學之經典地位的想法得成具體（crystallized）；所謂「自我殖民化」的意思是，趙家璧的《中國新文學大系》視西方為「中國文學」意義最終解釋的根據地。[9] 衡之於當時的歷史狀況，劉禾這個論斷應該是一種非常過度的詮釋。首先西方的文學論述傳統似乎沒有以「小說、詩歌、戲劇、散文」的四分法來統領「所有文學作品」。[10] 而現代中國的「文學概論」式的文類四分法可說是一種揉合中西文學觀的混雜體；其構成基礎還是中國傳統的「詩文」分類，再加上受西方文學傳統影響而致「文學位階」得以提升的「小說」與「戲劇」，統合成文學的四種類型。這四種文體類型的傳播已久；翻查《民國時期總書目》，我們可以看到以這些文類概念作為編選範圍的現代文學選本，在《大系》出版以前或約略同時，就有不少，例如《新詩集》（一九二〇）、《現代中國詩歌選》（一九三二）、《當代小說讀本》（一九三二）、《短篇小說選》（一九三四）、《近代戲劇集》（一九三〇）、《現代中國戲劇選》（一九三三）等等。[11] 趙家璧的回憶文章提到，他當時考慮過的「文類」是：「長篇小說」、「短篇小說」、「散文」、「詩」、「戲劇」、「理論文章」，[12] 而不是四分文類的定型思考。因此，這種文類觀念的通行，不應該由趙家璧或《中國新文學大系》負責。事實上後來出現的「文學大系」亦沒有被趙家璧的先例所限囿，例如：《中國新文學大系一九二七—一九三七》增加了「報告文學」和「電影」；《中國新文學大系一九三七—一九四九》的小說類再細分「短篇」、「中篇」和「長篇」，又另闢「雜文」集；《中國新文學大系一九七六—二〇〇〇》的小說類除長、中、短篇以外，增設「微型」一項，又調整和增補了「紀實文學」、「兒童文學」、「影視文學」。可見「四分法」未能賅括所有中國現代文學的文類。

劉禾指《中國新文學大系》「自我殖民」——完全依照西方標準（而不是中國傳統文學的典範）來斷定「文學」的內涵——更是一種「污名化」的詮釋。如果採用同樣欠缺同情關懷的批判方式，我們也可以指摘那些拒絕參照西方知識架構的文化人為「自甘被舊傳統宰制的原教主義信徒」。無論是那一種方向的「污名化」，都不值得鼓勵，尤其在已有一定歷史距離的今天作學術討論時。近代以來中國知識份子面對西潮無所不至的衝擊，其間危機感帶來的焦慮與徬徨，實在是前古所未有。正如朱自清說當時學術界的趨勢，「往往以西方觀念為範圍去選擇中國的問題，姑無論將來是好是壞，這已經是不可避免的事實」；[13]在這個關頭，有責任感的知識份子都在思考中國文化「如何應變」、「自何自處」的問題。無論他們採用哪一種內向或者外向的調適策略，都有其歷史意義，需要我們同情地了解。

胡適、朱自清，以至茅盾、鄭振鐸、魯迅、周作人，或者鄭伯奇、阿英，這些《中國新文學大系》各卷的編者，各懷信仰，尤其對於中國未來的設想，取徑更千差萬別；但在進行編選工作時，其相同的思路還是明顯的——就是為歷史作證。從各集的〈導言〉可見，其關懷的歷史時段長短不一；有只駐目於關鍵的「新文學運動第一個十年」，如鄭振鐸的《文學論爭集・導言》，或者朱自清的《詩集・導言》；也有由今及古、上溯文體淵源，再探中西同異者，如郁達夫的《散文二集・導言》。[14]當然，其中歷史視野最為宏闊的是時任中央研究院院長的蔡元培所寫的〈總序〉。〈總序〉以「歐洲近代文化，都從復興時代演出」開篇，將「新文學運動」比附為歐洲的「文藝復興」運動；此時中國以白話取代文言為文學的工具，好比「復興時代」歐洲各民族以方言而非拉丁文創作文學。蔡元培在文章結束時說，「歐洲的復興」歷三百年，「我國的復興，自五四運動以來不過十五年」：

> 新文學的成績，當然不敢自詡為成熟。其影響於科學精神民治思想及表現個性的藝術，均尚在進行中。但是吾國歷史，現代環境，督促吾人，不得不有奔軼絕塵的猛進。吾人自期，至少應以十年的工作抵歐洲各國的百年。所以對於第一個十年先作一總審查，使吾人有以鑑既往而策將來，希望第二個十年與第三個十年時，有中國的拉飛爾與中國的莎士比亞等應運而生呵！[15]

我們知道自晚清到民國，歐洲歷史上的 "Renaissance" 是一個重要的象徵符號，是許多文化人的迷思；然而這個符號在中國的喻指卻是多變的。有比較重視歐洲在中世紀以後追慕希臘羅馬古典著述之「古學復興」的意義，認為偏重經籍整理的清代學術與之相似；也有注意到十字軍東征為歐洲帶來外地文化的影響，謂清中葉以後西學傳入開展了中國的「文藝復興」；又有從歐洲「文藝復興」時期出現以民族語言創作文學而產生輝煌的作品着眼，這就是自一九一七年開始的「文學革命」的宣傳重點。[16] 蔡元培的〈總論〉也是這種論述的呼應，但結合了他對中西文化發展的觀察，使得「新文學」與「尚在進行中」的「科學精神」、「民治思想」及「表現個性的藝術」等變革相互關聯，從而為閱讀《大系》中各個獨立文本的讀者提供了詮釋其間文化政治的指南針。[17]

《中國新文學大系》的結構模型——賦予文化史意義的「總序」、從理論與思潮搭建的框架、主要文類的文本選樣，經緯交織的導言，加上史料索引作為鋪墊——算不上緊密，但能互相扣連，又留有一定的詮釋空間，反而有可能勝過表面上更周密，純粹以敘述手段完成的傳統文學史書寫，更能彰顯歷史意義的深度。

2 「新文學大系」的繼承

《中國新文學大系》面世以後，贏得許多的稱譽；[18] 正如蔡元培和茅盾等的期待，趙家璧確有意續編第二、第三輯。[19] 一九四五年抗戰接近尾聲時，趙家璧在重慶就開始着手組織「抗戰八年文學」的第三輯編輯工作，並邀約了梅林、老舍、李廣田、茅盾、郭沫若、葉紹鈞等編選各集。[20] 但時局變幻，這個計劃並未能按預想實行。一九四九年以後，政治氣氛也不容許趙家璧進行續編的工作；即使已出版的第一輯《中國新文學大系》，亦不再流通。

直至一九六二年及一九七二年香港文學研究社先後兩次重印《中國新文學大系》；[21] 香港文學研究社還在一九六八年出版了《中國新文學大系・續編》。這個《續編》同樣有十集，取消了《建設理論集》，補上新增的《電影集》。至於編輯概況，《續編・出版前言》故作神秘，說各集主編名字不適宜刊出，但都是「國內外知名人物」，「分在三地東京、星加坡、香港進行」編輯，以四年時間完成。事實上《續編》出版時間正逢大陸文化大革命如火如荼，文化人備受迫害；各種不幸的消息，相繼傳到香港，故此出版社多加掩蔽，是情有可原的。據現存的資訊顯示，編輯的主要工作由在大陸的常君實和香港文學研究社的譚秀牧擔當；[22] 然而兩人之間並無直接聯繫，無法互相照應。另一方面，二人各因所處環境和視野的局限，所能採集的資料難以全面；在大陸政治運動頻仍，顧忌甚多；在香港則材料散落，張羅不易；再加上出版過程並不順利，即使在香港的譚秀牧亦不能親睹全書出版。[23] 這樣得出來的成績，很難說得上完美。不過，我們要評價這個「文學大系」傳統的第一任繼承者，應該要考慮當時的各種限制。無論如何，在香港出版，其實頗能說明香港的文化空間的意義，其承載中華文化的方式與成效亦頗值得玩味。[24]

《中國新文學大系》的「正統」繼承，要等到中國的文化大革命正式落幕。從一九八〇年到一九八二年，上海文藝出版社徵得趙家璧同意，影印出版十集《中國新文學大系》，同時組織出版《中國新文學大系一九二七—一九三七》二十冊作為第二輯，由社長兼總編輯丁景唐主持，趙家璧作顧問，一九八四年至一九八九年陸續面世；隨後，趙家璧與丁景唐同任顧問的第三輯《中國新文學大系一九三七—一九四九》二十冊於一九九〇年出版，第四輯《中國新文學大系一九四九—一九七六》二十冊於一九九七年出版。二〇〇九年由王蒙、王元化總主編第五輯《中國新文學大系一九七六—二〇〇〇》三十冊，繼續由上海文藝出版社出版；二十世紀以前的「新文學」，好像都有了「大系」作為相照的汗青。這「第二輯」到「第五輯」的說法，顯然是繼承、延續之意。然而第一輯到第二輯之間，其政治實況是中國經歷從民國到共和國的政權轉換，在大陸地區社會文化曾經發生翻天覆地的劇變。「嫡傳」、「正宗」的想像，其實需要刻意忽略這些政治社會的裂縫。當然趙家璧的認可，被邀請作顧問，讓這個「嫡傳」的合法性增加一種言說上的力量。不過，這後四輯對其他「大系」卻未必有明顯的垂範作用；起碼從面世時間先後來說，比起海外各大系之承接「新文學」薪火，反而是後發的競逐者。

在這個看來「嫡傳」的譜系中，因為時移世易，各輯已有相當的變異或者發展。在內容選材上，最明顯的是文體類型的增補，可見文類觀念會因應時代需要而不斷調整；這一點上文已有交代。另一個顯而易見的形式變化是：第二、三、四輯都沒有總序，只有〈出版說明〉。《大系》原型的第一輯每集都有〈導言〉，即使是同一文類的分集，如「小說」三集分別有茅盾、魯迅、鄭伯奇的論述；「散文」兩集又有周作人和郁達夫兩種觀點。其優勢正在於論述交錯間的矛盾與縫隙，可以生發更繁富的意義。第二、三輯開始，同一文類只冠以一位名家序言，論述角度當然有統整齊一之效。再看第二、三兩輯的〈說明〉基本修辭都一樣，聲明編纂工作「以馬克思列寧主義，毛澤東思想為指針，堅持從新文學運動的實際出發」，前者以「反帝反封建的作品佔主導地位」，後者的主導則是「革命的、進步的作品」；毫不含糊地為文學史的政治敘事設定格局；這當然是第一輯以「新文學」為敘事英雄的激越發展；第二、三輯的理論集序文，大概有着指標的作用，據此可以推想：第二輯的主角是「左翼文藝運動」，第三輯是「文藝為政治（戰爭）服務」。

第四輯〈出版說明〉的文字格式與前兩輯不同，逗漏了又一種訊息。這一輯出版於一九九七年，形勢上無論出於外發還是內需，有必要營構一個廣納四方的空間：「對那些曾經遭受過錯誤批判和不公正對待，或者在『文革』中雖未能正式發表、出版，但在社會上廣泛流傳產生過較大影響的作品，都一視同仁地加以遴選」；「這一時期發表的臺灣、香港、澳門作家的新文學作品，一並列選。」於是少不了臺灣余光中的一縷鄉愁、瘂弦掛起的紅玉米；異品如馬朗寄居在香港的焚琴浪子，也得到收容。第五輯〈出版說明〉繼續保留「這一時期發表的臺灣、香港、澳門作家的新文學作品，一並列選」的句子，其為政治姿態，眾人皆見；尤其各卷編者似乎有很大的自由度決定他們對臺港澳的關切與否。因此我們實在不必介懷其所選所取是否「合理」、是否「得體」。

只不過若要衡度政治意義，則美國華裔學者夏志清、李歐梵和王德威之先後入選四、五兩輯，或者有需要為讀者釋疑，可惜兩輯的編者都未有任何說明。

第五輯回復有〈總序〉的傳統，共有兩篇。其中〈總序二〉是王元化生前在編輯會議上的發言；因此王蒙撰寫的一篇才是正式的〈總序〉。這一篇意在綜覽全局的序文，可與王蒙在第四輯寫的《小說卷・序》合觀；兩篇分別寫於一九九六年及二〇〇九年的文章，都表示要以正面、積極的態度去面對過去。王蒙在第四輯努力地討論「記憶」的意義，說「記憶實質是人類的一切思想情感文化文明的基礎和根源」，其目的是找到「歷史」與「現實」的通感類應。在第五輯〈總序〉王蒙則標舉「時間」；說時間是「慈母」，「偏愛已經被認真閱讀過並且仍然值得重讀或新讀的許多作品」；又說時間如「法官」：「無情地惦量着昨天」：

> 時間法官同樣有差池，但是更長的時間的回旋與淘洗常常能自行糾正自己的過失，時間的因素同樣能製造假象，但是更長的時間的反復與不舍晝夜的思量，定能使文學自行顯露真容。

《中國新文學大系》發展到第五輯，其類型演化所創造出來的方向、習套和格式已經相當明晰。不過，我們還有一系列「教外別傳」的範例可以參看。

3 「文學大系」的「教外別傳」

我們知道臺灣在一九七二年就有《中國現代文學大系》的編纂，由巨人出版社組織編輯委員會，余光中撰寫〈總序〉，編選一九五〇年到一九七〇年的小說、散文、詩三種文類作品，合成八輯。另外司徒衛等在一九七九年至一九八一年編輯出版《當代中國新文學大系》十集，沿用《中國新文學大系》原型的體例，唯一變化是《建設理論集》改為《文學論評集》，而取材以一九四九年到一九七九年在臺灣發表之新文學作品為限。兩輯都明顯要繼承趙家璧主編《大系》的傳統，但又要作出某種區隔。司徒衛等編委以「當代」標明其時間以國民政府遷臺為起點，與止於一九二七年的趙編《大系》並非線性相連。余光中等的《大系》則以「現代文學」之名與「新文學」區辨。他撰寫的〈總序〉非常刻意的辨析臺灣新開展的「現代文學」與「五四早期新文學」之不同。相對來說，余光中比司徒衛更長於從文學發展的角度作分析；司徒衛的論調卻多有迎合官方意志之嫌。然而我們不能說《當代中國新文學大系》水準有所不如；事實上這個《當代大系》各集的編者大都具有文學史的眼光，取捨之間，極見功力；各集都有導言，觀點又起縱橫交錯的作用。其中瘂弦主編的《詩集》視野更及於臺灣以外的華文世界——從體例上可能與全書不合，但從概念上卻是當時的「中國」概念的一種詮釋；香港不少詩人如西西、蔡炎培、淮遠、羈魂、黃國彬的作品都被選入。余光中等編《現代文學大系》的選取範圍基本上只在臺灣，只是朱西甯在「小說輯」中收錄了張愛玲兩篇小說，另外（張）曉風編的「散文輯」又有思果三篇作品，但都沒有解釋說明；張愛玲是否「臺灣作家」是後來臺灣文學史一個爭論熱點；這些討論可以從此出發。論規模和完整格局，《當代中國新文學大系》實在比《中國現代文學大系》優勝，但後者的編輯團隊——余光中、朱西甯、洛夫、曉風——也是有份量的本色行家，所撰各體序文都能照應文體通變，又關聯到當時臺灣的文學生態。其中朱西甯序小說篇末，詳細交代《大系》的體例，其中一個論點很值得注意：

> 我們避免把「大系」作為「文選」，只圖個體的獨立表現，精選少數卓越的小說家作品中的菁華，而忽略了整體的發展意義。這可以用一句話來說，我們所選輯的是可成氣候的作品。如此「大系」也便含有了「索引」的作用，供後世據此而獲致從事某一小說家的專門研究資料蒐集的線索。[25]

朱西甯這個論點不必是《中國現代文學大系》各主編的共同認識，[26]但卻為「文學大系」的文類功能作出一個很有意義的詮釋。

「文學大系」的文類傳統在臺灣發展，余光中最有貢獻。在巨人出版社的《中國現代文學大系》以後，他繼續主持了兩次「大系」的編纂工作：由九歌出版社先後於一九八九年出版《中華現代文學大系──臺灣一九七〇—一九八九》，二〇〇三年出版《中華現代文學大系（貳）──臺灣一九八九—二〇〇三》。兩輯都增加了《戲劇卷》和《評論卷》；前者涵蓋二十年，共十五冊；後者十五年，十二冊。余光中也撰寫了各版《現代文學大系》的〈總序〉。在臺灣思考文學史或者文學傳統，難免要連繫到「中國」這個概念。在巨人版《大系・總序》，余光中的重點是把一九四九年以後臺灣的「現代文學」與「五四」時期的「新文學」相提並論，也講到臺灣文學「與昨日脫節」——對三、四十年代作家作品的陌生——帶來的影響：向更古老的中國古典傳統和西方學習。他又解釋以「大系」為名的意義：「除了精選各家的佳作之外，更企圖從而展示歷史的發展，和文風的演變，為二十年來的文學創作留下一筆頗為可觀的產業。」他更曲終奏雅，在〈總序〉的結尾說：

> 我尤其要提醒研究或翻譯中國現代文學的所有外國人：如果在泛政治主義的煙霧中，他們有意或無意地竟繞過了這部大系而去二十年來的大陸尋找文學，那真是避重就輕，一偏到底了。[27]

這是向「國際人士」呼籲，也可以作為「中國」二字放在書題的解釋：真正的「中國文學」在臺灣，而不在大陸；這是文學上的「正統」之爭。但從另一個角度來看，對臺灣許多知識份子而言，「中國」這個符號的意義，已經慢慢從政治信念變成文化想像，甚或虛擬幻設；我們知道，中華民國於一九七一年退出聯合國，一九七二年美國總統尼克遜訪問北京。在司徒衛等編成《當代中國新文學大系》之前不久，一九七八年十二月美國與中華民國斷絕外交關係。

所以，九歌版的兩輯「大系」，改題《中華現代文學大系》，並加註「臺灣」二字，是國際政治形勢使然。「中華」是民族文化身份的標誌，其指向就是「文化中國」的概念；「臺灣」則是具體的地理空間。余光中在《臺灣一九七〇——一九八九》的總序探討《中國現代文學大系》到《中華現代文學大系》前後四十年的變化，注意到一九八七年解除「戒嚴令」後兩岸交流帶來的文化衝擊，從而思考「臺灣文學」應如何定位的問題。「中國的文學史」與「中華民族的滾滾長流」，是當時余光中和他的同道企盼能找到答案的地方。到了《中華現代文學大系（貳）》，余光中卻有另一角度的思考，他說：

臺灣文學之多元多姿，成為中文世界的巍巍重鎮，端在其不讓土壤，不擇細流，有容乃大。如果把……非土生土長的作家與作品一概除去，留下的恐怕無此壯觀。[28]

他還是注意到臺灣文學在「中文世界」的地位，不過協商的對象，不再是外國研究者和翻譯家，而是島內另一種文學取向的評論家。

究之，余光中的終極關懷顯然就是「文學史」或者「歷史上的文學」。在他主持的三輯「文學大系」中，他試圖揭出與文學相關的「時間」與「變遷」，顯示文學如何「應對」與「抗衡」。「時間」是「文學大系」傳統的一個永恆母題。王蒙請「時間」來衡量他和編輯團隊（第五輯《中國新文學大系》）的成績：

我們深情地捧出了這三十卷近兩千萬言的《中國新文學大系》第五輯，請讀者明察，請時間的大河、請文學史考驗我們的編選。[29]

余光中在《中華現代文學大系（貳）．總序》結束時說：

至於對選入的這兩百多位作家，這部世紀末的大系是否真成了永恆之門、不朽之階，則猶待歲月之考驗。新大系的十五位編輯和我，樂於將這些作品送到各位讀者的面前，並獻給漫漫的廿一世紀。原則上，這些作品恐怕都只能算是「備取」，至於未來，究竟其中的哪些能終於「正取」，就只有取決定悠悠的時光了。[30]

4「文學大系」的基本特徵

以上看過兩個系列的「文學大系」，大抵可以歸納出這種編纂傳統的一些基本特徵：

一、「文學大系」是對一個範圍的文學（一個時段、一個國家／地域）作系統的整理，以多冊的、「成套的」文本形式面世；

二、這多冊成套的文學書，要能自成結構；結構的方式和目的在於立體地呈現其指涉的文學史；「立體」的意義在於超越敘事體的文學史書寫和示例式的選本的局限和片面；

三、「時間」與「記憶」、「現實」與「歷史」是否能相互作用，是「文學大系」的關鍵績效指標；

四、「國家文學」或者「地域文學」的「劃界」與「越界」，恆常是「文學大系」的挑戰。

二、「香港的」文學大系：《香港文學大系一九一九—一九四九》

1 「香港」是甚麼？誰是「香港人」？

葉靈鳳，一位因為戰禍而南下香港然後長居於此的文人，告訴我們：

> 香港本是新安縣屬的一個小海島，這座小島一向沒有名稱，至少是沒有一個固定的總名……。這一直到英國人向清朝官廳要求租借海中小島一座作為修船曬貨之用，並指名最好將「香港」島借給他們，這才在中國的輿圖上出現了「香港」二字。[31]

「命名」是事物認知的必經過程。事物可能早就存在於世，但未經「命名」，其存在意義是無法掌握的。正如「香港」，如果指南中國邊陲的一個海島，據史書大概在秦帝國設置南海郡時，就收在版圖之內。但在統治者眼中，帝國幅員遼闊，根本不需要一一計較領土內眾多無名的角落。用葉靈鳳的講法，香港島的命名因英國人的索求而得入清政府之耳目；[32] 而「香港」涵蓋的範圍隨着清廷和英帝國的戰和關係而擴闊，再經歷民國和共和國的默認或不願確認，變成如今天香港政府公開發佈的描述：

> 香港是一個充滿活力的城市，也是通向中國內地的主要門戶城市。……香港是中華人民共和國成立的特別行政區。香港自一八四二年開始由英國統治，至一九九七年，中國政府按照「一國兩制」的原則對香港恢復行使主權。根據《基本法》規定，香港目前的政治制度將會

維持五十年不變，以公正的法治精神和獨立的司法機構維持香港市民的權利和自由。……香港位處中國的東南端，由香港島、大嶼山、九龍半島以及新界(包括二六二個離島)組成。[33]

「香港」由無名，到「香港村」、「香港島」，到「香港島、九龍半島、新界和離島」合稱，經歷了地理上和政治上不同界劃，經歷了一個自無而有，而變形放大的過程。更重要的是，「香港」這個名稱底下要有「人」；有人在這個地理空間起居作息，有人在此地有種種喜樂與憂愁、言談與詠歌。有人，有生活，有恩怨愛恨，有器用文化，「地方」的意義才能完足。

猜想自秦帝國及以前，地理上的香港可能已有居民，他們也許是越族峯民。李鄭屋古墓的出土，或許可以説明漢文化曾在此地流播。[34]據説從唐末至宋代，元朗鄧氏、上水廖氏及侯氏、粉嶺文氏及彭氏五族開始南移到新界地區。許地山，從臺灣到中國內地再到香港直至長眠香港土地下的另一位文化人，告訴我們：

香港及其附近底居民，除新移入底歐洲民族及印度波斯諸國民族以外，中國人中大別有四種：一、本地；二、客家；三、福佬；四、蛋家。……本地人來得最早的是由湘江入蒼梧順西江下流底。稍後一點底是越大庾嶺由南雄順北江下流底。[35]

「本地」，不免是外來；香港這個流動不絕的空間，誰是土地上的真正主人呢？再追問下去的話，秦漢時居住在這個海島和半島上的，是「香港人」嗎？大概只能説是南海郡人或者番禺縣人；再晚來的，就是寶安縣人、新安縣人吧。因為當時的政治地理，還沒有「香港」這個名稱、這個概念。然而，換上了不同政治地理名號的「人」，有甚麼不同的意義？「人」和「土地」的關係，就會有所改變嗎？

2 定義「香港文學」

「香港文學」過去大概有點像南中國的一個無名島，島民或漁或耕，帝力於我何有哉？自從上世紀八〇年代開始，「香港文學」才漸漸成為文化人和學界的議題。這當然和中英就香港前途問題進行談判，以至一九八四年簽訂中英聯合聲明，讓香港進入一個漫長的過渡期有關。「香港有沒有文學」、「甚麼是香港文學」等問題陸續浮現。前一個問題，大概出於與「香港文學」、或者所有「文學」都無甚關涉的人。香港以外地區有這種觀感的，可以理解；值得玩味的是在港內同樣想法的人並不是少數；責任何在？實在需要深思。至於後一個問題，則是一個定義的問題。

要定義「香港文學」，大概不必想到唐宋秦漢，因為相關文學成品（artifact）的流轉，大都在「香港」這個政治地理名稱出現以後。[36]只便如此，還是困擾了不少人。一種定義方式，是以文本創製者為念：說文學是性靈的抒發，故「香港文學」應是「香港人所寫的文學」。這個定義帶來的問題首先是「誰是香港人」？另一種方式，從作品的內容着眼，因為文學反映生活，如果這生活的場景就是香港，當然就是「香港文學」。依着這個定義，則不涉及香港具體情貌的作品，是要排除在外了。再有一種，以文本創製工序的完成為論，所以「香港文學」是「在香港出版、面世的文學作品」。此外，與出版相關的是文學成品的受眾，所以這個定義可以改換成以「接受」的範圍和程度作準：「在香港出版，為香港人喜愛（最低限度是願意）閱讀的文學作品。」先不說定義中還是包含未有講明白的「香港人」一詞，而且「讀者在哪裏？」是不易說清楚的。事實上，由於歷史的原因，以香港為出版基地，但作者讀者都不在香港的情況不是沒有。[37]因為香港就是這麼奇妙的一個文學空間。[38]

從過去的議論見到，創作者是否「香港人」是一個基本問題；換句話說，很多討論是圍繞着「香港作家」的定義來展開。有一種可能會獲得官方支持的講法是：「持有香港身份證或居港七年以上，曾出版最少一冊文學作品或經常在報刊發表文學作品」；[39]這個定義的前半部分是以「政治」和「法律」論文學的一例，很難令人釋懷；[40]兼且「法律」是有時效的，這時不合法並不排除那時的「非違法」。我們認為：「文學」的身份和「文學」的有效性不必倚仗一時的統治法令去維持。至於「出版」與「報刊發表」當然是由創作到閱讀的「文學過程」中一個接近終點的環節，可以是一個有效的指標；而出版與發表的流通範圍，究竟應否再加界定？是可以進一步討論的。

3　劃界與越界

我們在歸納「文學大系」的編纂傳統時，第一點提到這是「對一個範圍的文學（一個時段、一個國家／地域）作系統的整理」；第四點又指出「國家文學」或者「地域文學」的「劃界」與「越界」，恒常是「文學大系」的挑戰；兩點都是有關「劃定範圍」的問題。上文的討論是比較概括地把「香港文學」的劃界方式「問題化」（problematize），目的在於啟動思考，還未到解決或解脱的階段。

以下我們從《香港文學大系》編輯構想的角度，再進一步討論相關問題。首先是時段的界劃。目前所見的幾本國內學者撰寫的「香港文學史」，除了謝常青的《香港新文學簡史》外，[41] 其餘都是以一九四九或一九五〇年為正式敘事起始點。這時中國內地政情有重大變化，大陸和香港兩地的區隔愈加明顯；以此為文學史時段的上限無疑是方便的，也有一定的理據。然而，我們認為香港文學應該可以往上追溯。因為新文學運動以及相關聯的「五四運動」，是香港現代文化變遷的一個重要源頭。北京上海的波動傳到香港，無疑有一定的時間差距，但「五四」以還，直到一九四九年，香港文學的實績還是班班可考的。因此我們選擇「從頭講起」，擬定「一九一九年」和「一九四九年」兩個時間指標，作為《大系》第一輯工作上下限；希望把源頭梳理好，以後第二輯、第三輯……，可以順流而下，進行其他時段的考察。我們明白這兩個時間標誌源於「非文學」的事件，卻認為這些事件與文學的發展有密切的關聯。我們又同意這個時段範圍的界劃不是確切不能動搖的，尤其上限不必硬性定在一九一九年，可以隨實際掌握的材料往上下挪動。比方説「舊體文學卷」和「通俗文學」的發展應可以追溯到更早的年份；而「戲劇」文本的選輯年份可能要往下移。

第二個可能疑義更多的是「香港文學」範圍的界劃。我們在回顧《中國新文學大系》各輯的規模時，見識過邊界如何「彈性」地被挪移，以收納「臺港澳」的作家作品。這究竟是「越界」還是隨「非文學」的需要而「重劃邊界」？這些新吸納的部分，與原來的主體部分如何，或者是否可以，構成一個互為關聯的系統？我們又看過余光中領銜編纂的《大系》，把張愛玲、夏志清等編入其中。前者大概沒有在臺灣居停過多少天，所寫所思好像與臺灣的風景人情無甚關涉；後者出身上海北京，去國後主要在美國生活、研究和著述。[42] 他們之「越界」入選，又意味着甚麼樣的文學史觀？

《香港文學大系》編輯委員會參考了過去有關「香港文學」、「香港作家」的定義，認真討論以下幾個原則：

一、「香港文學」應與「在香港出現的文學」有所區別（比方説瘂弦的詩集《苦苓林的一夜》在香港出版，但此集不應算作香港文學）；

二、（在一段相當時期內）居住在香港的作者，在香港的出版平台（如報章、雜誌、單行本、合集等）發表的作品（例如侶倫、劉火子在香港發表的作品）；

三、（在一段相當時期內）居住在香港的作者，在香港以外地方發表的作品（例如謝晨光在上海等地發表的作品）；

四、受眾、讀者主要是在香港，而又對香港文學的發展造成影響的作品（如小平的女飛賊黃鶯系列小説；這一點還考慮到早期香港文學的一些現象：有些生平不可考，是否同屬一人執筆亦未可知，但在香港報刊上常見署以同一名字的作品）。

編委會各成員曾將各種可能備受質疑的地方都提出來討論。最直接意見的是認為「相當時期」

一語太含糊，但又考慮到很難有一個學術上可以確立的具體時間（七年以上？十年以上？）。各項原則應該從寬還是從嚴？內容寫香港與否該不該成為考慮因素？文學史意義以香港為限還是包括對整體中國文學的作用？這都是熱烈爭辯過的議題。大家都明白《大系》中有不同文類，個別文類的選輯要考慮該文類的習套、傳統和特性，例如「通俗文學」的流通空間主要是「省港澳」（廣州、香港、澳門），「新詩」的部分讀者可能在上海，「戲劇」會關心劇作與劇場的關係。各種考慮，林林總總，很難有非常一致的結論。最後，我們同意請各卷主編在採編時斟酌上列幾個原則，然後依自己負責的文類性質和所集材料作決定；如果有需要作出例外的選擇，則在該卷〈導言〉清楚交代。大家的默契是以「香港文學」為據，而不是歧義更多的「香港作家」概念，尤其後者更兼有作家「自認」與他人「承認」與否等更複雜的取義傾向。歷史告訴我們，「香港」的屬性，從來就是流動不居的。在《大系》中，「香港」應該是一個文學和文化空間的概念：「香港文學」應該是與此一文化空間形成共構關係的文學。香港作為文化空間，足以容納某些可能在別一文化環境不能容許的文學內容（例如政治理念）或形式（例如前衛的試驗），或者促進文學觀念與文本的流轉和傳播（影響內地、臺灣、南洋、其他華語語系文學，甚至不同語種的文學，同時又接受這些不同領域文學的影響）。我們希望《香港文學大系》可以揭示「香港」這個「文學／文化空間」的作用和成績。

4 「文學大系」而非「新文學大系」

《香港文學大系》的另一個重要構想是，不用「大系」傳統的「新文學」概念，而稱「文學大系」。這個選擇關係到我們對「香港文學」以至香港文化環境的理解。在中國內地，「新文學」以「文學革命」的姿態登場，其抗衡的對象是被理解為代表封建思想的「舊」文化與「舊」文學；為了突出「新文學」，於是「舊」的範圍和其負面程度不斷被放大。革命行動和歷史書寫從運動一開始就互相配合，「新文學」沒有耐心等待將來史冊評定它的功過，文學革命家如胡適從《留學日記》、〈文學改良芻議〉、〈建設的文學革命論〉到《五十年來中國之文學》，都是一邊宣傳革命、實行革命，一邊修撰革命史。這個策略在當時中國的環境可能是最有效的，事實上與「國語運動」同時並舉的「新文學運動」非常成功，其影響由語言、文學，到文化、社會、政治，可謂無遠弗屆。[43]十多年後趙家璧主編《中國新文學大系》，其目標不在經驗沈澱後重新評估過去的新舊對衡之意義，而在於「運動」之奮鬥記憶的重喚，再次肯定其間的反抗精神。

香港的文化環境與中國內地最大分別是香港華人要面對一個英語的殖民政府。為了帝國利益，港英政府由始至終都奉行重英輕中的政策。這個政策當然會造成社會上普遍以英語為尚的現象，但另一方面中國語言文化又反過來成為一種抗衡的力量，或者成為抵禦外族文化壓迫的最後堡壘。由於傳統學問的歷史比較悠久，積聚比較深厚，比較輕易贏得大眾的信任甚至尊崇。於是通曉儒經國學、能賦詩為文（古文、駢文），隱然另有一種非官方正式認可的社會地位。另一方面，來自內地——中華文化之來源地——的新文學和新文化運動，又是「先進」的象徵，當這些帶有開新和批判精神的新文學從內地傳到香港，對於年輕一代特別有吸引力。受「五四」文學新潮影響的學子，既有可能以其批判眼光審視殖民統治的不公，又有可能倒過來更加積極學習英語文學及文化，以吸收新知，來加強批判能力。至於「新文學」與「舊文學」之間，既有可能互相對抗，也有協成互補的機會。換句話說，英語代表的西方文化，與中國舊文學及新文學構成一個複雜多角的關係。如果簡單借用在中國內地也不無疑問的獨尊「新文學」觀點，就很難把「香港文學」的狀況表述清楚。

事實上，香港能寫舊體詩文的文化人，不在少數。報章副刊以至雜誌期刊，都常見佳作。這部分的文學書寫，自有承傳體系，亦是香港文學文化的一種重要表現。例如前清探花，翰林院編修，官至南書房行走、江寧提學使的陳伯陶，流落九龍半島二十年，編纂《勝朝粵東遺民錄》、《明東莞五忠傳》等，又研究宋史遺事，考證官富場（現在的官塘）宋王臺、侯王廟等歷史遺跡；他的所為，和葉靈鳳捧着清朝嘉慶二十四年刊《新安縣志》珍本，辛勤考證香港的前世往跡有甚麼不同？一個傳統的讀書人，離散於僻遠，如何從地誌之「文」，去建立「人」與「地」與「時」的關係？我們是否可以從陳伯陶與友儕在一九一六年共同製作的《宋臺秋唱》詩集中，見到那上下求索的靈魂在嘆息？他腳下的土地，眼前的巨石，能否安頓他的心靈？詩篇雖為舊體，但其中的文心，不是常新嗎？[44] 可以說，「香港文學」如果缺去了這種能顯示文化傳統在當代承傳遞嬗的文學記錄，其結構就不能完整。[45]

再如擅寫舊體詩詞的黃天石，又與另一位舊體詩名家黃冷觀合編「通俗文學」的《雙聲》雜誌，發表鴛鴦蝴蝶派小說；後來又是「純文學」的推動者，創立國際筆會香港中國筆會，任會長十年；又曾辦《文學世界》，支持中國文學研究；影響更大的是以筆名「傑克」寫的流行小說。這樣多面向的文學人，我們希望在《香港文學大系》給予充分的尊重。這也是《香港文學大系》必須有《通俗文學卷》的原因之一。我們認為「通俗文學」在香港深入黎庶，讀者量可能比其他文學類型高得多。再說，香港的「通俗文學」貼近民情，而且語言運用更多大膽試驗，如「粵語入文」，或者「三及第化」，是香港文化以文字方式流播的重要樣本。當然，「通俗文學」主要是商業運作，產量多而水準不齊，資料搜羅固然不易，編選的尺度拿捏更難；如何澄沙汰礫，如何從文學史的角度與其他文類協商共容，都極具挑戰性。無論如何，過去《中國新文學大系》因為以「新文學」為主，把影響民眾生活極大的通俗文學棄置一旁，是非常可惜的。

《香港文學大系》又設有《兒童文學卷》。我們知道「兒童文學」的作品創製與其他文學類型最大的不同是，其擬想的讀者既隱喻作者的「過去」，也寄託他所構想的「未來」；當然作品中更免不了與作者「現在」的思慮相關聯。已成年的作者在進行創作時，不斷與自己童稚時期的經驗對話，時光的穿梭是一個必然的現象；在《大系》設定一九四九年以前的時段中，「兒童文學」在香港還有一種「空間」穿越的情況，因為不少兒童文學的作者都身不在香港；「空間」的幻設，有時要透過在香港的編輯協助完成。另一方面，這時段的兒童文學創製有不少與政治宣傳和思想培育有關。部分香港報章雜誌上的兒童文學副刊，是左翼文藝工作者進行思想鬥爭的重要陣地。依照成年人的政治理念去模塑未來，培養革命的下一代，又是這時期香港兒童文學的另一個現象。可以說，「兒童文學」以另一種形式宣明香港文學空間的流動性。

5 「文學大系」中的「基本」文體

「新詩」、「小說」、「散文」、「戲劇」、「文學評論」，這些「基本」的現代文學類型，也是《香港文學大系》的重要部分。這些文類原型的創發與「新文學運動」息息相關，是由中國而香港的「現代性」降臨的一個重要指標。[46] 其中新詩的發展尤其值得注意。詩歌從來都是語言文字的實驗室；尤其在移走可以依傍的傳統詩詞的格律框之後，主體的心靈思緒與載體語言之間的纏鬥更加激烈而無邊際。朱自清在《中國新文學大系．詩集》的〈選詩雜記〉中提到他的編選觀點：「我們要看看我們啟蒙期詩人努力的痕跡。他們怎樣從舊鐐銬解放出來，怎樣學習新言語，怎樣尋找新世界。」香港的新詩起步比較遲，但若就其中傑出的作家作品來看，卻能達到非常高的水平。[47] 這可能是因為香港的語言環境比較複雜，日常生活中的語言已不斷作語碼轉換，感情思想與語言載體互相作用的頻率特別高，實驗多自然成功機會也增加。相對來說，小說受到寫實主義思潮的引導，而香港的寫實卻又是中國內地小說的再模仿，其依違之間，使得「純文學」的小說家難以無障礙地完成構築虛擬的世界。例如理應展現香港城市風貌的小說場景，究竟是否上海十里洋場的複製，就需要推敲。與包袱比較輕的通俗小說作者相比，學習「新文學」的小說家的道路就比較艱難了，所留下繽紛多元的實績，很值得我們珍視。

散文體最常見的風格要求是明快、直捷，而這時期香港散文的材料主要寄存於報章副刊，編者重回「閱讀現場」的感覺會比較容易達成。《大系》的散文樣本，可以更清晰地指向這時段香港的世態人情，生活的憂戚與喜樂。由於香港的出版自由相對比中國內地高，報章檢查沒有國內嚴苛，只要不觸碰殖民政府「當局」，成為全中國的「輿論中心」是有可能的。報章上的公共言論，有時有會超脫香港本地的視野；香港報章轉成內地輿情的進出口。所以說，「香港」作為一個文化地理的空間，其功能和作用往往不限於本土。《大系》兩卷散文，少不免對此有所揭示。類似的情況又可見於我們的《戲劇卷》。中國現代劇運以動員羣眾為目標，啟蒙與革命是主要的戲碼；這時期香港的劇運，不計由英國僑民帶領的英語劇場，可謂全國的附庸，也是政治運動的特遣。讀《香港文學大系》的戲劇選輯，很容易見到政治與文藝結合的前台演出。然而，當中或許有某些不求外揚的藝術探索，或者存在某種本土呼吸的氣息，有待我們細心尋繹。至於香港出現的「文學評論」，其來源也是多元的。越界而來的文藝指導在中國多難的時刻特別多；尤其抗日戰爭和國共內戰期間，政治宣傳和鬥爭往往以文藝論爭的方式出現；其論述的面向是全國而不是香港；這就是「全國輿論中心」的貢獻。[48] 然而正因為資訊往來方便，中外的文化訊息在短時間內得以在本地流轉；由此也孕育出不少視野開闊的批評家，其關注面也廣及香港、全中國，以至國際文壇。這也是「香港」的一個重要意義。

6 小結

綜之，我們認為「香港」是一個文學和文化的空間，「香港」可以有一種「文學的存在」；「香港文學」是一個文化結構的概念。我們看到「香港文學」是多元的而又多面向的。我們以一九一九到一九四九為大略的年限，整理我們能搜羅到的各體文學資料，按照所知見的數量比例作安排，「散文」、「小説」、「評論」各分「一九一九—一九四一」及「一九四二—一九四九」兩卷；「新詩」、「戲劇」、「舊體文學」、「通俗文學」、「兒童文學」各一卷，加上「文學史料」一卷，全書共十二卷。每卷主編各撰寫本卷〈導言〉，説明選輯理念和原則，以及與整體凡例有差異的地方和差異的理據。編委會成員就全書方向和體例有充分的討論，與每卷主編亦多番往返溝通。我們不強求一致的觀點，但有共同的信念。我們不會假設各篇〈導言〉組成周密無漏的文學史敘述，所有選材拼合成一張無缺的文學版圖。我們相信虛心聆聽之後的堅持，更有力量；各種論見的交錯、覆疊，以至留白，更能抉發文學與文學史之間的「呈現」與「拒呈現」的幽微意義。我們期望這十二卷《香港文學大系一九一九—一九四九》能夠展示「香港文學」的繁富多姿。我們更盼望時間會證明，十二卷《大系》中的「香港文學」，並沒有遠離香港，而且繼續與這塊土地上生活的人對話。

三、餘話

最後，請讓我簡單交代《香港文學大系一九一九—一九四九》編輯的經過。二〇〇九年我和同事陳智德開始聯絡同道，組織編輯委員會，成員包括：黃子平、黃仲鳴、樊善標、危令敦、陳智德以及本人。又邀請到陳平原、王德威、黃子平、李歐梵、許子東擔任計劃的顧問。在籌備階段，我們得到李律仁先生的襄助，私人捐助我們一筆啟動基金。李先生對香港文學的熱誠，對我們的信任，在此致上衷心的感謝。經過編委員討論編選範圍和方針以後，我們組織了《大系》各卷的主編團隊：陳智德（新詩卷、文學史料卷）、樊善標（散文卷一）、危令敦（散文卷二）、謝曉虹（小說卷一）、黃念欣（小說卷二）、盧偉力（戲劇卷）、程中山（舊體文學卷）、黃仲鳴（通俗文學卷）、霍玉英（兒童文學卷）、陳國球（評論卷一）、林曼叔（評論卷二）。編輯委員會通過整體計劃後，我們向香港藝術發展局申請資助，順利通過得到撥款。因為全書規模大，出版並不容易，我們有幸得到聯合出版集團總裁陳萬雄先生的幫忙；陳先生非常熱心香港文化事業，一直關注香港文學史的編撰；經過他的鼎力推介，《香港文學大系一九一九—一九四九》由香港商務印書館出版。期間總經理葉佩珠女士與副總編輯毛永波先生全力支持，《大系》編務主持人洪子平先生專業支援，讓《大系》順利分批出版，編委會成員都非常感激。此外，我們還要向為《香港文學大系》題籤的鍾育淳先生敬致謝忱。《大系》編選工作艱巨，各卷主編自是勞苦功高；搜集整理資料的細務，有賴香港教育學院中國文學文化研究中心的成員：楊詠賢、賴宇曼、李卓賢、雷浩文、姚佳琪、許建業等承擔，其中賴宇曼更是後勤工作的總負責人，出力最多。我們相信，《香港文學大系》是一項有意義的文化工作，大家出過的每一分力，都值得記念。

二〇一四年六月三十日定稿

註釋

1 例如一九八四年五月十日在《星島晚報》副刊《大會堂》就有一篇絢靜寫的〈香港文學大系〉，文中說：「在鄰近的大陸，臺灣，甚至星洲，早則半世紀前，遲至近二年，先後都有它們的『文學大系』由民間編成問世。香港，如今無論從哪一個角度看，都不比他們當年落後，何以獨不見自己的『文學大系』出現？」十多年後，二〇〇一年九月廿九日，也斯在《信報》副刊發表〈且不忙寫香港文學史〉說：「在編寫香港文學史之前，在目前階段，不妨先重印絕版作品、編選集、編輯研究資料，編新文學大系，為將來認真編寫文學史作準備。」

2 日本最早用「大系」名稱的成套書大概是一八九六年十一月出版的《國史大系》。日本有稱為「三大文學全集」的《新釋漢文大系》（明治書院）、《日本古典文學大系》（岩波書店）、《現代日本文學大系》（筑摩書房），都以「大系」為名，可見他們的傳統。

3 據趙家璧的講法，這個構思得到施蟄存和鄭伯奇的支持，也得良友圖書公司的經理支持，於是以此定名《中國新文學大系》。見趙家璧〈話說《中國新文學大系》〉，原刊《新文學史料》，一九八四年第一期；收入趙家璧《編輯憶舊》（一九八四；北京：三聯書店，二〇〇八再版），頁一〇〇。

4 在此「文體類型」的概念是現代文論中"genre"一詞的廣義應用，指依循一定的結撰習套而形成書寫傳統的文本類型。作為一個文體類型的個別樣本，對外而言應該與同類型的其他樣本具有相同的特徵；對內而言則自成一個可以辨認的結構。中國文學傳統中也有「體」的觀念，其指向相當繁複，但也可以從這個寬廣的定義去理解。

5 〈話説《中國新文學大系》〉，以及〈魯迅怎樣編選《小説二集》〉等文，均收錄於趙家璧《編輯憶舊》。此外，趙家璧另有《編輯生涯憶魯迅》（北京：人民文學，一九八一）、《書比人長壽》（香港：三聯書店，一九八八）、《文壇故舊錄：編輯憶舊續集》（北京：三聯書店，一九九一）等著，亦有值得參看的記述。當然我們必須明白，這是多年後的補記；某些過程交代，難免摻有後見之明的解説。

6 Lydia H. Liu, "The Making of the 'Compendium of Modern Chinese Literature,'" in Liu, *Translingual Practice: Literature, National Culture, and Translated Modernity-China, 1900-1937* (Stanford University Press, 1995), pp. 214-238; 徐鵬緒、李廣《〈中國新文學大系〉研究》（北京：社會科學文獻出版社，二〇〇七）。

7 據國民政府一九二八年頒佈的《著作版權法》，已出版的單行本受到保護，而編採單篇文章以合成一集則沒有限制；又一九三四年六月國民黨中央宣傳部成立圖書雜誌審查會，所制定的《修正圖書雜誌審查辦法》第二條規定：社團或著作人所出版之圖書雜誌，應於付印前將稿本送審。第九條規定：凡已經取得審查證或免審證之圖書雜誌稿件，在出版時應將審查證或免審證號數刊印於封底，以資識別。均見劉哲民編《近現代出版社新聞法規彙編》（北京：學林出版社，一九九二）頁一六〇、二三二。

8 據趙家璧追述，阿英認為「這樣的一套書，在當前的政治鬥爭中具有現實意義，也還有久遠的歷史價值和學術價值」。〈話説《中國新文學大系》〉，頁九八。

9 *Translingual Practice*, 235.

10 自歌德以來，以三分法——抒情詩（lyric）、史詩（epic）、戲劇（drama）——作為所有文學的分類才是「共識」。西方固然有 "familiar essay" 作為文類形式的討論，但並沒有把它安置於一種四分的格局之中。事實上西方的「散文」（prose）是與「詩體」（poetry）相對的書寫載體，在層次上與現代中國文學的四分觀念並不吻合。現代中國文學習用的四分法，在理論上很難周備無漏，需要隨時修補。參考陳國球〈「抒情」的傳統：一個文學觀念的流轉〉，《淡江中文學報》，第二十五期（二〇一一年十二月），頁一七三—一九八。

11 這些例子均見於《民國總書目》（北京：書目文獻出版社，一九九二）。

12 〈話說《中國新文學大系》〉，頁九七。

13 朱自清〈評郭紹虞《中國文學批評史》上卷〉，載《朱自清古典文學論集》（上海：上海古籍出版社，一九八一，頁五四一）。

14 觀夫郁達夫和周作人兩集散文的〈導言〉，可以見到當中所包含自覺與反省的意識，不能簡單地稱之為「自我殖民」。

15 蔡元培〈總序〉，《中國新文學大系》，頁一一。又趙家璧為《大系》撰寫的〈前言〉亦徵用「文藝復興」的比喻，說中國新文學運動「所結的果實，也許不及歐洲文藝復興時代般的豐盛美滿，可是這一羣先驅者們開闢荒蕪的精神，至今還可以當做我們年青人的模範，而他們所產生的一點珍貴的作品，更是新文化史上的瑰寶。」《中國新文學大系》，頁一。

16 參考羅志田〈中國文藝復興之夢：從清季的「古學復興」到民國的「新潮」〉，載羅志田《裂變中的傳承——二十世紀前期的中國文化與學術》（北京：中華書局，二〇〇三），頁五三—九〇；李長林〈歐洲文藝復興在中國的傳播〉，載鄭大華、鄒小站編《西方思想在近代中國》（北京：社會科學文獻出版社，二

○○五），頁一—四八。

17 蔡元培有關「文藝復興」的論述，起碼有三篇文章值得注意：一、〈中國的文藝中興〉（一九二四）；二、〈吾國文化運動之過去與將來〉（一九三四）；三、《中國新文學大系・總序》（一九三五）。幾篇文章對「文藝復興」或者「文藝中興」的論述和判斷頗有些差異，第一篇演講所論的「文藝中興」始於晚清；但二、三兩篇則專以「新文學／新文化運動」為「復興」時代；又頗借助胡適的「國語的文學，文學的國語」的論述。然而胡適個人的「文藝復興」論亦不止一種：有時也指清代學術（如一九一九年出版的《中國哲學史大綱（卷上）》〔北京：商務印書館，一九八七影印〕，頁九—一○）；有時具體指新文學／新文化運動（如一九二六年的演講："The Renaissance in China,"《胡適英文文存》，頁二○—三七）。他曾認為Renaissance中譯應改作「再生時代」；後來又把這用語的涵義擴大，上推到唐以來中國歷史上幾次大規模的文化變革。有關胡適的「文藝復興」觀與他領導的「新文學運動」的關係，參考陳國球《文學史書寫形態與文化政治》（北京：北京大學出版社，二○○四），頁六七—一○六。

18 姚琪〈最近的兩大工程〉，《文學》，五卷六期（一九三五年七月），頁二二八—二三二；畢樹棠〈書評：《中國新文學大系》〉，《宇宙風》，第八期（一九三六），頁四○六—四○九。都非常正面；又趙家璧〈話說《中國新文學大系》〉指出《大系》銷量非常好，見頁一二八—一二九。

19 茅盾回憶錄中提到他把《大系》稱作第一輯，「是寄希望於第二輯、第三輯的繼續出版」；轉引自趙家璧《書比人長壽——編輯憶舊集外集》（北京：中華書局，二○○八），頁一八九。

20 〈話說《中國新文學大系》〉，頁一三○—一三六。

21 李輝英〈重印緣起〉，《中國新文學大系・續編》（香港：香港文學研究社，一九七二再版），頁二；〈再版小言〉，無頁碼。

22 常君實是內地資深編輯，一九五八年被中國新聞社招攬，擔任專為海外華僑子弟編寫文化教材和課外讀物的工作，主要在香港的上海書局和香港進修出版社出版。譚秀牧，曾任《明報》副刊編輯，《南洋文藝》主編，香港文學研究社編輯等。

23 參考譚秀牧〈我與《中國新文學大系‧續編》〉，《譚秀牧散文小說選集》（香港：天地圖書公司，一九九〇），頁二六二—二七五。譚秀牧在二〇一一年十二月到二〇一二年五月的個人網誌中，再交代《續編》的出版過程，以及回應常君實對《續編》編務的責難。見 http://tamsaumokgblog.blogspot.hk/2012/02/blog_post.html（檢索日期：二〇一四年五月三十日）。

24 羅孚〈香港文學初見里程碑〉一文談到《中國新文學大系續編》說：「《續編》十集，五六百萬字，實在是一個浩大的工程，在那個時時要對知識分子批判，觸及肉體直到靈魂的日子，主編這樣一部完全可以能被認為是替封、資、修『樹碑立傳』的書，該有多大的難度，需要多大的膽識！真叫人不敢想像。誰也沒有想到，這樣一個偉大的工程竟然在默默中完成了，而香港擔負了重要的角色，這實在是香港在中國新文學運動史上一個重要的貢獻，應該受到表揚。不管這《續編》有多大缺點或不足，都應該得到肯定和表揚。」載絲韋（羅孚）《絲韋隨筆》（香港：天地圖書公司，一九九七），頁一〇一。又參考羅寧〈《中國文學大系續編》簡介〉，《開卷月刊》，二卷八期（一九八〇年三月），頁二九。此外，大約在香港文學研究社籌劃《大系續編》的時候，在香港中文大學任教的李輝英和李棪，也正在進行另一個《中國新文學大系》的續編計劃，由中大撥款支持；看來構思已相當成熟，可惜最後沒有完成。見李棪、李輝英〈《中國新文學大系‧續編》的編選計劃〉，《純文學》，第十三期（一九六八年四月），頁一〇四—一一六。

25 《中國現代文學大系‧小說第一輯》序，頁一九。

26 曉風的序「散文」從開篇就講選本的意義，視自己的工作為編輯選本，明顯與朱西甯的說法不同調，見《中國現代文學大系‧散文第一輯》，頁一—四。

27 《中國現代文學大系》，頁一一。

28 《中華現代文學大系（貳）——臺灣一九八九—二〇〇三》，頁一三。

29 《中國新文學大系一九七六—二〇〇〇》，頁五。

30 《中華現代文學大系（貳）——臺灣一九八九—二〇〇三》，頁一四。

31 〈香港村和香港的由來〉，載葉靈鳳《香島滄桑錄》（香港：中華書局，二〇一一），頁四。現在我們知道「香港」之名初見於明朝萬曆年間郭棐所著的《粵大記》，但不是指現稱香港島的島嶼，而是今日的黃竹坑一帶。見郭棐撰，黃國聲、鄧貴忠點校《粵大記》（廣州：中山大學出版社，一九九八），〈廣東沿海圖〉，頁九一七。

32 又參考馬金科主編《早期香港研究資料選輯》（香港：三聯書店，一九九八），頁四三—四六。葉靈鳳又提醒我們，根據英國倫敦一八四四年出版的《納米昔斯號航程及作戰史》（*Narrative of the Voyages and Services of the Nemesis*），早在一八一六年「英國人的筆下便已經出現『香港』這個名稱了」。見葉靈鳳《香港的失落》（香港：中華書局，二〇一一），頁一七五。

33 香港特區政府網站：http://www.gov.hk/tc/about/abouthk/facts.htm（檢索日期，二〇一四年六月一日）。

34 參考屈志仁（J. C. Y. Watt）《李鄭屋漢墓》（香港：市政局，一九七〇）；香港歷史博物館編《李鄭屋漢墓》（香港：香港歷史博物館，二〇〇五）。

35 許地山《國粹與國學》（長沙：嶽麓書社，二〇一一）頁六九—七〇。

36 《新安縣志》中的《藝文志》載有明代新安文士歌詠杯渡山（屯門青山）、官富（官塘）之作。我們今天應如何理解這些作品，是值得用心思量的。請參考程中山《舊體文學卷》的〈導言〉。

37 例如不少內地劇作家的劇本要避過國民政府的審查，而選擇在香港出版，但演出還是在內地。

38 上世紀八〇年代以來，為「香港文學」下定義的文章不少，以下略舉數例：黃維樑〈香港文學研究〉（一九八三），收入黃維樑《香港文學初探》（香港：華漢文化事業公司，一九八八二版），頁一六—十八；鄭樹森《聯合文學‧香港文學專號‧前言》（一九九二），刪節後改題〈香港文學的界定〉，收入黃繼持、盧瑋鑾、鄭樹森《追跡香港文學》（香港：牛津大學出版社，一九九八），頁五三—五五；黃康顯〈香港文學的分期〉（一九九五），收入黃康顯《香港文學的發展與評價》（香港：秋海棠文化企業出版社，一九九六），頁八；劉以鬯主編《香港文學作家傳略》（香港：市政局公共圖書館，一九九六），〈前言〉，頁iii；許子東《香港短篇小說選一九九六——一九九七‧序》，載許子東《香港短篇小說初探》（香港：天地圖書公司，二〇〇五），頁二〇—二二。

39 《香港文學作家傳略》，〈前言〉，頁iii。

40 在香港回歸以前，任何人士在香港合法居住七年後，可申請歸化成為英國屬土公民並成為香港永久居民；香港主權移交後，改由持有效旅行證件進入香港、連續七年或以上通常居於香港並以香港為永久居住地的條件，可成為永久性居民。參考香港特區政府網站：http://www.gov.hk/tc/residents/immigration/idcard/roa/verifyeligible.htm（檢索日期：二〇一四年六月一日）。

41 謝常青《香港新文學簡史》（廣州：暨南大學出版社，一九九〇）。

42 夏志清長期在臺灣發表中文著作，但他個人未嘗在臺灣長期居留。又《中華現代文學大系（貳）——臺灣一九八九—二〇〇三》由馬森主編的小說卷，也收入香港的西西、黃碧雲、董啟章等香港小說家。

43 參考陳國球《文學史書寫形態與文化政治》，頁六七—一〇六。

44 參考高嘉謙〈刻在石上的遺民史：《宋臺秋唱》與香港遺民地景〉，《臺大中文學報》，四十一期（二〇一三年六月），頁二七七—三一六。

45 羅孚曾評論鄭樹森等編《香港文學大事年表》（一九九六）不記載傳統文學的事件，鄭樹森的回應是：「雖然有人認為《年表》可以選收舊體詩詞，但是，恐怕這並不是整理一般廿世紀中國文學發展的慣例。」《年表》後來再版，題目的「文學」二字改換成「新文學」。分見《絲韋隨筆》，頁一〇〇；鄭樹森、黃繼持、盧瑋鑾編《香港新文學年表（一九五〇——一九六九）》（香港：天地圖書公司，二〇〇〇），頁五。

46 英國統治帶來的政制與社會建設，也是香港進入「現代性」境況的另一關鍵因素。

47 鄭樹森等在討論香港早期的新文學發展時，認為「詩歌的成就最高」，柳木下和鷗外鷗是「這時期的兩大詩人」。見鄭樹森、黃繼持、盧瑋鑾編《早期香港新文學作品選》（香港：天地圖書公司，一九九八），頁三—四二。

48 參考侯桂新《文壇生態的演變與現代文學的轉折——論中國作家的香港書寫》（北京：人民出版社，二〇一一）

凡例

一、《香港文學大系一九一九——九四九》共十二卷，收錄一九一九年至一九四九年之香港文學作品，編纂方式沿用《中國新文學大系》以體裁分類，同時考慮香港文學不同類型文學之特色，分別為新詩卷、散文卷一、散文卷二、小說卷一、小說卷二、戲劇卷、評論卷一、評論卷二、舊體文學卷、通俗文學卷、兒童文學卷、文學史料卷。

二、作品排列是以作者或主題為單位，以作者為單位者，以入選作品發表日期先後為序，同一作者入選多於一篇者，以發表日期最早者為據。

三、入選作者均附作者簡介，每篇作品於篇末註明出處。如作品發表時所署筆名與作者通用之名不同，亦於篇末註出。

四、本書所收作品根據原始文獻資料，保留原文用字，避免不必要改動，部分文章礙於當時報刊審查制度，違禁字詞以X或□代替，亦予保留。

五、個別明顯誤校、字粒倒錯，或因書寫習慣而出現之簡體字，均由編者逕改；個別異體字如無法顯示則以通用字替代，不另作註。

六、原件字跡模糊，須由編者推測者，在文字或標點外加上方括號作表示，如「不以為〔然〕」；原件字跡太模糊，實無法辨認者，以圓括號代之，如「前赴（　）國」，每一組圓括號代表一個字。

七、本書經反覆校對，力求準確，部分文句用字異於今時者，是當時習慣寫法，或原件如此。

八、因篇幅所限或避免各卷內容重複，個別篇章以〔存目〕方式處理，只列題目而不收內文，各存目篇章之出處，將清楚列明。

九、《香港文學大系一九一九—一九四九》之編選原則詳見〈總序〉，各卷之編訂均經由編輯委員會審議，惟各卷主編對文獻之取捨仍具一定自主，詳見各卷〈導言〉。

導言

程中山

一、引論

香港位處嶺南珠江口，原為一小島漁村，舊稱「香江」、「紅香爐」等，宋明時期屬廣東東莞縣轄地，明中期至晚清則屬新安縣。香港一名，最初專指香港島。鴉片戰爭後，清廷與英國簽訂《中英南京條約》，將香港島割讓給英國。咸豐九年（一八五九）英法聯軍之役，清廷戰敗，後被迫簽訂《北京條約》，割讓九龍半島給英國。光緒廿四年（一八九八），英國再強逼清室簽署《展拓香港界址專條》，拓租九龍半島以北、深圳河以南地區，這區域後稱為「新界」。後來在英國殖民統治下的香港島、九龍、新界地區，統稱為香港。大抵在香港這個區域中所創作的文學作品，就可以稱為香港文學。

據《新安縣志》「藝文」卷所知，在英國殖民統治之前，歷代有不少文人作品詠及新安地區（包括香港）風物，如宋代常州宜興蔣之奇〈杯渡山詩〉寫杯渡山（今屯門青山），明代有東莞新安鄭文炳〈杯渡山〉、龍河〈鼇洋都景〉、侯琚〈官富懷古〉等作品。[1] 鄭文炳、龍河、侯琚等皆居於新安（今廣東深圳或香港新界），作品歌詠家鄉風土歷史，鼇洋、官富即今香港島、觀塘，所以明代這些東莞新安籍詩人當為香港最早的本土文人，可以說是香港文學的始祖。然而，明代香港文獻散佚不全，當時文學發展情況無法詳窺，反而自英國殖民統治香港後，經濟發達，人文風氣日漸濃厚，文學創作迅速發展。

自鴉片戰爭後（一八四二）至中華民國三十八年（一九四九）一百餘年間，香港傳統文學經歷了四個時期：晚清時期、民初時期、抗戰時期、戰後時期，四個時期文人輩出，作品紛呈，各有特色，成就很大，可謂百年香港文學的主流。學者羅香林所作〈中國文學在香港發展之演進及其影響〉一文，最早評論了香港這一百年的文學發展，羅氏將百年香港分作四期：一、以傳教士之翻譯文學為代表（如理雅閣、麥都思、黎力基等）；二、以報章政論中人之文學作品為代表（如王韜、潘飛聲、胡禮垣、黃世仲）；三、以隱逸派人士之懷古作品為代表（如陳伯陶、張學華、賴際熙等）；四、以學海書樓之講授經學文學及香港大學中文系之專門研討為代表；[2] 羅氏論著有拓荒的貢獻，然而香港文學文獻眾多，羅氏蔽於所見，有大量旅港詩人、詩社活動、本土文學均未見論及，又其分期過簡亦值得商榷。近二十年來，有潘亞暾、汪義生《香港文學史》、[3] 黃康顯《香港文學的發展與評價》等香港文學史專著，[4] 更不顧文學史事實，排斥傳統舊體詩文，高談白話文學，以偏蓋全。學者鄧昭祺教授曾云：「沒有舊體文學，是不完整的香港文學史。」[5] 在一九九七年回歸前後，香港胡從經、張大年、蔣英豪、方寬烈曾分別選錄百多年歌詠香港的詩作，[6] 二〇〇六年何文匯、黃坤堯等選《香港名家近體詩選》，足以反映百年香港舊體詩歌持續發展，生生不息。黃坤堯、王晉光、程中山等學者更於二〇〇四年開始舉辦香港舊體文學研討會，呼籲學界重視香港舊體文學的研究，會後編有《香港舊體文學論集》等，而黃坤堯著有《香港詩詞論稿》、〈香港詩詞百年風貌〉，王晉光撰有《香港文學鼻祖王韜》、程中山亦撰有〈論潘飛聲《香海集》〉、〈開島百年無此會——20年代香港北山詩社研究〉等論著，俱推動香港百年舊體文學的研究。因此，由晚清至民國三十八年（一九四九）的一百多年間，香港傳統文壇百花齊放，名家輩出，他們留下大量詩文，鼓吹風雅，振興國粹文化，這種鐵一般的文學史史實，絕對不容一筆抹殺及忽視。

本卷所選近百位作家，都是各時期香港文壇的重要人物，他們均在其所處的年代社會、生活圈子裏扮演推動香港傳統文學發展的角色。本卷所選作品主要反映作者當時身處香港的所見所感，尤其能反映百年香港文壇活動、文學思想、重大社會事件的作品更優先選載。至於選錄文體方面，文學體制之名不宜有新舊之分，新舊乃時間相對，本卷定名為香港舊體文學，準確說是指香港傳統古典文學，可包括古典詩詞、古文、小說等創作，因篇幅所限，本卷以選詩詞為主，略及古文序跋雜記，小說則付諸闕如。

二、晚清的香港文學

在英國殖民統治下，香港島最先開發，島上商店酒家林立，中西商人雲集，經濟發達，社會繁榮，形成以商業文化為主的殖民地城市。當時西方洋人東來，清廷外交使節出使歐美，或兩廣官吏進京述職、士子北上赴考，莫不取道香港，香港遂成為中國南大門。這些作客香港的官吏士子，皆有科舉根柢，多曾賦一二詩文抒發國土淪陷、客途苦悶之情，「香港」二字由是進入中國近代文學作品之中，如魏源〈香港島觀海市歌〉、何兆基〈乘火輪船遊澳門與香港作〉、黃遵憲〈香港感懷〉、斌椿〈香港夜泊〉、易順鼎〈香港看燈兼看月歌〉、朱彊村〈夜飛鵲‧甲辰九月舟過香港，倚船晚眺，寄公度〉、簡朝亮〈香港四首〉、鄧方〈夜泊香港〉等。當然，香港作為一個自由開放的城市，在中國近代多災多難的歲月中，曾吸引海內外各方人士前來聚居，人物忠奸雅俗，思想中西新舊，混雜共處，兼容並存，推動香港多元文化的發展。然而，上述魏源、朱彊村等人只是極短暫過港，對香港文壇沒有影響，反而有不少土生土長或長期居港的晚清作家，他們來自報界、商界、革命黨、本地傳統教育界等，諸人積極推動晚清香港文學發展，其中以報界王韜、潘飛聲二人為香港早期最有影響力的文人。

1 王韜、胡禮垣

在王韜來港前，英國傳教士麥都思於咸豐三年（一八五三）在香港創辦第一份中文報刊《遐邇貫珍》，主要向華人介紹西方歷史地理、文化思想及海內外新聞，所載翻譯文章、序論如〈港內義學廣益唐人論〉（咸豐五年（一八五五）第六號）、〈因時感事序〉（咸豐五年（一八五五）第九號）等，文辭雅潔，惟不署作者名字，很大可能出自編者黃亞勝（黃勝、黃平甫）之手筆，今存疑不論。

同治元年（一八六二），江南蘇州文人王利賓（一名畹，字蘭卿），因化名「黃畹」上書太平天國，事發被清廷通緝，後得英人庇護，乃於同年十月避禍香港，改名王韜。王韜避居香港，主要協助英華書院院長利雅閣翻譯中國儒家經典，並曾遊歷英國、日本、廣州等地，遍交海內外文人。居港近二十年，王韜自署「天南遯叟」，創作大量詩文小說。王韜論詩不區唐宋，尤貴性情篤摯，其居港初期詩歌多反映動盪時局及思鄉之情，如〈五月食荔支有感〉「回首前年今日時，那堪對此彈鄉淚」、〈有感時事〉「兵戈滿海內，覅此走偏隅」、〈一生〉「客粵無端歲屢更，遙從物外寄閒情」等句，[7]愛國思鄉之情甚濃；而小說則多仿《聊齋》而作鬼狐神怪的題材，頗有特色。同治十三年（一八七四），王韜創辦《循環日報》，撰寫政論，呼籲清廷維新改革，故所作詩文如〈贈日本長岡侯護美，時方奉使荷蘭〉一詩即寄寓深刻的改革思想。王韜困厄南方，勤於著述，在香港陸續撰成《蘅華館詩錄》、《弢園尺牘》、《弢園文錄》、《瓮牖餘談》、《遯窟讕言》等，可謂晚清香港重要的文學成果，不可忽視。

與王韜有交往、現有文集傳世的香港文人僅胡禮垣（一八四七—一九一六）一位。胡禮垣幼年隨父來港，就讀於香港大書院（中央書院、皇仁書院），接受西式教育，吸收維新思想。畢業後，曾任《循環日報》助譯工作，並於光緒十年（一八八五）創辦《粵報》。胡禮垣生平關心世界，指點國事，提出反專制、立自由的大同治國理念，著成《新政真詮》。胡氏又撰《梨園娛老集》、《詩集輯覽》二部，反映作者於國故詩文頗有修養。胡氏喜寫組詩，如〈民國新樂府〉（十二首）、〈伊藤歎〉（一百二十五首）、〈滿州歎〉（一百五十首）、〈德皇歎〉（三百首）、〈戊申年水災，香港女界售物賑災詩十二首〉等，篇幅巨大，或寫時事，或詠史鑑今，或述歐亞時政，提倡改革，反映邁向大同的理想，如〈滿州歎〉（其一百五十首）云：「今當貞下起元辰，公是公非讜論伸。共主太平斯有道，由民自主始能仁。帝王三五謨嫌舊，議院千夫法愛新。萬國咸寧從此起，民權發達太和臻。」[8] 其詩喜用新詞彙，頗有近代詩歌的特色。胡氏晚年更與先天道信徒田邵邨往來密切，論述漸及道學。

2 潘飛聲

在王韜離開香港十餘年後，廣東番禺名詩人潘飛聲前來香港，成為晚清香港文壇首屈一指的大家。潘飛聲（字蘭史，一八五八—一九三五）為番禺世家子弟，早歲已享才名。光緒十三年（一八八七）前往德國任教柏林東方語學院三年，期間結交清廷使節及日本詩人，聲名遠播。光緒二十年（一八九四），潘飛聲應聘前來香港擔任《華字日報》主筆，撰寫政論，呼籲改革，有香海寓公之稱，與粵東丘逢甲、新加坡丘煒萲詩文論世，才名鼎立。

潘飛聲來港時，年方三十六歲，雖為華報主筆，但仍希望建功用世，為朝廷效命。潘氏善於應酬，與過港大清使節、駐港官史往來，又聯絡旅港文人，雅集酬唱，當然更撰寫政論，保護華人，伸張正義。潘氏長於詩文，每每意興風發，名士風流，詩多題贈酬唱、飲宴艷事之作，如〈喜晤仲閼工部逢甲，賦贈〉、〈看雲圖為邱菽園孝廉煒萲題〉等詩，雖為應酬之作，但亦寄寓其深刻的抱負理想。居港頭四年，潘氏編有《香海集》，凡收詩二百首，以七律為主，敘寫客居香港的情懷，思想極富愛國主義，風格雄麗，應為香港開埠第一部詩集。如〈題「香海對酒圖」〉有「江山信美原吾土，文酒關懷屬我曹。在眼橫流他日定，填胸磈磊此時高」句，[9] 足以反映潘氏詩酒論世的情懷。同時，潘氏居港時亦編定《老劍文稿》，多論政改革的文章，也有不少序跋遊記，如〈游大潭篤記〉、〈畫會記〉等記載當時香港風土人事。

潘飛聲主政《華字日報》期間，在報上闢立「精華錄」副刊專頁，選錄時賢詩文小說，登載東亞南洋的詩詞，推動香港文學與海外文壇交流發展，貢獻重大。尤其是光緒三十一年（一九〇五）潘氏自撰《在山泉詩話》連載「精華錄」上，介紹其平生所交接詩人，述及德國、日本、朝鮮詩人詩歌，更介紹嶺南詩畫文藝，析論詩風，內容精彩，為香港第一本詩歌批評著作。而詩話所記朱彊村、梁啟超、黃遵憲、唐景崧、丘逢甲、丘菽園、日韓文人等在港活動，論政論詩，留下極為珍貴的香港文學史史料。光緒三十二年（一九〇六），潘飛聲辭去報務主筆之任，返回廣州。未幾，北遊北京、上海等地，民國後寓居上海，加入南社、漚社等詩社，成就更大。

3　丘逢甲及商界詩人梁淯、陳步墀、余維垣

潘飛聲貴為留洋學者、華報主筆、世家子弟，在當時香港文壇很有影響力，旅港各方騷人如馮雍（曾任九龍副將幕府）、梁麟章（曾司鐸瓊海）、趙吉莽（私塾先生）、梁淯（商人）、陳步墀（商

人）、丘逢甲（維新派）等莫不與之交遊。其中與丘逢甲論政論詩，意氣相投；而與商人梁淯、陳步墀交情最篤，情同手足。

丘逢甲（一八六四——一九一二）晚清因臺灣被割讓日本後，抗日失敗而內渡廣東原籍，後多次前來香港活動，會晤康有為、潘飛聲、黃詔平等，與潘氏神交尤久，來港後即與之論詩歌時政，十分投契，二人贈答唱和作品不少，潘詩雄麗，丘詩雄壯，題材豐富，如〈九龍有感〉、〈香港書感〉等流露深刻的家國情懷，如〈蘭史招飲酒樓疊前韻〉、〈詔平席上次蘭史韻〉等則為名士風流之作，推動一時唱和風氣。

梁淯（一八六一——一九一九），字又農。廣東東莞人。光緒十三年（一八八七）來香港經商。能詩能畫，刻有《不自棄齋詩草》，詩風沈鬱，心境頗潦倒，如〈姬人自鄉來，夜半携諸子女抵港，相對如夢寐，有感書此〉首聯云「潦倒香江廿五年，老來情緒淡於煙」，[10] 反映其居香港的艱難生活。又〈香港電燈行〉、〈東歸乘九廣鐵路瀛車途中有作〉等詩詠寫新時代發明，鎔鑄新理想以入舊風格，頗有時代特色；〈九龍秋望〉詠及英人強租新界，寫出居夷秋望的憂思。

陳步墀（一八七〇——一九三四），字子丹，別號雲僧。廣東饒平人。晚清在港打理家族經營的「乾泰隆行」米業生意，該行乃香港南北行第一大商號。陳步墀少攻舉業，從陳伯陶遊，不得意乃從商，故重視傳統國學文獻詩教，曾編《繡詩樓叢書》，保存三十多種文獻。陳步墀來港時尚年輕，詩詞兼擅，著有《繡詩樓詩》、《茅茨集》、《宋臺集》詩集。其詩獨抒性靈，不事雕琢，清新自然，極富神韻，有唐人之風。七古〈蔡烈士歌〉「蔡君學文信人傑，熱灑神州滿胸血」、「寄語同胞我國民，齒寒當與唇亡均」句，[11]為賢者作頌，悲壯感慨。又曾作〈將去潮州作九言歌，留別諸子〉九言詩，頗有韻味。又著有《雙溪詞》、《十萬金鈴館詞》詞集，小令長調，婉約豪邁俱擅，並見其填詞成就。光緒三十四年（一九〇八）廣東大水災，陳氏曾作〈救命詞〉三十首刊於《實報》，呼籲港人積極捐款賑災，士女繡其詩籌款，陳氏遂以繡詩為齋名紀事。入民國後，陳氏廣與旅港遺老賴際熙、溫肅等遊，眷戀清室，心存復古，如〈學海堂懷阮文達公〉、〈丙辰春日侍家子勵師登宋王臺懷古〉等，其思想可見一斑。

除了梁、陳二人外，晚清居港商人不乏能詩者，如王韜〈徵設香海藏書樓序〉云：「即其間習貿易而隱市廛者，或多風雅高材，如周青士、朱可石其人，類亦不乏。」[12]現有詩文集傳世者，尚有余維垣（一八六〇——一九三四後），其刊有《雪泥廬詩草》，詩作數百首，清雅自然。余氏為廣東台山人，少貧棄學從商，早歲赴美國、巴拿馬謀生，後經商香港四十年，至二十年代後期歸隱廣州。余氏詩歌不染商人俗氣，多紀遊歷美洲、南洋、廣東等地，有詠及飛機、炸彈、氣毬等新事物，亦有〈連年商業不佳，有所虧折，感賦〉寫香港經商生涯，〈入鯉魚門〉、〈九龍一帶割歸英屬〉、〈香江漫興五首〉等寫香港社會歷史，抒發國土淪陷的感慨。

4　革命黨文人

另外，晚清香港社會自由混雜，一羣反清革命黨人長期集居香港從事革命事業。這些革命黨多為粵籍文人，他們在港積極辦報，報導廣州及各地時事，抨擊清廷，啟發民智，鼓吹革命，如陳少白辦《中國日報》，鄭貫公辦《唯一趣報有所謂》，黃世仲辦《香港少年報》，陳樹人、胡子晉等辦《東方報》等。各報俱為小報，篇幅不多，以粵語白話夾雜文言書寫為主，期以通俗文學啟發民智。諸報均設有文藝諧部，如小説、粵謳、班本、雜文、詩詞等，推動香港通俗文學的發展。就詩歌方面而言，各報設有詩詞專欄，如《東方報》「風雅壇」、《唯一趣報有所謂》「風雅叢」，《中國少年報》「騷壇幟」、《中國日報》「詞苑」等，專錄粵港革命黨同人詩詞，黨人多用筆名發表，殊難詳考，僅知有鄭貫公、陳樹人、黃節、岑學呂、廖平子數人而已。革命黨詩歌，並不通俗，反而情感真率，大聲鏜鎝，慷慨激昂，如鄭貫公〈贈友三首〉其三「沈沈專制下，無力暢心遊。願作九皋鶴，日日鳴不平」、[13] 岑學呂〈雜感七首〉「浪説神州一柱擎，書生何事請長纓。縱教博得封侯印，種族恩仇尚未明」、「奴顏婢膝談風節，天喪斯文大可哀。安得革車三萬乘，檻囚驅上斷頭臺」等詩，[14] 反映作者不畏犧牲，豪情壯志，鼓吹民族主義，流露強烈的反清決心。後來鄭貫公早卒，辛亥革命後，陳樹人、黃節、岑學呂多次來港，並有詩作歌詠時局，岑氏更隱居香港終老。

5　香港本土文人

上述王韜、潘飛聲、革命黨黨人等雖在香港晚清文壇取得很大成就，影響深遠，但他們都不是香港土生的居民，作品總帶點客居的色彩。反而與潘氏同期而年輩稍後的馬小進，生於香港，曾留學美國，後來成為北洋政府眾議員、總統府秘書。晚清時，馬氏年青有為，創作不少詩歌，如〈醉題酒家壁〉七古「少年意氣豪且奇，白馬雕弓入燕市」、「何年共遂黃龍飲，斫盡朝兒著偉勳」，[15] 意氣風發，寫出抱負理想。入民國後，馬氏加入南社，浮沈政壇，閱歷漸深，創作更多，成為當時本土詩人中文學成就較高的一位。

在晚清香港文壇，本土詩人集中在新界鄉村地區，他們世世代代居住在寶安南頭、上水、元朗一帶，接受傳統國學教育，長期過著耕讀的日子。他們生活樸素，讀書上進，積極組織詩社、開詩會，提倡詩歌文化，其中上水鄉詩歌歷史悠久，風氣更盛，陳競堂〈隱逸花〉序云：「吾邑上水鄉，每年歲朝即開詩會，歷百餘年於茲矣。」[16] 廖頌南《上水青年詩社集・序》亦云：「攷我鄉詩學之興，始于前清乾隆間，闕後文人輩出，揚風扢雅，作述如林，垂二百餘年。都人士靡不嘖嘖稱道，號為聲名文物之鄉，甚盛事也。」[17] 可見上水鄉詩人在英國殖民統治下，香港意識雖然不強，但他們依舊提倡國故文學，發揚寶安上水的百年文學傳統，也因此可以說新界文學是香港最純正的本土文學代表。只是新界文人很少接觸港九的主流文壇，自足於鄉村之內。

晚清新界文人主要為傳統私塾、學校的教師，如翁仕朝、許永慶、陳競堂、黃子律等，都是當時新界著名的文人，均有不少作品存世。然而他們的詩文水準不一，風格略有不同，如翁仕朝詩多帶點老學究的色彩，殊無可取。而許永慶曾撰香港新界各地竹枝詞五十六首，紀錄港九新界各地風物，如〈瀝源九約竹枝詞〉「沙田頭又值年豐，塑壆坑源水蔭通。直待沙田禾麥熟，家家相慶賦千鍾」，[18] 質樸無華，寫出鄉土氣息。許氏以竹枝詞授徒，傳誦沙田西貢一帶人口，代代相傳，至今仍為人津津樂道。

至於陳競堂、黃子律二人，生平不得意於科場，乃以授徒維生。陳競堂是民初新界詩人中惟一生前印刻詩集的文人，曾刊行《克念堂詩稿》（民國五年（一九一六））、《貸粟軒稿》（民國十三年（一九二四）），詩多寫新界風光及與鄉人酬唱之情，頗尚袁枚性靈詩風，亦有部分作品如〈醉中偶作〉、〈題《東方報》〉、〈登高〉等反對滿清專制，追求革新自由，情感激越，〈醉中偶作〉云：「未漆讐頭飲恨多，淋漓杯酒奈愁何。叩閽無語天猶醉，斫地悲歌劍屢磨。冤海枉填精衛石，斜暉猛奮魯陽戈。自由不獲毋寧死，攘臂誓除專制魔。」[19] 頗見其革命思想。而黃子律先生在新界元朗教學辦學數十年，歷經晚清、民初、抗戰及五十年代四個大時代，是新界詩人中存詩最多的一位。黃子律於民國二十三年（一九三四）創辦鐘聲學校，春風化雨，終生育才，其所作五百首作品，詩格平易，多反映新界鄉居與友人唱和之作，其中和鄧惠麟、伍醒遲之作稍為可觀，而〈宋王臺〉、〈七七事變〉懷古寫實，則見其家國之感；黃氏民國後曾與港九詩人黃密弓、葉次周、陳伯陶等交遊，略見其突破鄉曲之限。

在晚清香港文壇值得大書特書的是，光緒廿四年（一八九八）英國強租新界時，曾激發新界元朗夏村父老如鄧菁士、鄧惠麟、伍星墀（醒遲）等組織鄉民奮起反抗，然而最終敵不過洋槍炮火而失敗，其中鄧菁士戰死，伍星墀被囚，鄧惠麟脱難。鄧伍諸人在新界接受傳統私塾教育，亦能詩文，所寫保家抗英之詩，可歌可泣，如伍星墀〈英租九龍，不屈被捕，港臬定繯首之刑，歸獄時夜色四合，占此寄慨〉：「陰霾四布眼模糊，是否幽明已異途。天地祇今真逆旅，居諸何處是桑榆。生能抗敵非文弱，死不驚人豈丈夫。此去羞從子胥祖，國門恨未繫頭顱。」[20] 表現那種大丈夫頂天立地、視死如歸之慨，大氣磅礡，信為可傳之作。鄧惠麟更作〈感遇〉六首，如「畫界督臣輕土宇，遮河父老哭旌旗」、「五馬有刑懲漢歹，九龍無界限英夷」、「也知一木久難支，忠憤催人強出師」、「焚巢已被情奚服，省墓難通淚更流」等句，[21] 慷慨悲歌，反映國家積弱、河山淪陷之無奈，憂患之情，哀怨動人，繼承嶺南傳統雄直詩風，推為早期香港本土文學的傑作。

6 其他詩人

此外，晚清香港社會開放，思想自由，中西宗教並行，其中不乏信徒居士亦能詩文，如李小鄴著有《小壺山館詩存》（已佚）、田邵邨著有《梧桐山集》等。後者田邵邨信仰先天道，生平極力弘揚先天道教義，曾在九龍新界建築宮觀，招聚信眾香火，尤其是在新界邊境梧桐山所築梧桐仙洞，規模最大，影響深遠。田氏擅於傳統詩文，頗有創作，光緒三十二年（一九〇六）刊印《梧桐山集》，收錄其與新界同道戴弁英、張用霖等唱和之作，又收錄一些先天道或道教經典雜文。田氏醉心先天道，所作詩歌及詩論多寓以起人善志、懲人逸志的寄託，出世修道之味極濃，詩歌入道，可取者不多，如〈題三遊赤柱有感〉、〈咏總理桐山功成告竣〉二詩，或可一觀。

值得一提的是，光緒二十年（一八九四）香港初次爆發大規模鼠疫，傳染而死過千人，其後數年鼠疫仍然為患，當時過港粵人何祖濂曾撰〈鼠疫歎〉反映鼠疫慘況，如「百死惟一生，朝旦不慮夕」、「十室九逃避，如遭火與兵」句，[22]以詩作史，頗為珍貴。又晚清不少粵人前來香港旅行，如梁喬漢編有《港澳旅遊草》專著，收錄其遊居港澳的詩作，如〈港中雜事二十韻〉、〈賽馬場〉、〈德律風〉、〈電線信〉等反映港人華洋雜處的社會面貌，以及詠寫電話、電報等西方新事物，可見香港社會進步的一面。

三、民初的香港文學

1 民初香港文人結社

宣統三年（一九一一）十月辛亥革命爆發，次年宣統皇帝宣布退位，民國成立，結束了滿清長達二百多年的統治。民初，大陸政局不穩，不少文人湧入香港避世，推動香港文學的發展。

民初香港文壇承接晚清傳統風氣，主要由報界、教育界、傳統詩畫界文人組成，他們熱衷創作詩文、詩鐘及通俗小說，時常雅集，各自組有海外吟社、香海吟壇、聯愛詩社、潛社等詩社，推動香港傳統文學的發展。這些詩社多在樟園、愉園、太白樓、南唐酒家等地舉行雅集，主要創作詩鐘對聯，亦及詩詞。其中海外吟社，由劉伯端、楊其光、江孔殷等人於民國元年（一九一二）創立，以詩鐘為主，應是民初香港第一個詩社。其中社員劉伯端、江孔殷新從廣州移居香港，前者來港助俞叔文課徒，後者為前清翰林而來港從商。劉伯端詩歌不多，但與時並進，如〈英國詩人沙士比亞歿後三百載開會紀念〉、〈普慶戲院開幕〉等，劉氏又擅填詞，獨享盛名，詞學吳夢窗、周清真。而江孔殷則翰林根柢，詩詞並擅，雅正自然。海外吟社以外，民初香港詩社以潛社較為著名，詩社由勞緯孟、譚荔垣、何冰甫、張雲飛、葉茗孫等人於民國五年（一九一六）成立，勞緯孟、譚荔垣為《華字日報》編輯，何冰甫為《循環日報》督印人，葉茗孫為著名塾師，詩社提倡詩鐘，亦及詩歌，如曾以風雨樓雅集命題，勞緯孟更能説部，社員作品時載報上，頗有影響力。

在英國殖民統治下的香港社會，教育重英輕中，民初那些傳統私塾、義學或中學的中文教師如何恭第、呂伊耕、俞叔文、何祖濂、羅濂、黃密弓、葉名蓀、張秋琴、陳硯池、張啟煌等在當時華人社會上地位頗高，甚受尊重，他們多來自廣府各地，居港期間作育英才，弘揚國學，或擔任徵聯比賽閱卷評判，或加入各大吟社，均有詩詞傳世，詩風工穩，而何恭第更撰寫多部小説，尤為著名。居港青年詩人如羅禮銘、潘小磐等均為何恭第弟子。又羅濂來自順德，居港九年，頗多作品反映閒居生活，如〈香江太白樓游記〉、〈遊九龍宋王臺記〉等，小品文言，清新可誦。

2　北山詩社詩人羣

二十年代初，廣東南社社長蔡哲夫（守）自廣州移居香港，協助商人莫鶴鳴打理赤雅樓古玩店。蔡氏居港積極結社雅集，進一步推動香港文壇發展，更掀起詩詞創作的高潮。

民國十三年（一九二四），莫鶴鳴、蔡哲夫向商人利希慎借用利園山二班行作為文人雅集場地，並聯絡潛社勞緯孟、竹林詩社鄒靜存及旅港南社同仁等組結北山詩社（初名愚公簃詩社）。在蔡氏等人振臂高呼之下，詩社運作半年，獲鄧爾雅、呂伊耕、陳菊衣、何鄒崖等一百餘位詩人響應，其中不乏女性作家如呂素珍、羅賽雲、張傾城、鄧小蘇、談月色等，展現多姿多彩的民初香港文壇。詩社作品多達一千餘首，作品及人數之多，實為民初香港最大的詩社，因此曾一度形成以利園山北山詩社為中心的文人羣，蔡哲夫亦發出「開島百年無此會，卻從今夕付吟流」的盛歎。[23]

北山詩社以潛社、南社社友為骨幹，每周一會，以《華字日報》為通訊平台，擬題刊詩。作品以歌詠利園山雅集情景為主，如詠曼陀石、連理榕、品茗、賞月、聽雨、聽曲、菊會、東坡生日、上巳重九雅集等，表達重振國粹、思鄉憂國之情懷。詩社詩風雅正，以發揚李杜詩歌傳統為主，如聽濤〈甲子中元後一日愚公簃玩月〉有句云：「風雅本來為國粹，底事狂且偏播棄。他邦韻語正昌期，我輩一呼宜振臂。潛社前塵猶可追，浣青辭統肩荷之。」[24]值得重視的是，北山詩社不作詩鐘，而大力提倡詩詞唱和，明顯突破清末民初香港詩社多局限於詩鐘創作的傳統，尤其是社友劉伯端、楊鐵夫、蔡哲夫等更唱和〈賀新郎〉、〈霜花腴〉、〈步月〉等詞，和作多達二百餘闋，乃為長期以詩歌為主的香港文壇帶起濃烈的填詞風氣，諸人所填詞傾向學南宋吳文英、史達祖麗密沈厚之風，頗具時代色彩。可惜民國十四年（一九二五）夏，省港大罷工爆發，社會動盪，直接導致北山詩社成立不足一年而解散。

其後，香港時局轉趨穩定，原北山詩社社友各自組結南社、正聲吟社、新潛社等，如蔡守依然帶領南社社員在利園、九龍石鼓山、陶園酒家等地雅集，詩畫並重，與湖南長沙的南社湘集遙遙相應，惟規模已不及北山詩社之盛。

再者，民初香港詩畫風氣興盛，如有蜚聲詩畫社、太白樓詩書畫社等之設立，其中以民國十六年（一九二七）香港書畫界文化人所組織的香港書畫文學社為最大，文學社以杜其章為社長，舊北山詩社張雲飛、勞緯孟、譚荔垣、蔡哲夫等亦參與其中，經常雅集，更曾創辦《非非畫報》，亦畫亦詩，繼續提倡文學至抗戰前夕。蔡哲夫〈島樓書畫雅集〉、杜其章〈中秋夜書畫文學社雅集陶園酒家，玩月書懷二首〉、鄧爾雅〈丁丑、戊寅畫盟諸友避兵島上感賦，先呈趙浩公、黃少梅〉等詩，都是反映香港詩畫文學互動的發展特色。

3　前清遺民羣

民初香港文壇與晚清時期明顯不同的是，有一羣前清遺民移居香港，為香港文壇注入一股守舊思想的力量，影響深遠。

辛亥鼎革後，一批前清舊臣士子為保氣節，不事二朝，乃前往香港隱居，如陳伯陶、姚筠、蘇澤東等以遺民自居，仇視民國，過著恥食周粟的隱逸生活。其中陳伯陶是當時香港前清遺民的領袖，頗有影響力。陳伯陶，光緒十八年（一八九二）進士探花，授翰林院編修，官至南書房行走、江寧提學使等要職。來港後，居九龍城官富場，齋號「瓜廬」，即以東陵侯種瓜自況，並自號「九龍真逸」。陳伯陶詩歌多寄託故國之思，如〈避地香港作〉「生不逢辰聊避世，死應聞道且窮經」，[25]〈九龍山居〉「異物偶通柔佛國，遺民猶哭宋王臺」等，[26] 反映陳氏身遁海濱，心戀故主，託古傷今，無限滄桑，心境孤獨淒冷。又如〈宋王臺懷古〉、〈登九龍城放歌〉等都是抒發朝代興亡、感懷身世之作，表現那種忠於前朝而不仕新朝的氣節。

陳伯陶在港二十年，從事整理鄉邦文獻，編纂《勝朝粵東遺民錄》、《明東莞五忠傳》等；又曾考訂官富場（今觀塘）南宋遺跡如宋王臺、侯王廟等，潛心著述，以寄寓亡國之痛。此外，陳伯陶常集賴際熙、蘇澤東、吳道鎔、陳詞博等到宋王臺憑弔寄興，尤其是民國五年（一九一六）農曆九月十七日，陳伯陶召集吳道鎔、張學華、汪兆鏞等人於宋王臺祭祀南宋遺民趙秋曉生日，並以此為題，寫詩填詞，掀起遺民唱和的風氣。陸續加入唱和有丁仁長、張其淦、黃日坡、何藻翔、蘇澤東、李景康、梁淯、黃慈博等詩家，蘇澤東遂編《宋臺秋唱》，傳播至今。由是形成以陳伯陶及宋王臺為中心的詩人羣，遺民思想尤為濃厚。民國十一年（一九二二），宣統皇帝溥儀在北京成婚，陳伯陶專程攜帶香港遺民及商人所捐獻巨款入京祝賀，陳氏當時重經昔日入值的南書房，感慨萬分，有〈壬戌十月重至南齋，口占呈朱艾卿少保、袁玨生、朱聘三兩編修〉詩四首紀事，易代滄桑，表現忠貞之節。故陳氏卒後，獲謚文良。

同時，前清翰林增城賴際熙應聘來港擔任香港大學中文教習，並與陳伯陶、溫肅過從唱和，祭拜光緒皇帝，登臺懷古，賴氏所作〈登宋王臺作〉云：「登臨遠在水之湄，豈獨興亡異代悲。

大地已隨滄海盡，怒濤猶挾故宮移。殘山今屬周原外，塊肉曾無趙氏遺。我亦當年謝皋羽，西臺慟哭只編詩。」[27]借古哀今，悲壯感人。相對賴際熙而言，陳伯陶、張學華等居港長年懷緬往昔，思想傳統守舊，少與世接。民國十二年（一九二三），賴際熙、俞叔文等有感香港社會中文水平低落，乃仿傚晚清廣州學海堂的辦學精神，創辦學海書樓，提供義學，禮聘溫肅、陳伯陶、朱汝珍、何鄒崖等遺老，講授傳統國學，薪火相傳，影響至今。賴際熙後來更掌香港大學中文學院院政，延聘溫肅、崔師貫等，持續傳授國學，裁培了李景康、陳君葆等文人，影響更大。至此這些遺民對香港中文教育貢獻重大，陸續獲香港社會肯定，如當時港督金文泰頗禮待諸人，並推許為國學耆宿。

此外，民國十六年（一九二七），梁廣照、韓文舉、譚荔垣、吳肇鍾、鄭水心等人亦在宋王臺一帶舉行文酒之會，結為宋社，詩社老少咸集，酬唱切磋，情感滄桑哀怨，如韓文舉〈題「宋王台雅集圖」〉云：「愴傷奚止宋王台，形迹零遺倍長哀。祇有九龍隨海逝，更無五馬渡江來。離心靈運從何住，醉語淵明去不回。願學謝陶君莫笑，依依蓮社共徘徊。」[28]這種滄桑哀怨的情懷，與陳伯陶等前清遺民的宋臺秋唱一脈相承，壯大香港遺民文學的陣容。

4 抗衡白話文

另一方面，自五四運動以來，胡適、陳獨秀等人掀起批判中國傳統文化，鼓吹白話文，在這場新文化運動席捲神州大陸之際，遠在天南海隅的香港文壇卻不受影響，文人堅持提倡傳統清雅的文言，不過他們對這場運動衝激傳統國學，深感憂慮，如譚荔垣〈甲子中元後一日愚公簃玩月〉有句云：「舉世仇風雅，坑焚肆誅鋤。公乃耽吟詠，味道嚌其腴。性情有深契，操行無歧趨。不惜與俗戾，而與古為徒。」[29]鄒靜存〈客去醉吟〉有句云：「天綱慨傾頹，地維嗟絕紐。六經委灰塵，石鼓遭擊掊。牛鬼與蛇神，幻相呈百醜。役役復營營，跋前輒躓後。巧言舌如簧，不知顏孔厚。」[30]二人詩作表現那種保存國粹、衛道闢邪的思想，抗衡新文化、新文學運動。同時，中學女教師陳啟君更於民國十一年（一九二二）創立蓮社，提倡國故詩文，其徵詩啟事云：「慨自國學夷陵，歐風瀰漫。雅頌不作，弔滄海之橫流；鄭衛滋興，愴世風之日下。瞻徊鄉國，馬首何之；俛仰塵寰，蛾眉慵展。」[31]可見當時香港女性羣體為了抗衡西洋新文學及五四新文化而提倡國學的文藝思潮。賴際熙〈籌建崇聖書堂序〉更鞭撻新文化運動摧毀傳統經學，乃倡建崇聖書堂，力圖保存傳統文化。更有甚者，羅五洲為了提倡國學，抗衡新文化白話文運動，乃於民國十一年（一九二二）創辦《文學研究社》期刊，選登海內外文人詩文小說。羅氏更聯絡海內外文人，開辦函授學校，提倡國故，使香港傳統文壇更趨穩固。

二十年代中後期，香港文壇陸續出現新文學作品，而且有不少新文藝青年批評香港傳統文壇，[32]正是象徵新文學在香港開始萌芽的階段。有見及此，傳統文人朱汝珍、溫肅、賴際熙、譚荔垣、桂坫等五十二人乃於民國二十年（一九三一）組織正聲吟社，標傍傳統正體雅聲，創作詩鐘及詩文，連載《華字日報》，抗衡白話新文學，鞏固傳統詩文的發展。次年，詩社出版《正聲吟社詩鐘集》，此書應是香港第一本正式刊行的詩社詩集。譚荔垣序揭示當時人心趨新、傳統斯文衰敝的創作背景云：「比年以來，禁經黜聖，故書雅訓，幾欲全付一炬，庸妄之徒徧天下，詩文簡牘辭氣，務為鄙倍，則詩鐘一道在今日已為雅裁，彙而存之，或亦斯文一綫之所寄乎，是則尤可悲也。」[33] 譚荔垣雖重點提及詩鐘創作，實際上詩社也曾以「女招待」、「香江端陽雜感」、「東坡生日」、「題張雲飛先生繪蘇冊」等命題賦詩，作品不少，有力促進香港傳統詩歌的發展。與正聲吟社同期，文壇尚有賓名社之設，陳菊衣有〈賓名社諸大老雅集九龍，祝荷花生日，邀約未赴，賦此奉答〉、葉次周有〈乙亥九日賓名社友同集李鳳坡九龍寓齋，旋買醉江樓，醉後有詠〉等詩紀事，可知賓名社約在三十年代初成立，直至抗戰前夕仍有雅集，尤其是葉氏作品提及社員有沈仲節、劉草衣、李景康、俞叔文、馬華友、洪濤飛等人，具有史料價值。

5 上水青年詩社

除了北山詩社、遺民詩人羣外，民初新界詩壇繼承晚清遺風，人物鼎盛，特別在上水地區，廖氏原居民子弟組結上水青年詩社，這些年青子弟出身自傳統私塾，從小跟鄉曲小儒讀書，亦長於詩文。他們在鄉村自組青年詩社，舉行徵詩比賽，氣氛熱鬧，於香港主流文壇之外自成一角。社友作品很多，曾結集為《上水詩社集》，以鈔本傳世，社課多傳統模擬及詠物之作，如〈擬李太白舉杯問月〉、〈曲水流觴〉等，頗事雕琢，追求典雅高華，亦有詠寫暖水壺、飛船、無綫電等新事物作品，與時並進。無論如何，上水詩社作品，反映民初新界地區詩歌創作風氣猶盛。

6 其他

值得一提的是，民初香港文人曾以詩反映社會所發生幾件舉世矚目的大事件。民國七年（一九一八）二月二十六日香港發生釀成超過六百人喪生的馬棚大火慘劇，成為香港歷史上最嚴重的火災，梁廣照〈馬棚火災行〉、陳步墀〈弔香江馬場之災〉等以詩紀事哀悼。二十年代，香港先後發生海員大罷工（一九二二年）及省港大罷工（一九二五年），工人標舉反對剝削，追求公義，抗議洋人壓迫的口號，一時全國響應，香港社會運作頃刻停頓，蕭條動盪，尤其是省港大罷工規模之大、時間之長，影響極大。崔師貫〈五月香港旅民罷役絕市，五季來再見矣，山居敂門，消息阻斷，如在圍城中，書示學子〉、江孔殷〈二次罷工感賦〉、蔡哲夫〈北游不果和靜存韻〉等詩，均感嘆當時的罷工局勢，表現詩歌為時而作的優秀傳統。

四、抗戰時期的香港文學

民國二十六年（一九三七），七七盧溝橋事變爆發，中國軍民全面抗戰，國土淪陷，血流成河，災難空前。當時，大陸各界人士紛紛南下英殖民地香港避難。何曼叔〈下環高升茗座望山海〉云：「卻見朝來海氣紛，山頭樓檻襲重雲。中原望眼家何在，不盡南來避難人。」[34]南下避難人羣中不乏文人，他們或辦報刊，或參加抗戰文化行列，當時文壇人物濟濟，呈現空前繁盛。其中有不少文人為新文藝作家，他們成立「中華全國文藝界抗敵協會香港分會」，提倡新文學，為香港文壇注入新文學的元素。另一方面，傳統文化界人士也成立「中國文化協進會」，以文化救國為宗旨，倡導詩文書畫創作，推動香港傳統文化的發展。此時，香港新文學創作大盛，與傳統文學，幾乎平分秋色了。

1 南來文人楊雲史、柳亞子

抗戰時期，香港古典文壇可分北方文人和廣東文人兩大類。北方文人有張仲仁、徐謙、章士釗、楊雲史、柳亞子等，廣東文人則有葉恭綽、李仙根、楊鐵夫、葉次周、江孔殷等，他們同心抗日，唱和往來。其中北方文人張仲仁、章士釗原為政壇要人，短暫來港，對文壇實際影響不大，反而傳統文人楊雲史、柳亞子居港期間寫了很多詩文，頗為矚目。

楊雲史（一八七五—一九四一），名圻，江蘇常熟人。前清廷駐新加坡領事館書記官，民初擔任吳佩孚、張學良秘書，民國十五年（一九二六）刊印《江山萬里樓詩詞鈔》，詩名特大，作品表現宗尚盛唐的詩風，別樹一幟於民初宗宋的同光體詩壇。民國二十七年（一九三八），楊雲史逃離北平，南下香港，廣作詩文，呼籲全民抗戰，與簡又文、陸丹林、陳孝威等友善，作品長期載

《大風》、《天文臺》等刊物上。楊氏居港詩詞，多寫香港遊蹤，如〈病中遊道風叢林晚歸〉「墟落散花竹，漁樵烟際歸」、〈己卯清明九龍城踏青〉「野木數間屋，鳴禽十里山」、「海國雲霞盛，家山草木深」等，[35]清遠自然，且帶有濃厚的思鄉之情。楊氏更有不少抗戰之詩詞，如〈賀新涼·弔張自忠將軍〉、〈歲暮聞晉南寇氛甚惡，我潼關守軍力拒，賊不得渡河〉、〈巴山哀〉、〈米珠嘆〉等詩，緊扣戰局社會情況，愛國情懷，尤為真摯。

柳亞子為民初著名詩社南社的社長，民國二十九年（一九四〇）由上海前來香港，居港年餘，活躍於各文藝界社團協會，寫下兩百餘首詩，編為《圖南集》。柳亞子詩用韻稍寬，多應酬紀事之作，敍寫其交遊活動，反映熱鬧繁盛的香港文壇，如〈贈蕭紅女士病榻〉「天涯孤女休垂淚，珍重春韶髩未華」，[36]關懷現代小說家蕭紅的病況；〈夜赴香港新文字學會歡迎會〉「革命青年新世界，大同國父舊風標」，[37]寫參與香港新文藝活動等；〈十一日晨起，奉寄潘小磐先生二首〉與香港年青詩人潘小磐訂交等，均可見一斑。

2　廣東文人羣與千春社

至於廣東文人方面，因為粵港語言及生活習慣相同，所以他們很快成為香港文壇的主流人物，其中以葉恭綽為領袖。葉氏廣東番禺人，歷任北洋政府、國民政府要職，政壇地位顯赫。葉氏生於書香世家，傳統詩書畫無所不擅，亦寫白話文。居港期間，葉氏鼓吹文化救國，擔任「中國文化協進會」顧問，推動舉辦廣東文物展覽會及研究鄉邦文獻，發揚民族精神，貢獻不少。葉氏居港亦有大量詩文，不只是雅集唱和，如〈聞黃河決口，被災區域甚廣〉、〈三月十五日捷克淪亡〉、〈挽空軍張效桓若翼殉國〉等紀及世界形勢，關注抗戰前途，哀悼抗日陣亡戰士，表現強烈的愛國之情。

民國二十八年（一九三九），粵籍文人朱汝珍、江孔殷二人為了繼承民初潛社、正聲詩社遺風成立千春社，舉行詩鐘比拚之會。民國三十年（一九四一）黃詠雩所作〈千春社席上賦呈朱聘三、江蘭齋、盧袞裳、盧湘父、俞叔文、黎季裴、楊鐵夫、胡伯孝、鄭韶覺、葉遐庵、黃慈博、陳覺是、盧岳生、李鳳坡諸子〉詩，可見當日社員十四人，舉行雅集，陣容鼎盛。朱汝珍為孔教學院院長，千春社乃創立於學院內，其後妙高臺、華夏書院等地都是他們雅集聚會、用遺客愁的場所，如江孔殷〈八聲甘州・柬鐘集諸友〉：「說甚文章千古，衹偶然消遣，結習難忘。」[38]詩社曾刊印《千春社文藁》一冊，收錄朱汝珍、江孔殷等作品，多為駢賦、試帖詩，明顯帶有科舉色彩，亦即江氏自說「結習難忘」。不過，千春社在抗戰期間凝聚粵籍文人，振興詩詞，推動香港文學創作，貢獻亦大。特別是社員葉恭綽、黎季裴、楊鐵夫、江孔殷、黃慈博、黃詠雩等均為詞壇高手，諸人唱和不絕，詞風特盛，可謂是繼北山詩社後，民國香港填詞的第二個高潮。楊鐵夫〈燭影搖紅〉「勿笑雕蟲小技，計衣冠，何非遊戲。」[39]不滿許地山之誹謗傳統文人而作。葉恭綽〈醉蓬萊・依樂章體，用東坡韻，和六禾、鐵夫重九詠懷〉、黎季裴〈泛清波摘遍〉等，俱為詩社唱和之作。這些社員生逢國難當頭之際，作品不純粹是風花雪月，亦有不少作品反映家國憂患，如楊鐵夫〈泛清波摘遍・中秋前一日集黎墅，繼霞龕作，和小山〉、朱汝珍〈陳孝威索和酬美總統羅斯福詩〉等，反映時代，賦予詩詞的生命力。

抗戰香港傳統文壇以男性為主，亦有個別女性如呂碧城、何香凝、冼玉清等擅於文辭。呂氏為晚清北方的女權倡導者，更擅長填詞，三十年代一度移居香港，後來赴瑞士漫遊，民國二十九年（一九四〇）重返香港，隱居東蓮覺苑，潛研佛學，亦有詞作紀事，並於三年後病卒。何香凝則為國民黨左派領袖，能丹青詩文。至於冼玉清乃民初廣東著名學者詩人，抗戰時隨嶺南大學遷移香港，冼氏擅於詩詞，時與千春社葉恭綽、江孔殷、黎季裴等前輩交遊唱和，曾自繪「海天躑躅圖」、「舊京春色圖」畫，題遍文壇名流。與冼玉清一樣從事學術研究的文人，如王淑陶、陳寅恪等亦流寓香港，只惜居港詩作不多。

同時，粵籍政客李仙根亦流居香港，其出身於香山詩禮世家，工詩文，居港有大量詩作記述抗戰，如〈「九一八」九周年〉、〈哀故鄉〉、〈總動員歌〉等，情感浩蕩，可歌可泣。其時，李履庵、孫仲瑛、岑學呂等亦避居香港，與李氏諸人過從密切，贈答作品不少。

抗戰香港詩壇，粵詩人何曼叔作品值得我們關注。何氏當時任職《大眾日報》，喜為詩文，詠寫時事，以「國難詩卷」專輯連載報上，反映愛國之情，如〈赴元朗訪玉汝，值南頭避難人士羣擁車站〉寫避戰難民窩集元朗的情景，又如〈馬票〉、〈快活谷行〉等批評港人國難當前仍然沈迷賽馬賭博的醉生夢死生活。何氏詩歌與眾不同，大膽運用新詞彙，其〈答某君〉自云：「君既專誠問作詩，請從真理莫支離。近人掃蕩唯心論，方法師承馬克斯。試考古來名作者，定隨當代遺新詞。陳言滿紙終何用，即使成篇亦可嗤。」[40]又如〈聞捷大喜為長句〉「我們應戰求生存」、「你們壯丁已無幾」等句，[41]引你們、我們等白話口語入詩，雖謂作者試圖融和白話與文言為一體，別樹一格，但頗淺俗乏味，有違傳統含蓄典雅的審美觀。

3 陳孝威索和酬美國總統羅斯福詩

此外，在民國三十年（一九四一）香港淪陷前數月，《天文臺》社長陳孝威公開索和酬美國總統羅斯福之作，當時詩壇反應熱烈，掀起一場全國性的大型唱和盛事。抗戰軍興，陳孝威將軍來港創辦《天文臺》報刊，鼓吹全民抗戰，開闢「抗戰詩選」專欄連載時人詩詞，更自撰論戰文章，分析國際戰局形勢，判斷德國進攻蘇聯、中日戰局等，獲美國總統羅斯福、英國首相邱吉爾致函褒獎。陳孝威為賦〈美利堅總統羅斯福先生讀余去年十月七日論文，賜函獎飾，輒酬一律賦謝〉云：「白宮三主承明席，砥柱終迴逆水流。降此鞠凶人擾擾，賢哉元首政優優。干戈到處洶羣盜，日月無私照五洲。要膾鯨鯢濟滄海，八方風雨感同舟。」[42]陳詩歌頌羅斯福領導有方，期望美國伸張正義，進一步支援中國抗戰。陳氏還請楊雲史和作一首，然後英譯裱裝遠寄羅斯福。隨後登報呼籲全國詩人賡和此作，以誠意感動美國擴大對中國的軍事援助，一時之間，香港、中國內地及南洋各地詩壇精英盡出，同仇敵愾，紛紛寄和，連載《天文臺》，作者多達三百人，和作三百餘首，惜未及結集刊行而香港便宣告淪陷了。[43]這場唱和不僅是抗戰時期香港詩壇發展的高潮，更是全國詩壇的一大盛事，反映香港古典文學對社會時代的回應與貢獻。

4 日治時期的文壇

抑有進者，四十年代初正是英國統治香港一百周年之際，鄧爾雅作〈香港〉、李仙根作〈百年二首〉、柳亞子亦作〈百年二首，次小進韻，未見仙根原唱也〉等，以紀念國恥。民國三十一年（一九四二），古卓崙作七古歌行體紀事詩〈香江曲〉以紀香港由開埠繁華到淪陷時的一百年社會轉變，以詩紀史，蒼涼悲壯；勝利後，更作〈後香江曲〉，專紀日治時期的香港社會苦況，長篇鉅作，信為可傳之作。

香港淪陷前，有不少年青詩人如陳湛銓、饒宗頤等已在香港留下詩文，陳、饒後來分別成為影響香港深遠的學者詩人。當時陳氏尚肄業於中山大學，因其父兄居港營商而來港度假，而饒氏在港協助葉恭綽編《全清詞鈔》等，二人日與高伯雨等論詩，陳氏多有詩作，而饒氏更為陳氏作〈《修竹園詩近稿》序〉。

民國三十年（一九四一）十二月，日軍發動太平洋戰爭，並迅速進攻香港。陳寅恪、柳亞子、林庚白、潘小磐等大批文人身處烽火之中，目睹淪陷經過，多曾為詩紀事。其中，林庚白方自重慶來港，幾天後即陷險境，林氏每日寫詩紀錄烽火動盪的情景，如〈十六日〉「華屋羣居日避兵，無燈無食但憂驚」、〈十八日〉「日夕岑樓聞決戰，東西海岸看同焚」，[44] 反映林氏在淪陷前的驚恐處境，後林氏不幸於十二月十九日被日軍擊斃於九龍天文臺道。香港淪陷後，文壇瞬間瓦解，文人紛紛潛渡大陸後方，他們多有作品抒寫虎口逃生的艱苦歷程。也有不少文人無法逃脱，暫時留港，賦詩潛悼家國，如孫仲瑛〈香島雜感〉云：「觸目南冠客，無人弔國殤。將軍疑中酒，姹女試新妝。閒坐調鸚鵡，低頭辱犬洋。未聞破陣樂，何以死疆場」、「太平山下路，遺老説英皇。血道刀途地，珠歌翠舞場。死綏無頗牧，對薄有姬姜。為問一抔土，何為在此方」，[45] 二詩諷刺部分港人沈醉聲色、媚日無恥的行徑，表現憤慨之情。至於一直吞聲忍氣留港作順民的詩人，亦多有作品寫實寄懷，如葉次周作〈甲申感事〉、黃偉伯作〈日人毀九龍城外屋宇闢作飛機場〉、〈七月廿五日，眼見日軍投降，英人接收香港，記以詩〉等詩亦反映日治時期香港社會面貌；而港大教授陳君葆於抗戰期間，更協助疏散學者文人，並與日人周旋，保存大量珍貴圖書及政府檔案，其詩頗能反映當時情景。

五、戰後的香港文學

1　碩果詩社及其他文人活動

抗戰初期，原正聲吟社社友黃偉伯與友人謝焜彝、馮漸逵等曾一度組結蟾圓社，唱和二十八會便止。在抗戰勝利前一年，黃偉伯、謝焜彝、馮漸逵、伍憲子等乃繼承正聲吟社、千春社、蟾圓社的傳統組結天風吟社，創作詩歌詩鐘，馮漸逵〈春日宴天風吟社〉有「聯吟戲效柏梁體，暢敘幽情詠且觴。陶然不知白日暮，意氣直欲淩風翔」詩紀事，[46]唯雅會不常，亦僅十六會而止。民國三十四年（一九四五）五月，黃偉伯、謝焜彝、馮漸逵、伍憲子又組結碩果詩社（簡稱碩果社），黃偉伯有〈乙酉五月廿一日組成碩果詩社，賦呈焜彝、憲子、漸逵三友〉紀事，兩年後作〈碩果詩社第一集序〉云：「因時局之不靖，詞客之雲散，蒞會者寥若晨星，爰以『碩果』二字名社，非自矜也，蓋有感也。」[47]蓋淪陷後，文人星散，風雅寖寂，黃、謝諸人有感而用「碩果」為社名。詩社提出「提倡風雅，切磋學問，不談政治，不涉黨派」之理念，聚集同好，首集在伍憲子寓所唱和，後便在黃偉伯九龍塘的寓所舉行雅集，一周一次，其後則改在酒樓雅聚。社課初期設有詩鐘之倡，後來以詩詞為主，題材更為豐富，如〈原子彈〉、〈論詩絕句〉、〈香江亂後弔宋皇臺遺址〉、〈碩果社五十會雅集〉等，論詩詠史，扣緊時代，推動戰後香港詩壇的發展。民國三十六年（一九四七），詩社刊印《碩果詩社第一集》，收錄二十六家詩詞，作品纍纍，頗為可觀。兩年後，又刊第二集，迅速發展，一直運作至六十年代中期為止，社刊更印至第九集，社友先後有七十三人，碩果社可謂香港戰後一個極重要的詩社。

民國三十四年（一九四五）八月，香港重光，百廢待興，流散各地的文人陸續回港。不久，國共戰爭復起，國內政局日漸緊張，不少新舊文人亦再度南來避難，香港文壇重現興盛的局面。當中不少左派文人前來香港活動，如民國三十六年（一九四七）柳亞子重來香港，積極參加左派政治宣傳活動，其詩歌一例應酬。次年初，柳亞子更與左派盟友如鍾敬文、宋雲彬、陳君葆、孟超、許元雄等組結扶餘詩社，響應共產黨解放全中國的號召，提倡新詩，解放舊詩，如作〈紀念林庚白殉難忌辰，并祝扶餘詩社成立〉「詩壇毛瑟三千在，喚起工農共荷戈」、〈金陵大酒家團拜典禮感賦〉「國共同盟成鼎足，致公民進亦千秋」等紀事，[48]主張鮮明，然而盟友詩作則不多見，後來隨著柳氏北返內地，詩社便解散了。

除了碩果社及左派文人活動外，碩果社社友何直孟、歐陽傑亦與其他旅居香港的傳統文人如陳菊衣、高奎吾、廖伯魯、許雲菴、何古愚、高澤浦、陳子毅等人時常唱和，共扶風雅，一九五〇年編結同人近年詩歌為《變風集》。同時，四十年代後期，有一些偽國民政府官員如林汝珩、廖恩燾也陸續來港避世，亦多詩詞唱和，壯大香港文壇。

2　一九四九年各地文人湧入香港

民國三十八年（一九四九）初，大陸戰局劇變，國民政府節節敗退，南遷廣州，共產黨在北平醞釀建國，政局極為動盪。大批旅港左派文人如柳亞子、鍾敬文等紛紛北上參加建國大業，退出香港文壇；而上海、廣州等地文人隨時局轉壞相繼湧入香港避難，特別是學者詩人如陳湛銓、饒宗頤、吳天任、熊潤桐、王淑陶、曾希穎、梁寒操、張一渠等，來港後詩文不絕，其中吳天任、陳湛銓二人於一九四九年至一九五〇年間感時之作尤多，如陳氏〈遺懷〉、〈獨行〉、〈別紹弼〉、〈夜臥銷凝，詩以自解〉等，感懷家國，諷誦不已，寫出不得意之態。〈別紹弼〉更云：「逃墨逃楊孰重輕，詩書功罪更難明。胸中冰炭殊恩怨，度外風波一死生。宛聽中丞喝南八，亟須孤島起田橫。王孫自有歸燕策，善事荊卿與報嬴。」[49]慷慨悲歌，寫出亂世之情。吳天任到港幾個月，有詩四十多首，如〈傷兵歎〉、〈香港晤陳湛銓，承示近詩，賦答〉、〈香江秋感四首〉、〈海上〉等，均反映家國淪亡、倉皇到港之憤慨。〈海上〉云：「海上波濤壯，天南涕淚枯。陸沈賸舟楫，庭哭待師徒。或夢竿旗出，猶聞楚戶呼。終看蹶秦暴，剗復定斯須。」[50]情感悲壯，沈鬱頓挫；而〈香港重晤筱雲丈，別十二年矣，舊好新知，一時共會，賦呈長句并柬仲衡、鳳坡、小磬、居霖、唯菴、簡能、荊鴻、漱石、湛銓、汝鏗諸子〉，足反映當時人物鼎盛的香港詩壇。吳天任、陳湛銓到港後旋入碩果詩社，開始與香港詩壇文人唱和。隨後，陳融、王韶生、曾克耑、張紉詩、李猷、傅子餘、趙尊嶽、易君左、余少颿、陳孝威等從各地轉進香港，一時文人聚集，詩詞唱和，文壇極為熱鬧，拉開五、六十年代香港古典文學大盛的帷幕。

3　五〇年代初詩社勃興

這些南來文人後來大多紮根香港，或辦學育才，或結社唱和，提倡國故文學，促進香港五、六十年代舊體文學蓬勃發展。一九五〇年夏，李景康開始與南來國民黨黨政軍人物如鄭水心、張維翰、熊式輝、陳其采等十餘人，組結「海角鐘聲」雅集，創作詩鐘，詩歌唱和，以遣客居之愁。一九五〇年冬，廖恩燾與劉伯端於香港堅尼地道廖仲愷、何香凝故宅，創立堅社，鼓吹填詞，與會者有羅忼烈、王韶生、張叔儔、張紉詩、林汝珩、曾希穎、湯定華、任援道、區少幹、王季友、陳一峰等，詞壇名家聚集，每月一會，社課填詞，推動香港的詞學發展。一九五一年，李星堦、周謙牧、鄭穀詒、鄧爾雅、王韶生、鄭璧文、張叔儔等組結健社，社員皆為粵籍文人，作品多反映動盪的家國，黃相華《健社集・序》云：「吾粵迭遭禍變，朋輩避地海隅者傷時念亂，或抱淑身砭俗之志，或懷報國匡時之心，雖結習難忘，借觴詠而自遣，究家國在念，懸正鵠以同趨。」[51] 健社由五十年代初創立，歷經五十多年，至廿一世紀初始停辦解散，是香港歷史最悠久的古典詩社。

除此以外，香港文壇尚有許多特別的詩人，白鶴拳師吳肇鍾、沙田萬佛寺月溪法師等擅於詩詞，積極交遊，各有詩集傳世，又陳孝威復刊《天文臺》等，俱促進香港舊體文學的發展。

六、總結

以上論述所見，從晚清到民國一百多年間，大量文人聚居香港，提倡傳統文學，述作並重，佳作紛呈，特別是辛亥革命、抗日初期、一九四九年三個上個世紀中國歷史中最動盪的時期，香港恰好扮演神州唯一的桃源樂土，吸引大量各方背景不一的傳統文人來港避難及活動，促進了香港古典文壇的發展。當時文人組結潛社、北山詩社、南社、正聲吟社、千春社、碩果社、堅社等詩社，雅集切磋，創作風氣極盛，從未間斷，彰顯了香港傳統詩文強大的凝聚力及生命力。

香港百年舊體文學，各體詩文俱備，唐宋風格及中西思想，兼採並重；而於題材，或寫人生際遇得失，或描繪江山風月，或反映不同期的香港時局、家國災禍，具有鮮明的時代色彩。當然，在五四運動及中共建國後一連串反傳統文化運動中，香港因獨特的地理及政治環境而得以置身事外，香港文人一直風雨如晦保存傳統國學詩文的血脈，至今馨香猶存，意義極大。

然而，近三十多年來，香港文學主流研究者，對百年香港舊體文學大多視而不見，或更排斥詆毀，製造一部部以偏概全的《香港文學史》，至為可惜。回顧中國歷代文學的發展，新舊文體不但不是完全割裂或對立，反而能兼容並存，推陳出新，百花齊放，各自傳承繁衍。因此，認清歷史史實，客觀陳述，飲水思源，重新審視香港文學傳統與現代發展，展現香港文學的實況，是為當務之急。《香港文學大系》主要收錄香港現代文學，兼採舊體文學及通俗文學，雖然現代與舊體文學篇幅比例不均，但已算是正視文學史實，擺脱以偏蓋全的陋習，表現廣闊的研究視野。

註釋

1 〔清〕舒懋官主修、王崇熙等纂《新安縣志》（香港：一九七九年重印本），頁二〇三—二〇五。

2 羅香林〈中國文學在香港發展之演進及其影響〉，載羅香林《香港與中西文化之交流》（香港：中國學社，一九六一），頁一七九—二〇七。

3 潘亞暾、汪義生《香港文學史》：「五四運動前後，新的文化思潮在中國得到迅猛發展，新文學很快成為文壇的主流。在臺灣，新文學也於二十年代初誕生，並得到穩步發展。然而，五四運動爆發後好幾年，香港思想文化領域還是死水一潭，充斥報刊的仍是些宣揚封建思想道德的舊文學。香港學者羅香林先生將一九一二年至一九二六年北伐開始前的香港文學，稱為隱逸派人士的懷古時期。所謂隱逸派人士，就是晚清遺老遺少，他們對民國政府充滿不滿與恐懼，把偏於南方一隅的香港，當作他們的避風港。『流連山海，弔古感懷，不覺形之篇集』。當時，封建守舊勢力在香港文壇佔據絕對優勢，他們維護著舊文化和舊文學的殿堂，極力阻撓新文學思想的南進。」潘亞暾，汪義生《香港文學史》（廈門：鷺江出版社，一九九七），頁二五。

4 黃康顯《香港文學的發展與評價》：「研究香港史的羅香林教授就將一九一二年至一九二六年北伐開始前的香港中國文學，稱為隱逸派人士的懷古時期，這些隱逸派人士，其實就是晚清遺老，不滿民國政府，於是避居香港，『流連山海，弔古感懷，不覺形之篇集。』其懷古就是復古，為了復古，便反對新文化，他們是香港的知識分子，香港有了這種知識分子，便阻礙了新文化的發展。」黃康顯《香港文學的發展與評價》（香港：秋海棠文化企業，一九九六），頁一〇九。

5 鄧昭祺〈論舊體詩在香港文學史應有的地位〉，載香港《文學研究》二〇〇六年冬之卷（第四期），頁八八。

6 胡從經編纂《歷史的跫音：歷代詩人詠香港》（香港：朝花出版社，一九九七），張大年編撰《香港開埠前後的詩史：香港詩歌選》（香港：飲水書室，一九九七），蔣英豪選注《近代詩人詠香港》（北京：中華書局，一九九七），方寬烈編著《香港詩詞紀事分類選集》（香港：天馬圖書有限公司，一九九八）。

7 王韜《蘅華館詩錄》（《續修四庫全書》本）第一五五八冊，總頁四六九—四七三。

8 胡禮垣《胡翼南先生全集》（八十年代香港刊本），第六冊，卷三八，頁二八。

9 潘飛聲《香海集》，載潘飛聲《說劍堂集》（光緒廿四年（一八九八）廣州仙城藥州刻本），頁一五。

10 梁淯《不自棄齋詩草》，載《東莞三逸集》（宣統三年（一九一一）粵東編譯公司鉛印本），頁二六a。

11 陳步墀著，黃坤堯編纂《繡詩樓集》（香港：中文大學出版社，二〇〇七），頁二〇—二一。

12 王韜《弢園文錄外編》（《清代詩文集彙編》本）（上海：上海古籍出版社，二〇一〇），頁一八一。

13 一九〇五年十二月五日《唯一趣報有所謂》。

14 一九〇六年六月一日、二日《唯一趣報有所謂》。

15 詩載《南社叢刻》（第四集）（揚州：江蘇廣陵古籍刻印社影印民國刊本，一九九六），總頁五六二。

16 陳競堂《貸粟軒稿》（香港：香務印務公司，民國十三年（一九二四）），頁二三b。

17 《上水詩社集》（香港中文大學圖書館藏影印手鈔本），卷首。

18 載程中山輯注《香港竹枝詞初編》（香港：匯智出版社，二〇一〇），頁四七。

19 陳競堂《克念堂詩稿》（民國五年（一九一六）香港刊本），卷二，頁二b—三a。

20 鄔慶時、屈向邦編《廣東詩彙》卷一三五，見《三編清代稿鈔本》（廣州：廣東人民出版社，二〇一〇），第一二五冊，總頁五〇九。

21 《廣東詩彙》卷一三五，總頁五一〇—五一一。

22 何祖濂《碧蘿僊館吟草》（《三編清代稿鈔本》第一一四冊），頁五五九。

23 蔡哲夫〈甲子中元後一夕愚公簃玩月〉，載一九二四年九月十五日《華字日報》。

24 載一九二四年八月二十九日《華字日報》。

25 陳伯陶《瓜廬詩賸》（民國刊本），卷下，頁二五。

26 《瓜廬詩賸》，卷下，頁二八。

27 賴際熙著，羅香林輯《荔垞文存》（香港：學海書樓，二〇〇〇），頁一六一。

28 韓文舉《韓樹園先生遺詩》（民國三十七年（一九四八）香港刊本），頁一一〇。

29 載一九二四年八月二十八日《華字日報》。

30 鄒靜存《聽泉山館詩鈔初集》（民國二十六年（一九二七）香港刊本），頁一九〇。

31 載一九二三年十一月九日《香江晚報》。

32 如玉霞〈第一聲的吶喊〉：「青年文友，這是香港文壇第一聲的吶喊。古董們不知他們的命運已經到了暮日窮途，他們還在那兒擺著腐朽不堪的架子，他們透惑了羣眾，迷醉了青年，阻障了新的文藝的發展。」載一九二九年《鐵馬》第一期。

33 《正聲吟社詩鐘集》（香港：福華印務承印，民國二十一年（一九三二）），卷首。

34 何曼叔著，何太編，楊寶霖整理《曼叔詩文存》（上海：上海古籍出版社，二〇一一），頁五三。

35 楊雲史著，程中山輯校《江山萬里樓詩詞鈔續編》（香港：匯智出版社，二〇一二），頁三一二及二六八。

36 柳亞子著，中國革命博物館編《磨劍室詩詞集》（上海：上海人民出版社，一九八五），頁九五四。

37 《磨劍室詩詞集》，頁九二一。

38 江孔殷《蘭齋詩詞存》（民國刊本），卷五，頁五。

39 楊鐵夫《楊鐵夫先生遺稿》（香港：楊百福堂，一九七六），頁五七。

40 何曼叔《曼叔詩文存》，卷三，頁八七。

41 何曼叔《曼叔詩文存》，卷三，頁七六。

42 陳孝威《泰寧去思圖題詠集・怡閣詩選》（香港：天文台報社，一九六八），頁八〇。

43 陳孝威後統編唱和詩為《太平洋鼓吹集》，陳孝威編著《太平洋鼓吹集》（臺北：國防研究院，一九六五）

44 林庚白著，周永珍編《麗白樓遺集》（北京：中國人民大學出版社，一九六六），頁七〇四—七〇五。

45 孫仲瑛《顧齋戰時詩草》（民國三十五年（一九四六）刊本），頁六a-b。

46 馮漸逵《馮漸逵先生詩存》（一九六六年香港刊本），頁一六a。

47 黃偉伯〈碩果詩社第一集序〉，《碩果社第一集》（香港：復興印刷所，民國三十六年（一九四七）），卷一a。

48 《磨劍室詩詞集》，頁一四五七及一四七〇。

49 陳湛銓《修竹園詩》，載《聯大文學》（創刊號）（香港：文化印刷所，一九五八），頁一〇二。

50 吳天任《荔莊詩稿初續集》（臺北：藝文印書館，一九八一），頁二〇八。

51 《健社集・序》（香港：友信印務局承印，一九五三），頁三—四。

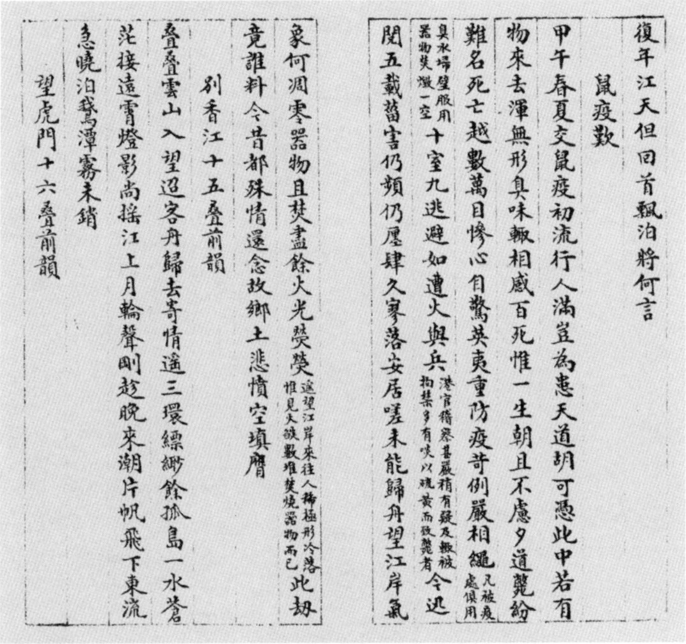

復年江天但回首飄泊將何言

鼠疫歎

甲午春夏交鼠疫初流行人滿豈為患天道胡可憑此中若有物來去渾無形臭味輒相感百死惟一生朝且不慮夕道殣紛難名死亡越數萬目慘心自驚英夷重防疫苛例嚴相繩（凡被疫處俱用臭水埽屋服用器物焚燬一空）十室九逃避如遭火與兵（港官稽察甚嚴稍有疑及輒被拘禁多有喫以硫黃而致斃者）今迅閱五載菑害仍頻仍廛肆久寥落安居嗟未能歸舟望江岸氣象何凋零器物且焚盡餘火光熒熒（遙望江岸來往人稀極形冷落惟見火燄數堆焚燒器物而已）此劫竟誰料今昔都殊情還念故鄉土悲憤空填膺

別香江十五疊前韻

疊疊雲山入望迢客舟歸去寄情遙三環縹緲餘孤島一水蒼茫接遠霄燈影尚搖江上月輪聲剛趁晚來潮片帆飛下東流急曉泊鵞潭霧未銷

望虎門十六疊前韻

• 何祖濂〈鼠疫歎〉，一八九八

• 潘飛聲《香海集》，一八九八

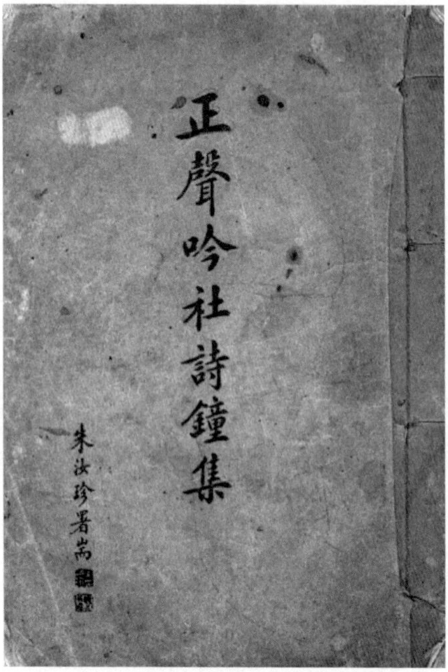

• 《正聲吟社詩鐘集》，香港：福華印務承印，一九三二

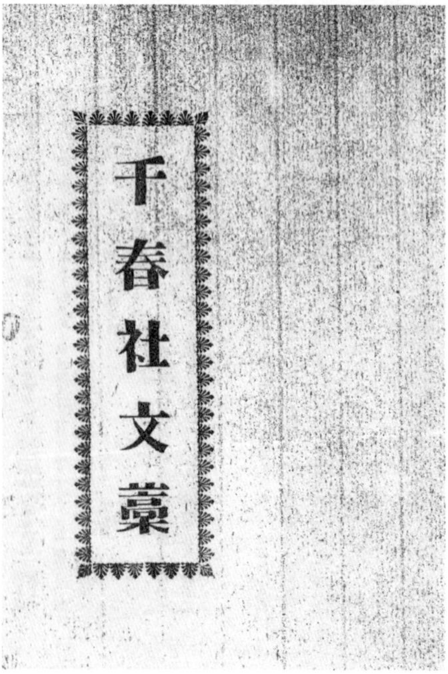

• 《千春社文藁》，一九三九

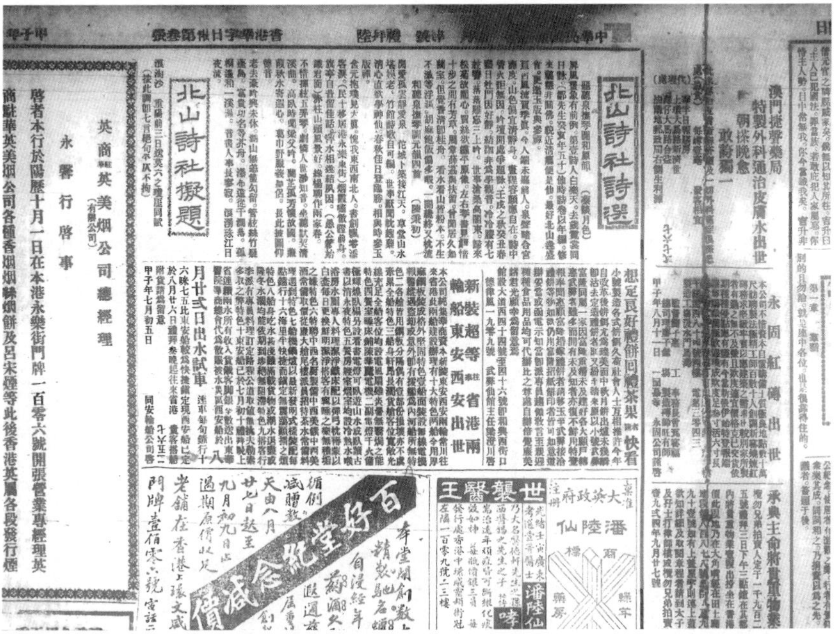

香港華字日報第叁張

北山詩社詩選

北山詩社擬題

英商英美烟公司總經理

永馨行啟事

啟者本行於陽歷十月一日在本港永樂街門牌一百零六號開張營業專經理英商駐華英美烟公司各種香烟綠烟餅及呂宋烟等此後香港英屬各段發行烟

澳門捷學藥局

特製外科通治皮膚水出世

永固紅磚出世

想定買好禮餅同糖菓 快看

新裝超等省港兩輪船東安西安出世

百好堂紀念減價

世襲醫王

大英政府

潘陸仙

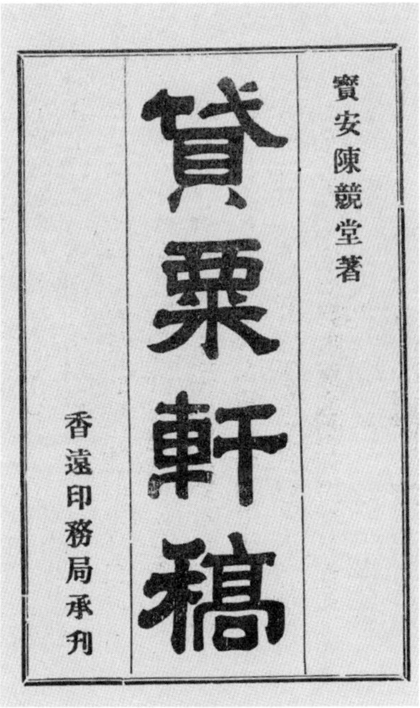

寶安陳競堂著

貧粟軒稿

香遠印務局承刊

• 一九二四年十月四日《華字日報》北山詩社詩選

• 陳競堂《貧粟軒稿》，一九二四

中華民國三十年陸月三十日　天文台半週評論附刊　星期一

酬羅斯福總統詩

一九四一年六月三十日《天文台》「和孝威將軍酬羅斯福總統詩」

一九四七年春，碩果詩社雅集。前排左起：沈仲節、謝焜彝、黃偉伯、陳荊鴻、李景康、伍憲子。中排左起：黃彼得、韋汪瀚、梁簡能、馮漸逵、招量行、楊舜文。後排左起：梁頌豪、吳肇鍾、區潔如、潘小磐。（香港中文大學圖書館藏。曾載鄒穎文編：《南海潘新安先生草堂詩緣翰墨選輯》，二〇一二）

• 王　韜（一八二八—一八九七）

• 胡禮垣（一八四七—一九一六）

• 潘飛聲（一八五八—一九三四）

• 陳步墀（一八七〇—一九三四）

• 陳伯陶（一八五五—一九三〇）

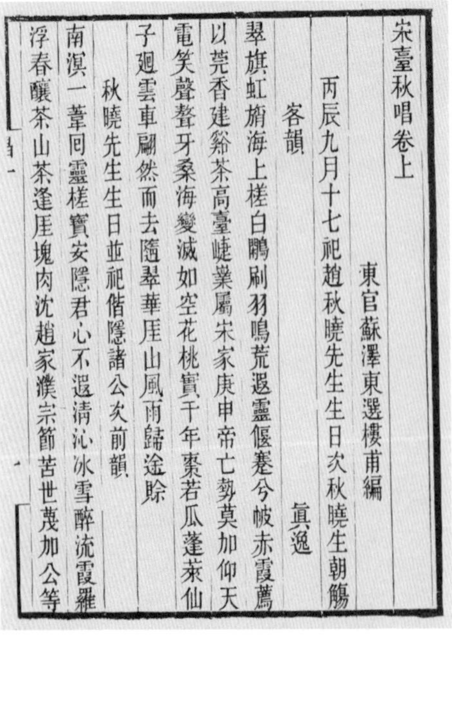

宋臺秋唱卷上

東官蘇澤東選樓甫編

丙辰九月十七祀趙秋曉先生生日次秋曉生朝觴客韻　眞逸

翠旗虹斾海上槎白鵬刷羽鳴荒遐靈偃蹇兮帔赤霞薦以莞香建谿茶高臺嶕嶢屬宋家庚申帝亡勢莫加仰天電笑聲聱牙桑海變滅如空花桃實千年棗若瓜蓬萊仙子迴雲車翩然而去隨翠華厓山風雨歸途賒

秋曉先生生日並祀偕隱諸公次前韻

南溟一葦同靈槎寳安隱君心不遐清沁冰雪醉流霞羅浮春釀茶山茶逢厓塊肉沈趙家濮宗節苦世蔑加公等

• 一九三六年前清遺民集於學海書樓（左起溫肅、岑光樾、陳念典、區大原、賴際熙、周廷幹、區大典、朱汝珍、左霈、陳煜庠）

• 蘇澤東編《宋臺秋唱》，一九一七

• 蔡哲夫（一八七九—一九四一）

• 楊鐵夫（一八七四—一九四三）

• 劉伯端（一八八七—一九六三）

• 葉茗孫（一八八八—一九四三）

• 楊雲史（一八七五—一九四一）

• 葉恭綽（一八八一—一九六八）

• 柳亞子（一八八七—一九五八）

• 吳天任（一九一六—一九九二）

目錄

鄧爾雅

蔡哲夫

鄒靜存

陳湛銓

饒宗頤

吳天任

王韜

我詩

客來問我詩，我詩貴篤摯。譬如和太羹，其中有至味。平生所遭逢，自言無少諱。滿胸家國憂，一把辛酸淚。書必讀萬卷，筆不著一字。從未區宋唐，惟在別真偽。我當少年日，詞亦工側媚。花月賦閒情，帷房抽綺思。甫踰弱冠年，飢驅遂入世。室無半月儲，袖滅三年刺。從茲歷艱難，稍復尚意氣。躍冶動見憎，懷才安得試。逮乎憂患來，置身幾無地。冷眼識交情，熱衷絕世事。但知吟亂離，不能飾平治。但知樂飢寒，不能炫富貴。咿唔秋草根，聊以鳴吾志。不求人見知，永為世所棄。客乍聞此言，悚然欲退避。揖客且閉門，將詩藏敝笥。

有感時事

其一

兵戈滿海內，蹔此走偏隅。家室知難問，親朋信漸無。文章開百粵，盜賊橫三吳。喜聽王師捷，憑城勢日孤。

其二

世事誠難料，蒼生劫未終。借師能助順，飛礮善橫攻。嶺嶠鯨鯢奮，滇池豺虎雄。書生思報國，徒此抱孤忠。

一生

客粵無端歲屢更，遙從物外寄閒情。棕櫚雨過涼初覺，薝蔔風來香自清。賣藥韓康空遁世，入秦張祿本無名。逢人怕說飄零事，總是儒冠誤一生。

有乞作香港竹枝詞者，口占答之

絕島風光水面開，四重金碧煥樓臺。海天花月殊中土，誰唱新詞入拍來。

二月自英返粵

萬里征程獨往來，四年離緒已無涯。西歐風土歸詩筆，南國笙歌攬客懷。偏覺人情重至熟，不知歸願幾時諧。花田香夢珠江月，相約清游未便乖。

贈日本長岡侯護美，時方奉使荷蘭

我見君時在日東，櫻花初落猶餘紅。君見我時在嶺南，荔子方熟纔回甘。愧我未成三窟兔，羨君已駕五花驂。持節南來恣眺覽，登臨不盡蒼茫感。道經香海偶停帆，杯酒淋漓見肝膽。荷蘭久已駐崎陽，二百年前有約章。君今奉使修舊好，雍容槃敦增輝光。泰西學術固無匹，舍短取長在今日。此行閱歷壯奇懷，萬里山川入詩筆。臨歧我欲贈君言，中東異地原同源。點畫文字師義頡，推崇道德尊岐軒。維新以來始變法，獻頌中興誇盛業。倣傚不徒襲皮毛，富強豈止恃戈甲。惟君識力邁等倫，深知馭遠在睦鄰。亞洲與國我為大，如指資臂齒聯脣。君聞我言意慷慨，洗盞更酌起相酹。飲酣一石亦不醉，對燭舉觴添別意。再拜送君君勿忘，梅開尚待詩筒寄。

以上選自王韜《蘅華館詩錄》（《續修四庫全書》本），上海：上海古籍出版社，一九九五

送西儒理雅各回國序

三百年前，中國人士罕有悉歐羅巴諸邦之名者。自意大利人利瑪竇入中國，與中國儒者遊，出其蘊蓄，著書立説，然後上自卿大夫，下逮庠序之士，羣相傾倒，知有西學矣。繼而接踵來者，皆西方名彥。凡天文歷算，格致器藝，無不各有成書，其卓卓可傳者均經采入《四庫》，以備乙覽。其言教之書曰《天學初函》，著錄附《存目》中，覽者已歎為西儒述撰之富。然余嘗得其書目觀之，不下四百餘種，知當時所采進者不過蹄涔之一勺而已。自是以來，歐洲各國航海東邁，史不絕書，而英國獨以富強雄海外，估舶遍天下，特來中國者多貴官巨賈。嘉慶年間，始有名望之儒至粵，曰馬禮遜，繼之者曰米憐維琳，而理君雅各先生亦偕麥都思諸名宿橐筆東遊。先生於諸西儒中年最少，學識品詣卓然異人。和約既定，貨琛雲集，中西合好，光氣大開，泰西各儒無不延攬名流，留心典籍。如慕維廉、禕治文之地志，艾約瑟之重學，偉烈亞力之天算，合信氏之醫學，瑪高溫之電氣學，丁韙良之律學，後先並出，競美一時。

然此特通西學於中國，而未及以中國經籍之精微通之於西國也。先生獨不憚其難，注全力於十三經，貫串攷覈，討流泝源，別具見解，不隨凡俗。其言經也，不主一家，不專一説，博采旁涉，務極其通，大抵取材于孔鄭而折衷於程朱，於漢宋之學兩無偏袒，譯有《四子書》、《尚書》兩種。書出，西儒見之，咸歎其詳明該洽，奉為南鍼。夫世之談漢學者，無不致疑於古文《尚書》，而斥為偽孔。先生獨不然，以為此皆三代以上之遺言，往訓援引，多見於他書，雖經後人之哀集，譬諸截珥編璫，終屬可寶，何得遽指為贋托而擯之也？平允之論，洵堪息羣喙之紛爭矣。嗚呼！經學至今日幾將絕滅矣。溯自嘉道之間，阮文達公以經師提倡後進，一時人士稟承風尚，莫不研搜詁訓，剖析毫芒，觀其所撰《國朝儒林傳》以及江鄭堂《漢學師承記》，著述之精，彬彬郁郁，直可媲美兩漢，超軼有唐。逮後老成凋謝，而吳門陳奐碩甫先生能紹絕學，為毛氏功臣，今海內顧誰可繼之者，而先生獨以西國儒宗，抗心媚古，俯首以就鉛槧之役，其志欲於羣經悉有譯述，以廣其嘉惠後學之心，可不謂難歟？然此豈足以盡先生哉？先生自謂此不過間出其緒餘耳，吾人分內所當為之事，自有其大者遠者在也，蓋即此不可須臾離之道也。

先生少時讀書蘇京太學，舉孝廉，成進士，翔歷清華，聲名鵲起。弱冠即遊厤六甲，繼來香港，旅居最久，蓋二十四年於茲矣。其持己也廉，其待人也惠，周旋晉接，恂恂如也。驟見之頃，儼然道貌，若甚難親，而久與之處，覺謙沖和靄之氣浸淫大宅間。即其愛育人才，培養士類，務持大體，弗尚小仁，二十餘年如一日也。粵中士民，無論識與不識，聞先生之名，輙盛口不置。嗚呼！即以是可知先生矣。今以有事返國，凡遊先生之門，涵濡教化者，無不甚惜其去而望其即至。余獲識先生於患難中，辱以文章學問相契，於其歸也，曷能已於言哉？是雖未敢謂能識先生之心，而亦略足盡其生平用力之所在矣。願與海內之景慕先生者，共證之可也。

徵設香海藏書樓序

夫天下之益人神智，增人識見者，莫如書。內之足以修身養性，外之足以明體達用。是以嗜古力學之士，多欲聚蓄書籍，以資涉覽，務博取精，各視其性之所尚。然藏書而不能讀書則與不藏同，讀書而不務為有用則與不讀同。國朝文學昌明，經術隆懋，士大夫家雅喜藏書，而其間途徑亦略區異。錢遵王《讀書敏求記》云：「牧翁絳雲樓，讀書者之藏書也。趙清常脉望館，藏書者之藏書也。」洪亮吉《北江詩話》云：「藏書家有數等，得一書必推求原本，是正缺失，是謂考訂家，如錢少詹大昕、戴吉士震諸人是也。次則辨其版片，註其訛錯，是謂校讎家，如盧學士文弨、翁學士方綱諸人是也。次則搜采異本，上以補金匱石室之遺，下可備通人博士之瀏覽，是謂收藏家，如鄞縣范氏之天一閣、錢唐吳氏之瓶花齋、昆山徐氏之傳是樓諸家是也。次則第求精本，獨嗜宋刻，作者之旨意縱未盡窺，而刻書之年月最所深悉，是謂賞鑒家，如吳門黃主政丕烈、鄔鎮鮑處士廷博諸人是也。」獨是言藏書於今日，則有甚難者。江浙素稱藏書淵藪，而自經赭冠之亂，百六飆回燼於劫火，圖史之厄等於秦灰，即不佞插架所儲，亦半散亡於兵燹。蓋天下事有聚必有散，其勢則然，而惟書籍一物，造物厄之為尤甚。

粵東久享承平，學問文章日趨雄盛，淹通之士，類喜談收藏而精鑒別。近如潘氏之海山仙館、伍氏之粵雅堂，搜羅浩博，足與海內抗衡。而伍氏尤多秘籍，所刊《粵雅堂叢書》，採錄宏奇，鉤稽精審，皆正定可傳。顧此皆私藏而非公儲也。我國家右文稽古，教澤涵濡，乾隆四十七年《四庫全書》告成，特命繕寫副本，建三閣於江浙，以備存貯。在杭州西湖者曰文瀾，在揚州者曰文匯，在鎮江金山者曰文宗。詔士子願讀中秘書者，就閣廣為傳寫，用以沾溉藝林，實無窮之嘉惠也。他若各省書院學校皆有官司，然書吏每過為珍秘，非盡人所能得覩，沿至日久，視為具文，良可慨已。若其一邑一里之中，羣好學者輸資購書，藏庋公庫，俾遠方異旅皆得入而蒐討，此惟歐洲諸國為然，中土向來未之有也。今將有之，自香港始。

香港地近彈丸，孤懸海外，昔為棄土，今成雄鎮。貨琛自遠畢集，率皆利市三倍，一時操奇贏術者趨之如鶩，西人遂視之為外府。於是遊觀之地，踵事增華。此外如博物院、藏書庫，亦皆次第建築。顧旅是土者，華人實居八九，近年來名彥勝流翩然蒞至，裙屐清游，壺觴雅集，二三朋好結文酒之會者，未嘗無之。即其間習貿易而隱市廛者，或多風雅高材，如周青士、朱可石其人，類亦不乏。如是，豈可讓西人專美於前哉？同治己巳特立東華醫院，百廢具舉，陳、梁二君之力居多。一切規模宏遠，港中人稱之不容口。邇又延邵君紀棠創開講堂，仿古讀法事，日述嘉言懿行，由漸漬以化流俗，甚盛事也。而馮君、伍君猶以文教未備為憂，慨然思有以振興之。謂港中儲積富饒，獨書籍闕如，不第異方來遊者無以備諮訪而資考覽，不足為我黨光，即我儕亦無以為觀摩之助。亟欲糾集近局，賃樓儲書，以開港中文獻之先聲。特來索一言於不佞。

不佞作而歎曰：善矣哉！馮、伍二君之為斯舉也。此向者所未有而有之於今日者也，當必有素心同志之人，以先後贊襄於其間。蓋天特欲興文教於港中，故假手於諸君子以成之耳。夫藏書於私家，固不如藏書於公所。私家之書積自一人，公所之書積自眾人。私家之書辛苦積於一人，而其子孫或不能守，每歎聚之艱而散之易，惟能萃於公，則日見其多而無虞其散矣。又世之席豐履厚者，雖競講搜求，而珍帙奇編一入其門，不可復覩，牙籤玉軸觸手如新，是亦僅務於其名而已。曷若此之大公無我，咸能獲益哉？不佞嘗見歐洲各國藏書之庫如林，縹函綠綈幾於連屋充棟，懷鉛槧而入稽考者，几案相接，此學之所以日盛也。將見自有此書樓之設，而港中之媚學好奇者，識充聞博必迥越於疇昔，有可知也。不佞故樂為之序，以告同人。

以上選自王韜《弢園文錄外編》（《清代詩文集彙編》本），上海：上海古籍出版社，二〇一〇

胡禮垣

滿州歎（選二首）

其一百四十九

專制如今運告終，休思往事恨無窮。久懷馬寶神靈志，不數龍沙汗血功。閉戶自高驕必敗，出門合轍見無封。願言今後司權者，端拱無為化肅雍。

其一百五十

今當貞下起元辰，公是公非讜論伸。共主太平斯有道，由民自立始能仁。帝王三五謨嫌舊，議院千夫法愛新。萬國咸寧從此起，民權發達太和臻。

戊申年水災，香港女界售物賑災詩十二首并序（選五首）

戊申粵東水災，為數十年來所未有；而女界售物以賑災，則中國數千年來所未聞，是不可以不誌也。誌之以詩，使家喻户誦，咸興感焉。或嫌售物規則中有未合，不知事當創試，容有未周，苟志於仁，自然近道。他日民皆仁壽，路盡康莊，天下和親，物我無間，皆由此始。此當日提倡辦理售物諸士女、正道逍遥遊客所願鑄金事之馨香祝之者也。

其一

曾聞大士女兒身，露洒楊枝淨濁塵。今日文明花始放，女權一復見斯人。

其二

華鬘七市築壇開，分領頭銜作賈才。笑彼西施矜一盼，金錢一擲一低徊。

其三

丹青指爪見針神，繡虎雕龍更莫論。只此心肝抵千萬，况教玉手挽沉淪。

其四

春回黍谷女媧笙，月得樓臺分外清。且向毛詩翻一句，此邦哲婦竟成城。

其五

豪情俠骨任艱劬，如此英雄自古無。世界歡娛望誰屬，羣仙原是上清珠。

東黎都督元洪

由來名下本無虛，蓋世奇勳發軔初。終見潛龍戰原野，豈容老驥困鹽車。管甯有友能分席，溫嶠違親竟絕裾。見說壺漿徧三輔，不應久戀武昌魚。義師起時，公老母尚在武昌，後隨瑞澂出險，然弗以亂大謀也。

《小壺山館詩存》序（原名《三生石上》）

詩人李小鄰秀才，東莞名下士也。思爭花發，氣得春先，守福無虧與道大。適讀予《梨園娛老集》、〈伊藤嘆〉、〈滿洲嘆〉等篇，傾衿遙作，問訊時來。及讀〈雕龍詩集序〉、〈梧桐山二三集序〉，尤為掩卷低徊，逢人説項，至〈靈魂不死〉之作，讀之則竟目作者為有道之士，而許拙著各種為必傳。僕空山老矣，物外翛然，矜寵若斯，得毋滋愧。蔣心餘云：「神交豈但同傾蓋，知己從來勝感恩。」斯言也，洵非欺我！

今春，梧桐山人以《小壺山館詩存》并李君之書見示，情詞懇摯，勝托妻孥，必欲予為之一序，且為一必傳之序。其詞陶寫性靈，具見根柢，蓋皆其生平閱歷見道有得之言，就簡刪繁，去膚存液。如遊山然，煩壤剔而秀峰是呈；如臨水然，源頭活而中流自在。為表孤花，先芟枝葉；將彈白雪，細按徽絃。所謂燒仙丹於劫後焚餘，鑄神劍而千辟萬灌者也。首冠以五古〈短歌行〉，沖淡平和，遠可上規乎陶元亮，中登以七古〈秋風歌〉，激昂慷慨，近可直接乎屈大均，已登作者之堂而嚌其胾，自足傳來奕禩而壽名山。五律者，納眼前光景於五字之中，吐胸中雲夢於五字之外，意該言簡，運筆尤難；七律便於言情，然境窄則難以旋身，韻拘則艱於副意。李君皆能捐除拉雜，游刃有餘，出顯入深，腸迴已九千錘百鍊，肱折應三，非將道學為詩，且喜莊言作雅。心波湛漢，取冷泉濯其清襟；情岳干霄，向靈巖尋其妙句。自古美人香草，無傷名士風流，從知佳釀〈離騷〉，都是詩家歲月，其淡而彌永者將久而愈芳矣。

僕也學殖荒蕪，短長無所，安敢以文章司命妄許傳人？顧乃聞命，欣然見獵心喜者，誠欲學休文遲暮，詩評何遜，以怡情故，不妨作元晏先生賦序太沖而並顯耳。雖然傳不傳之實際，僕正不能無言焉。《滄浪詩話》以禪喻詩，而斷其詩學之正不正。今李君為香港佛教會之發起人，吾請即以佛理決詩集之傳不傳，謂我輩詩人類皆有集，然詩傳與否未得而知。惟當彼此集中連綴姓名，幸有傳者，即附載之人亦因以顯，此姜西溟之說也。不知借人以顯，是謂攀援。攀援者何異慕聲聞之梵志，梵志而慕聲聞，佛之所斥也。謂今古詩人蘊積於中，纏綿悱惻，然後為詩，以宣其志，立言既工，自可表襮同人，垂諸永世，此朱竹垞之說也。不知自以為工，是謂我慢，我慢者無殊成緣覺於辟支，辟支而由緣覺，佛之所戒也。斥與戒，皆非正法眼藏，不得謂之傳也。然則傳之云者，必在於有徵之可信，有據之足憑，可信可憑，是在乎心心相印。則試舉其似以釋疑圖，靈山之會，釋迦手拈一花示眾，迦葉見之，破顏微笑，遂付以正法眼藏而傳衣鉢焉。自是以來傳衣鉢者，必在心心相印，然心心相印者，以之論詩，則不可徒托空言而不為之發凡起例以示之準繩也。

詩有體裁，而以唐之體裁為最備；詩有格律，而以唐之格律為最精。至於琢句雕章，情深韻遠，摘屈宋之高豔，薰班馬之濃香，必具騷懷選意然後為之者，尤以唐之詩為最耐人咀嚼，而傳之永永不替也。今請即以唐之詩為例，而取法則期於近焉。夫唐代去今千有餘年，然「不愁明月盡，自有夜珠來」，而宋之問傳矣；「薰風自南來，殿閣生微涼」，而柳公權傳矣；「微雲澹河漢，疎雨滴梧桐」，而孟浩然傳矣；「飛埃結紅霧，遊蓋飄青雲」，而蘇頲傳矣；「曲終人不見，江上數峰青」，而錢起傳矣；「開篋淚沾臆，見君前日書」，而高適傳矣；「勸君更盡一杯酒，西出陽關無故人」，而王維傳矣；「月華照杵空悲妾，風響傳砧不見君」，而王灣傳矣；「殘星幾點雁橫塞，長笛一聲人倚樓」，而趙嘏傳矣；「玉顏不及寒鴉色，猶帶昭陽日影來」，而王昌齡傳矣；「羌笛何須怨楊柳，春風不渡玉門關」，而王之渙傳矣；「吳歌楚舞歡未畢，青山欲銜半邊日」，而李太白傳矣。此皆見於《全唐詩話》及《唐詩品彙》者，然不過略舉一二以示其概耳。《全唐詩》五萬首，其詩傳，其人安有不傳者哉？夫前乎唐者，於漢則有建安之詩，於魏則有正始之詩，於晉則有太康之詩，而南北六朝尤難悉數；後乎唐者，於宋則有東坡、山谷諸體，於元則有遺山、滹南諸體，於明則有高、楊、張、徐諸體，而遼金詩客亦正有人，使搜羅其人，摘錄其可傳之句，豈不洋洋大觀？然究不若取法於近，精裏求精，以明詩之必傳，端不外是之為得也。前清道光之世，番禺張維屏著《國朝詩人徵略》，將清初以來詩人千百中擇其十之一，復於每人詩集摘其佳句，或數十聯，或數聯，或僅一聯，彙為六十卷，著錄者凡千人。予今更於其千人中擇取二百，於其摘句中或五言或七言各存兩聯，并或獨存其五言，或獨存其七言，皆取其句之與吾心心相印，而信其必傳者錄之，聚風雅於一堂，而謦欬如聞，生平若接，時一展覽，猶見我三生石上舊精魂也。

然後從李君詩存摘句為比，使李君之詩無有與之相似者則已。苟有與之相似，則譜絃歌，播金石，古人豈得專美於前哉？因即以選錄者，登於此序，俾李君見之，如入選佛塲中而受其記焉。選五言之句凡二百聯，七言之句凡三百聯（選聯略），而每一聯皆昔吾先正所謂均足以傳其人於不朽者也。今小壺山館之詩五言如：「舊交聯榻密，新竹補窻疎」、「天空雲掃迹，人靜月緣牆」、「鷗穩江心浪，鴉翻塔外天」、「幽澗斷不斷，白雲深復深」。七言如：「中年哀樂陶絲竹，季世功名付水漚」、「別來無恙山如笑，坐到忘言水自流」、「松篁互答聆清奏，泉石無言證道心」、「藜牀衾冷和衣擁，古鼎茶香鑿雪煎」，餘外似此者尚多，此等句置於《徵略》摘句中，實無以別，吾以是知其必傳。

昔達摩祖師傳衣鉢於慧可，慧可慮佛法心印之不可得傳曰：「我心未寧。」達摩曰：「將心來，與汝安。」慧可曰：「覓心了不可得。」達摩曰：「吾已與汝安之矣。」茲為《小壺山館詩存》作序而不憚引《徵略》摘句五百聯以為證者，蓋亦以安李君之心也。民國四年乙卯暮春序於香江之厚豐園。

以上選自胡禮垣《胡翼南先生全集》，八十年代香港重印本

潘飛聲

甲午冬日珠江舟發

長劍錚錚夜有聲，愁聞電檄促東征。閉門未息塵中影，襆被依然海外程。往歲棄繻空擊楫，何時捫虱快談兵。罪言敢恃匡時策，孤憤填胸吐不平。時港中華報館延余主筆。

題「香海對酒圖」

攘擾乾坤幾戰舠，黃龍盼斷醉同袍。江山信美原吾土，文酒關懷屬我曹。在眼橫流他日定，填胸磈磊此時高。鴟夷不出穰苴老，何處乘風策巨鰲。

以上選自潘飛聲《說劍堂集‧香海集》，光緒廿四年（一八九八）廣州仙城藥州刻本

喜晤仲闕工部逢甲，賦贈

義軍舊帥仰須眉，一笑相看短後衣。握手莫談天下事，關心頻問篋中詩。好呼鶯燕深杯勸，欲斬鯨鯢故劍知。海角閉門風雪冷，忍寒尊酒與君期。

孫氏《四朝詩史》、張氏《四海鬚眉傳》、王氏《台陽詩選》、梁氏《飲冰室詩話》、陳氏《栩園詩話》、狄氏《平等閣詩話》、任氏《三願庵詩話》、龐氏《靈蕤閣詩話》、張氏《峰石詩話》、日本森氏《春濤詩話》皆采錄拙詩，慚甚，漫賦一律

不羨高軒昌谷過，深山長閉舊烟蘿。文中姓字原期隱，天下知音忽已多。東海猶留孔詩卷，柴桑終守晉山河。亂頭粗服吾何愛，且背花前掩太阿。

以上選自潘飛聲《説劍堂集・詩集》，民國二十三年（一九三四）上海鉛印本旅港忽忽已逾十稔，江湖意遠，人境地偏，樓後構風臺，雜蒔花草，以鐵筧導流泉，可以漉巾，可以濯硯，可以澆花，可以煮茗，泉之清泠，不減吾粵之九龍西華，蓋港人汲飲皆引導山泉為天廚玉液也。高簷見山，後榮近樹，榜曰「在山泉」，以志高寄，以寫幽思。排日編書，輒懷故侶，偶拾斷句，兼宗古人，書成，即以「在山泉」標目，五柳先生〈停雲〉思親友意也，并題四詩

其一

少日風華一鶴翩，老來甘作在山泉。書生素負談兵志，憂憤誠齋著述年。楊誠齋贈二潘詩「大潘皎如鶴出林，二潘有似在山泉」，宋孝宗曰「書生知兵無如楊萬里者」。

其二

十載香江署寓公，狂名慚播綺羅叢。誰知絲竹中年感，階上棋枰閱劫空。

其三

叫起國魂葛蘇士，苦爭憲約嘉富爾。黎里瑞湖成退步，山河猶在夢中思。

其四

北定王師幾歲還，不妨老子戀空山。草堂亦有閒泉石，置我詩名楊陸間。

選自潘飛聲《在山泉詩話》（古今文藝叢書本），揚州：江蘇廣陵古籍刻印社影印本，一九九五

邱菽園孝廉《五百石洞天揮麈》序

中土山川原野，無詩也；磽确沮洳，無詩也。扶輿磅礴之氣，中原迤邐萬餘里，蜿蟺象赴，橫溢怒恣，必不能無所洩者，蓋天作而地成之。又鬱以付瑰瑋之士，發為詩歌，所謂淩轢八表，踔厲風發也。中原地軸雖曠，自晉生二謝，唐生李、柳、孟、韓，菁華奇麗，發洩已盡，則山川可窮，而筆墨亦窮。宋元作者固不能與前賢屹立歟。

南洋之外，有大島曰息力，古之柔佛國也。其俗狉榛，其人椎魯，泰西人墾治其地，惟務通商交易而退尠所薅櫛。閩中邱孝廉煒萲客游其間，語人曰：「開荒革俗，其吾儒之責乎！」為設麗澤社以課商子孫之能讀書者，又著書數十種以昌明詩之奧義。夫輶軒采風莫先於詩，士人專經亦莫先於詩，以詩樂道性情之正，乃能繼之以書禮。學文者必能諷詠字句，乃可發揮為文章。於

是知中原之詩，殆浩浩其已窮也；外洋之詩，方鬱鬱其獨造也。

孝廉與余論詩曰曲曰清，余維《易》、典、謨、《春秋》之言靡不曲，屈子、龍門、長卿之言靡不清。仲尼曰：「辭達而已矣。」言達者，曲在其內。劉勰曰「清曲可味」、「清麗居宗」，作者之源若是，其審乎五百石洞天者？孝廉渡海得五百奇石，即以名地，并以名書。是書不僅言詩，要以詩為主，鈎章棘句，劌目鉥心，日揖中原二謝、李、柳、孟、韓於洞天溟渤間，盡其淩轢八表、踔厲風發之概，若而人蓋瑰瑋之士也。息力，余之舊游，天風泠然，海槎可即，飄飄乎余將從孝廉揮麈各證其所詣乎！

游大潭篤記

泊舟香港，望扯旗山，纍然一大嶺耳。余嘗坐輪車躡山巔，見十數峰由海浮來，環擁屏蔽，其勢甚雄，乃知幽靈所鍾，必有深邃秀峭蘊其中，不可以海隅荒服限也。寓海四年，客言大潭之美，未嘗一遊。適何子星儔屢促踐約，仲春二十六日，欣然從之。

春風輕妍，客已換白袷，茶具酒榼，委之兩童。入山行十四五里，客足稍憊，尋鄉人茅屋，叩以潭路，并煮泉瀹茗，酬以值，不受。鄉落純風，有足感者。再踰數里，從山罅遙見潭色，碧若蔚藍，隔松林，聞水聲，如鳴環珮鏗然，已滌塵累。潭廣數十丈，曲折繞十數山。英人於其東駕石橋，護以鐵欄。度橋至廣處，席地圍坐，或啜茗，或漉酒，天風泠泠，如在雲際，瞭望延賞，四山蒼然，潭之盡處以太曲，不能窮也。橋上有石房，內置汽機，汲運此水供寓港人食。觀水之來源，雖涓涓不息，僅數寸小坑耳。而諸蓄之，可澄為大潭；灌導之，可飲二十二萬人。微西人之抉鑿不至此，微汽機之巧捷亦不至此，乃歎天之生材，地之成區，必有可用以養人。不攷察地利，不經營人力，膏腴沃野，亦將廢棄終古矣。

英人初割香港通商，度大洋之水鹹鹵不可食，乃搜澤、度泉、渟注為潭，斯港遂為東來貿易第一繁盛之地，將荒山一片化為金銀樓閣，佳麗綺羅，此潭所繫不甚大歟？龔定菴〈西域置行省議〉言所費極厚，所建極繁，所收之效在二十年後，利且萬倍。西人開墾鬬島，皆不惜巨費，芟治之正與定菴之言吻合也。抑余航海薩克遜，鳥啼徑，觀飛瀑；登瑞士湖雪山，探流泉，馳域外，奇詭大觀，山水清泠，猶懸心目，以視斯潭，一勺何足異？而復流連不去懷者，以港去吾鄉里一日程，游覽所至，渺若荒陬，若不勝去國離鄉之感。盱衡今昔，憂從中來，殆王伯輿所謂「對此茫茫，百端交集」者耶？

薄日，平海涼吹動林，興盡而返。同游任稃翹、羅星樓、蕭湛庭、郭叔任共八人，惟顏恆甫以事未至，諸子囑余為記，以篤名大潭者，本粵諺猶言底也。《水經注》，「篤」可作地名。

以上選自潘飛聲《說劍堂集・老劍文稿》，光緒廿四年（一八九八）廣州仙城藥州刻本

梁 淯

香江電燈行

異哉電燈古所無，今乃創自泰西胡。流光四射炫心目，仰視星月皆模糊。香江道上人如鯽，車水馬龍爭放逸。相逢喜說看燈來，我亦隨聲歎奇物。隋珠照乘詎足誇，不數七采輕九華。貫通一氣自澄澈，十里五里無纖瑕。世途機巧逞奇搆，變幻窮神亂昏晝。平生不作暗室欺，自有光明鑒吾右。

九龍秋望

無聊風景氣蕭颸，此地關河非舊遊。空憶邊防屯虎旅，又驚天塹劃鴻溝。時英索租九龍地方廣二百里，中國許之，現正辦理分界事宜。世情合付莊生夢，國恥誰為少伯謀。欲訪宋王臺下路，亂山斜日向人愁。

長句題陳子丹《繡詩樓集》

神奇闢造化，文字乃千古。風騷漢魏遺，光燄及李杜。宋元作者各各工，遺詞中律將毋同。鯨跳鶴立騁高格，蕙心蘭思凝芳叢。大珠小珠玉盤裏，風月閒窩笑餘子。提筆蒼茫天地間，吟動蛟龍喚欲起。饒平陳子詩界豪，刻意雕琢肝腎勢。前追古人出窠臼，後繼獨漉資甄陶。我來香海識君久，入市欣逢八叉手。騷壇角逐旗鼓當，偏師欲襲長城後。君家好事更可思，普渡一切救命詞。美人手中五色絲，為君繡像還繡詩。一篇繡出百金價，鼎鼎高名滿夷夏。瘡痍蒿目飢溺多，一字一淚寫清夜。詩樓百尺江之濱，四壁繡畫清不塵。素琴濁酒自今古，遙吟俯唱驚星辰。祇今時局變方亟，異學爭鳴靡終極。聲詩雅頌古不忘，國粹能存亦天職。吁嗟乎！我不讀書悞少年，學書學詩窮且堅。君詩成集已束筍，快覩壽世之鴻篇。丈夫不虛生，篤志貴可傳。讀君大句忽起舞，我欲從之呼謫仙。

姬人自鄉來，夜半携諸子女抵港，相對如夢寐，有感書此

其一

誰共天涯話此宵，忽欣桃葉渡江遙。燈前兒女憐癡愛，客裏衿裯慰寂寥。鴻雪久羈愁去國，鱸蓴

滋味憶歸橈。長安大恐居非易，數米炊珠悵暮朝。時香港米價奇昂，每銀一圓僅易米八九斤。

其二

潦倒香江廿五年，老來情緒淡於烟。眾生苦厄吾安託，八口艱難地又遷。虀粥儘添窮旅況，糟糠長憶故妻賢。亡室添花內史，工針黹。予早歲坎坷，困於家計，米鹽瑣屑得內史補助為多。向平願了知何日，白髮江湖一惘然。

東歸乘九廣鐵路滊車途中有作

我昔挂帆席，歸家兩日程。及茲乘滊車，瞬息百里經。視彼長房術，縮地甯非眞。如追列子踪，御風亦莫名。忽入黑山洞，須臾電火明。眼底天日閉，耳畔風雹鳴。蜿蜒出昏昧，羣巘爭趨迎。野老色然駭，聚觀詫奇能。村牛懼以喘，奔避不敢瞪。乃知人世事，少見怪自驚。泰西運機智，鐵軌交縱橫。中外視一家，地球且繞行。悠悠廣九路，遐想有餘情。

以上選自梁淯《東莞三逸集・不自棄齋詩草》，宣統三年（一九一一）粵東編譯公司鉛印本

丁巳春偕選樓重登宋王臺感賦并呈眞逸先生

其一

七百年來氣鬱蟠，尚留臺址壯遊觀。遺民有恨海天老，帝子不歸山石寒。官富場空莽何處，景炎事往感無端。憑君莫話滄桑局，數盡興亡心已酸。

其二

皇圖泡影久成空，百感新吟此寓公。眞逸先生僑寓此間，徧搜景炎事，著為詩，足資考證。落落乾坤餘片石，荒荒禾黍掩遺宮。鯉門水遠連天碧，鶴嶺花深特地紅。風景不殊時事異，可堪多難萬方同。

選自蘇澤東《宋臺秋唱》，一九七九年香港影印民國原刻本

《香海集》跋

潘蘭史先生，番禺世家子，幼負絕人之資，屬文造句，見驚耆宿。然志趣遠大，有不可一世

之概。未弱冠，才名藉甚。時德意志政府慕中朝文教，特開東學書院於百林，耳其名，延主講席。海外傳經，三易寒暑，彼都人士翕然景從。化雨春風，流被西土。湑常得讀其所著《柏林游記》、《鑿空狂言》，歎為賈長沙、陳同甫一流人物，不徒以辭章工也。雖聞名若古人，深以未獲識荊為恨。

丁亥春，旅食香海。香海故繁盛區，黃塵高於馬首，居是邦者多富商巨賈，貿遷而外，祇可事徵逐、醉花酒，而欲於軟紅十丈中求所謂騷人畸士者，杳不可得。會先生自海外歸，方閉戶著書，研求經濟有用之學，而港中華字報館主復以禮羅致，乞主筆政。先生欣然從之，不卑於小就。蓋泰西報館主筆一席，非通儒碩學未敢就厥職。今者天下多故，誠須通達時事、博識五州為急務，崇論宏議，非先生莫屬也。閒嘗出其緒餘，著之歌詠，搖筆五岳，振奇百家，每出一篇，爭相傳誦。由是知騷人畸士，乃有先生其人者。香海而有先生，香海其不俗矣。先生之集以香海名，香海蓋可傳矣。

先生好獎人才，與湑為布衣昆弟交，不棄謭陋，於詩文誘進為獨多。向之恨未識荊，至此始快償夙願。先生詩富而功深，古今體皆登峰造極，浸滛漢魏，睥睨唐宋，加以足跡七萬里，破浪溟海，遊心坤乾，異水奇山，盡人懷抱，用能作作有芒，如天風海濤奔赴腕下，雄奇秀整，蔚為大觀。或則寫少陵忠君愛國之懷，或則寄靈均香草美人之興，心聲所發，無美不臻，信可謂材全能鉅者矣。

夫士不幸而矻矻窮年，棲遲異地，山河舉目，故國滄桑，而徒此摘句尋章為抒寫臨風之感，其亦可以已乎。然而先生固非欲以尋章摘句獨鳴於世也，其挾持甚大，其抱負甚高，安石蒼生，羣然在望。若區區以工詩測先生，蓋淺之乎視先生矣。此湞所以讀《香海集》而推其賢，惜其志，流連往復而不能已於懷也。大化叵測，窮達難言，使徒走肉行尸與草木同腐，生無補於時，沒無稱於世，不亦重可悲乎？讀先生詩者可以興矣。東莞梁湞謹跋。

選自潘飛聲《說劍堂集‧香海集》，光緒廿四年（一八九八）廣州仙城藥州刻本

趙吉葊

詠懷

橐筆香江自食貧，年華銷盡幾風塵。何時復夢梅村裏，還我師雄舊日身。

乙未重陽旅感

遙望京華繫杞憂，請纓無路動邊愁。東洋鯨浪連天湧，西塞狼煙匝地浮。萬里關山紛遞檄，滿江風雨獨登樓。廟謨宵旰知勞甚，誰是長城固九州。

閱泰西偵探案感賦

渾天滾滾一環球，舞臺分演五大洲。澆漓淳樸判今古，文野劃界如鴻溝。羣羨泰西政治好，購書我亦濳参攷。中有偵探案最奇，鬼蜮變幻非人道。唐虞迄今四千年，中國爰書億萬篇。未有姦險至如此，嶠犀禹鼎難神傳。民智愈開心愈險，犯者風飈，偵者電閃。以險探險心印心，畢竟不善莫能掩。嗚呼古道不復聞，淳風安得被吾羣。物競天擇天演云，智存愚亡勢立分。由此轉悟難為愚，猶太波蘭國已無。強鄰虎視勢岌岌，開通民智宜急圖。與其愚也不如智，重有善人以為治。深願由智而盛強，環球高飈黃龍旗。

香海何氏山莊漫吟

翠屏環繞碧螺巔，高聳樓臺欲接天。竊恐書聲驚帝座，轉欣簾影脱塵緣。寒濤浩渺千尋雪，遠島蒼茫幾點煙。忽感文山遵海事，迄今迭次變桑田。

以上選自趙吉莽《東莞三逸集・聽濤屋詩鈔》，宣統三年（一九一一）粵東編譯公司鉛印本

丘逢甲

香港書感

其一

海色不可極，西風吹鬢絲。中朝正全盛，此地已居夷。異服魚龍雜，高巢燕雀危。平生陸沉感，獨自發哀噫。

其二

玫瑰紛流劫，芙蓉此煽妖。效靈無海若，得志有天驕。奇麗開荒島，憑淩歎小朝。秋風散涼意，熱血苦難消。

海中觀日出歌，由汕頭抵香港作

雙輪碾海飛蒼烟，天雞喚客夜不眠。三更獨起看日出，霞光萬丈紅當天。海風吹天力何勁，黃人捧日中天正。直將原始造化罏，鑄出全球大金鏡。羅浮看日誇絕奇，裹糧夜半一遇之。自從海道輪四達，屢見沐浴光咸池。迂儒見不出海表，苦信地大日輪小。安知力攝萬里球，更着中間地球繞。河山兩戒南越門，羣峰到海如雲屯。地隣赤道熱力大，日所照處知親尊。卓午停輪裙帶路，金碧樓臺老蛟守。世逢運會將大同，天教此起文明度。我是渡海尋詩人，行吟欲徧南天春。完全主權不曾失，詩世界裏先維新。五色日華筆端起，墨瀋淋漓四海水。太平山上歌太平，遙祝萬年聖天子。

蘭史招飲酒樓疊前韻

其一

海山縹緲倚樓青，中有才人謝四溟。萬里浮槎詩草富，一堂説劍浪花腥。飛仙古刧驚龍漢，望帝春心怨鼈靈。休奏通天臺上表，寄愁聊問酒旂星。

其二

小試宮砂拭獺膏，雨花天裏夢魂勞。鏡中眉嫵憐張敞，機上迴文感竇滔。越女珠光開夜讌，閩娘酒韻憶春糟。萬方多難姑行樂，未覺東方已漸高。

詔平席上次蘭史韻

休向昆池問劫灰，嬉春客自看花來。經營八表歸詩卷，收拾千秋付酒杯。龍虎片雲開王氣，犬羊殘局起人才。英雄兒女同高會，此是平生第幾回。

與平山、近藤二君及同志諸子飲香江酒樓，兼寄大隈伯相、犬養春官日本東京

誰挾強亞策，同洲大有人。願呼兄弟國，同抑虎狼秦。慷慨高山淚，日本有高山正之，其人維新先進也。縱橫大海塵。支那少年在，旦晚要維新。

以上選自丘逢甲著，吳宏聰校編《丘逢甲集》，長沙：岳麓書社，二〇〇一

何祖濂

香江客感

余遞年北上，道出香江，行李往來，句留數日。自甲午春鼠疫竊發，傷及萬人，傳染既多，客斯土者已紛紛走避。故南歸時未及遊眺，遙遙江岸，難逢故人。今年美富輪舶又因港役騷擾，徑由黃埔繞道出洋，不復赴香江停泊。茲聞疫患復作，似較甲午尤甚，歸舟到此，倍為悵然。舟師亦戒勿登岸，致未訪舊遊處也。憑眺移時，天容漸暮，覺夷樓層疊，燈火懸空，照耀仍如白晝，爰作長歌，以抒客感。

天子開疆頌聖武，鴻溝劃斷神州土。一朝海市通重洋，割棄河山付夷虜。鐵鎖沈江輪舶來，巖疆扼險天為開。夷人輕奪利權盡，長使粵民輸貨財。粵民貪利爭經紀，鑿山築海成街市。山頂望樓高接天，砲臺鐵路相鉤連。山腰列屋排衙密，估客千家萬家室。環山上下皆康衢，樓閣高低入畫圖。徹夜懸燈朗如月，倒照落海千明珠。茶肆酒寮朝復暮，倡家夜夜笙歌度。勝似長安游俠兒，一曲纏頭錦無數。我昔探徧香江香，裙屐追陪幾度忙。今來迴指舊游處，屢傳鼠疫心悲傷。舵樓登眺低徊久，太息天災行處有。快趣征輪返故鄉，雲山黯澹嗟回首。

鼠疫歎

甲午春夏交，鼠疫初流行。人滿豈為患，天道胡可憑。此中若有物，來去渾無形。臭味輒相感，百死惟一生。朝且不慮夕，道殣紛難名。死亡越數萬，目慘心自驚。英夷重防疫，苛例嚴相繩。凡被疫處俱用臭水埽壁，服用器物焚燬一空。十室九逃避，如遭火與兵。港官稽察甚嚴，稍有疑及，輒被拘禁，多有啖以硫黃而致斃者。今迅閱五載，菑害仍頻仍。廛肆久寥落，安居嗟未能。歸舟望江岸，氣象何凋零。器物且焚盡，餘火光熒熒。遙望江岸，來往人稀，極形冷落，惟見火燄數堆，焚燒器物而已。此劫竟誰料，今昔都殊情。還念故鄉土，悲憤空填膺。

以上選自何祖濂《碧蘿僊館吟草》（《三編清代稿鈔本》本），廣州：廣東人民出版社，二〇一〇

伍星墀

英租九龍，不屈被捕，港臯定繯首之刑，歸獄時夜色四合，占此寄慨

陰霾四布眼模糊，是否幽明已異途。天地祇今真逆旅，居諸何處是桑榆。生能抗敵非文弱，死不驚人豈丈夫。此去羞從子胥祖，國門恨未繫頭顱。

選自屈向邦、鄔慶時編《廣東詩彙》（《三編清代稿鈔本》本），廣州：廣東人民出版社，二〇一〇

鄧惠麟

感遇有序

光緒己亥英割九龍，余與伍星池、鄧菁士等憤土地之失，辱及國家，糾合鄉民，屢戰不克，菁士受戮，星池被囚，余屋亦燬，遂挈眷遷居邑之西鄉，賦此以誌慨。

其一

時方多難客登樓，安得名賢蒞九州。羊石未隨塵劫換，虎門誰作保障留。越臺有主終朝漢，庾嶺無王復霸劉。極目鄉關何處是，茫茫東去海雲浮。

其二

也知一木久難支，忠憤催人強出師。畫界督臣輕土宇，遮河父老哭旌旗。祖生空負中流誓，庾信能無故國思。太息衣冠文物地，一朝瓦解屬番兒。

其三

宋代來居八百秋，豈知樂土反成愁。焚巢已被情奚服，省墓難通淚更流。投筆有懷誰假柄，請纓無力自含羞。只今賸有青囊在，佩作尋龍五嶽遊。

其四

休談時事觸南蠻，遁跡江湖到此間。唾面昔賢曾忍辱，保身如我盍投閒。西來紫氣開新里，東望烏雲失故山。滾滾狼煙何日淨，不堪回首九龍灣。

其五

河山割據劇堪悲，為避蠻氛始徙岐。五馬有刑懲漢歹，九龍無界限英夷。內朝隱忍邦交重，外侮侵凌國體卑。孰攬中原思李郭，二三豪傑好乘時。

其六

城門失火楚亡猿，荊棘移栽禍子孫。通敵未聲徐海罪，降邊誰道李陵寃。芝蘭隱谷香猶在，松柏凌霜節尚存。寄語兒曹休怨悔，主憂臣辱古今言。

選自屈向邦、鄔慶時編《廣東詩彙》（《三編清代稿鈔本》本），廣州：廣東人民出版社，二〇一〇

梁喬漢

賽馬場

香江二月天氣新，鬭獵觀者逾萬人。選材伯樂追冀北，千里駿足爭空羣。圍場遠上立一幟，良馭安排奏長技。日下連錢狀可嘉，雲中奪錦談何易。須臾號礮忽一鳴，驊騮開道相誇驚。去如飈風轉如電，足不著地驤雲平。汗血龍駒隊逐超，歡聲如海人如潮。動色兩旁歎觀止，突騎奮勇郊坰驕。我聞孫子智在昔，量材三種憚不敵。詭以下駟當上駟，轉使後勁交出色。今如芻秣事馳騁，孰解稱德不稱力。遑便角捷成澆風，戲局海內將毋同。可惜老驥嘶伏櫪，不爭戰功爭佃功。

德律風

聲氣相求各地聞，索居誰復悵離羣。此間風雨能來告，巧替飛奴問訊殷。

港中雜事二十韻

光緒初年部試，送別至此，戲成。今從舊篋檢出，而俗例多變，附存之，以記沿革所自。

外域唐番話，來遊別有天。人居裙帶路，地集火輪船。衣綠沿街守，燈紅隔壁穿。燕梭商保險，馬隊鬭矜便。夷禮頭掀帽，戎裝手引鞭。師何尊狀棍，客乃重孖氈。士仔巾纏髻，姑喱擔壓肩。戲園男女混，牌館賭嫖連。電氣兼煤氣，洋烟又土烟。循環官報局，錦繡妓歌筵。呂宋票輪月，英華歷判年。院中名博物，廁上例抽錢。街紙巡防驗，樓鐘告警遷。耶蘇談爾聽，猪仔賣誰憐。鹹水呼羣妹，毫銀換五仙。狗形花白惡，魚味石斑鮮。車轉東洋快，妝偷上海妍。報窮堪抵罪，誘嫁任隨緣。夜冷零星喊，春淫放浪牽。兵房弛禁酒，禮拜競酣眠。

以上選自梁喬漢《港澳旅遊草》，光緒二十六年（一九〇〇）廣州藏珍閣本

許永慶

瀝源九約竹枝詞十五首（選四首）

其一

瀝源洞內樂從容，人自同安化日中。聞道約中多好景，十年一醮舞金龍。

其二

沙田頭又值年豐，塑壆坑源水蔭通。直待沙田禾麥熟，家家相慶賦千鍾。

其三

大圍風景實如何，村裏人居雜姓多。耕着田心逢稔歲，社前醉唱太平歌。

其四

車公廟畔水洋洋，徑口林深草木芳。共說神靈多庇佑，五更鐘響即焚香。

選自程中山輯注《香港竹枝詞初編》，香港：匯智出版社，二〇一〇

陳步墀

蔡烈士歌

二十世紀殺機來，白禍未已黃禍哀。伏屍百萬鴻毛小，一死重於泰山隤。蔡君學文信人傑，熱灑神洲滿胸血。不能紓難以身殉，愧煞東南無一節。年來烈烈始馮君，殉締殉礦如騰雲。中有婦人殉學去，真是支那娘子軍。我聞豪俠非常見，歐美此風人爭羨。不期膨脹到中華，兩載能成六賢傳。馮陳潘姚李蔡。國貧之理與家同，克家有子不愁窮。報國無成繼以死，轟轟團體疇能攻。三代以下好名多，其奈貪生怕死何。史魚當日無尸諫，沒世誰為直作歌。本朝惟有吳可讀，養士虛同春夢婆。靡俗忌生尤忌死，我為不平持論苛。古來志士與仁人，關繫興亡社稷臣。捨生取義聖賢事，黨從觀過能知仁。君不見富春垂釣有嚴光，風成東漢節義長。後人猶有羊裘誚，誰復設身為思量。又不見汨羅江中有屈子，眾人皆醉醒如彼。露才揚己尚人彈，英雄處境真難耳。烈士遺書十萬言，一言一字一金元。若論報效居多數，應錫頭銜來至尊。寄語同胞我國民，齒寒當與唇亡均。死者已如蔡子斐，生者猶有胡子春。報效國民捐者。

救命詞（三十首選五首）

其三

三江水勢接長天，南海花山三水連。正是危城搖撼際，災民猶宿女墻邊。

其五

一百卅圍共塌傾，百年無此鉅災名。桑田四府成滄海，那有樓臺賸兩楹。

其六

飄畜浮屍滿目悲，餘生零落似殘棋。綠林忍下乘危術，猶駕長龍劫女兒。

其八

四會基圍崩上游，大興飛潦夾墩頭。可憐無罪三千眾，同葬江魚骨莫收。

其十

木桶飄流有小孩，黃金乞命付書哀。何時塊肉生還慶，誓報啣環結草來。

以上選自陳步墀著，黃坤堯編纂《繡詩樓集・繡詩樓詩》，香港：中文大學出版社，二〇〇七

將去潮州作九言歌留別諸子

蒼蒼莽莽日落韓山城，浩浩茫茫海水千萬程。故人風度山高水長去，詩壇對築氣象何崢嶸。今年七十有五蕭齋叟，伯瑤。七十有六竹朋之先生。若使姑蘇老人兼在此，楊星吾。定如三峰天外來聯盟。我從塵海歸來殊不寂，欣然竊比於茲有老彭。開府參軍清新俊逸譽，開府，澍公；參軍，芷雲、竹銘。一時無兩響遏天雲行。蓬萊仙人小謫雙溪裏，謂贊公。謂有澹臺其姓名滅明。西拉木楞舊族最高貴，鳳公。亦能下交折節來詩兄。百衲主人朱園邀雅集，宋順之。高談幽賞送我汪倫情。憶昔還家三月詩三百，蘭史許我相逢能酒名。知己飄零南極與北極，千行涕淚遙寄懷神京。從來名士美人傷易老，忍聽別離忽又調悽聲。烏鬢白髮眼底人千里，明朝一帆高掛鮀江平。入河入漢入海尋常事，惜無武陽方叔褢同迎。鴟夷一舸未載西施去，寂無人伴恐有蛟龍驚。海市蜃樓變幻不可測，或將返棹來浴滄浪纓。哀哉滄浪水濁何時清，願君天涯報我不平鳴。

辛亥三月五夕為香江西商會五十年紀念之期，大燕來賓。港督水提將軍、奧國王子及余皆與其盛。日本楠本武俊（字和卿，號環溪）座談最歡，翌晨以冊索書，題此歸之

香江花氣滿城池，歡宴難逢我亦知。萍水莫論賓主地，楚騷能賦國風詩。十年商戰掄人傑，三月

春山聽子規。齊客異鄉余最久，只慚持筴負鬚眉。

學海堂懷阮文達公

嶺南耆舊正凋零，想見山堂萬柳青。今日已無羊化石，當年應比鯉趨庭。文河學海魚龍藪，百粵三台將相星。我本潮人沐韓澤，再來此地讀遺經。

以上選自陳步墀著，黃坤堯編纂《繡詩樓集・繡詩樓詩二集》，香港：中文大學出版社，二〇〇七

丙辰春日侍家子礪師登宋王臺懷古

其一

九州南盡一臺存，日落蒼茫巨石蹲。天水有家淪澤國，中原無地定乾坤。侯王廟裏碑留蹟，〈侯王廟碑〉，為師所撰。公主墳前金鑄魂。我侍南豐來弔古，瓣香初上鯉魚門。

其二

窮海原來是帝鄉，登臨相顧總悲涼。厓門歷歷慈元殿，芳草萋萋官富場。一代興亡歸氣運，數家迎送憶壺漿。羣山萬壑如今在，猶作屏藩赴宋王。

其三

身世同嗟行路難，零丁洋裏寸心丹。有臣如此亡何易，得眾偏能奠小安。兆見黃龍翔海闊，心驚白浪接天寒。可憐甲子門前水，留與荒臺一例看。

其四

憑欄回望九龍城，誰可呼龍嶺上耕。「呼龍嶺上耕」，吾師句。燕子思巢飛故故，海邦聞道履平平。潮來有恨成千古，國破何關打五更。正是江花江草日，白頭吟罷淚縱橫。

弔香江馬場之災 戊午年元月十六日。

其一

焚廄傷心古所知，不圖浩劫到今時。憑欄歌泣無端淚，灑向人間唱竹枝。

其二

地震纔驚落羽毛，元月初三。天心示警凜寒刀。如何玉石同萌蘖，燒盡牛山濯濯高。

其三

春入連天不雨雷，祝融為患旱為災。可憐士女如雲去，為鬥繁華寂寞回。

其四

浩浩平沙黯黯天，戰場弔古有文傳。河山縹緲無亭長，愁絕招魂落照邊。

以上選自陳步墀著，黃坤堯編纂：《繡詩樓集・宋臺集》，香港：中文大學出版社，二〇〇七

大江東去・寄題芷雲參軍龍慶「戎裝策馬圖」，用東坡赤壁韻

飄零書劍，漫英雄淚灑，支那人物。悵望鄉關何處是，勒轡懸崖孤壁。一幅儒巾，十年江海，鬢白紛如雪。塵中誰識，吾家有此豪傑。　悽悽美雨歐風，精神尚武，社會萌芽發。救國雖無柯斧假，忍看神州沈滅。東盼遼陽，南懷澳界，時間島交涉及澳門劃界。氣壯衝冠髮。天涯題畫，獨騎瘦馬殘月。

選自陳步墀著，黃坤堯編纂《繡詩樓集・雙溪詞》，香港：中文大學出版社，二〇〇七

余維垣

連年商業不佳，有所虧折，感賦

傳聞善賈在多財，商戰今茲列國來。億中居奇原有道，持籌握算愧無才。蠅頭事業成非易，駒隙光陰去不回。驥偶蹉跎中坂路，待將承運上金臺。

九龍一帶割歸英屬

飄搖大局土分崩，士庶流離苦不勝。銅柱銷沈來餓虎，金城荒落站飢鷹。九龍舊城早已傾圮，城外設立洋關。百年霸業餘殘日，萬里山河化薄冰。莫問強鄰蠶食罪，謀臣誰是請長纓。

香江漫興五首

其一

百年前是島荒隤，鬼斧神工闢草萊。玉宇瓊樓天際立，煤燈電火地中來。峰巒盡日圍新界，潮水終年汩宋臺。時論共稱乾淨土，深人心事隱銜哀。

其二

西營刁斗夜無聲，信是青山號太平。風馬雲車羣帶路，荒煙蔓草九龍城。艱難邦國遷遺老，反政後，舊官僚俱遷居此。割據河山善將兵。港中英兵不滿千數。莫問荊州胡久假，箇中消息不分明。

其三

十里湖光碧似油，夕陽岸畔數過舟。石塘王氣鍾花國，金谷遺風滿酒樓。他日雲山皆北向，祇今海水盡西流。天成帶礪依然在，原是南州舊咽喉。

其四

山飛樓閣水飛船，畫景天然入輞川。兩岸汐潮常有信，三環風月總無邊。桃源近接烽煙地，梓里重遭水火年。客路險巇歸路阻，茫茫恨海石難填。

其五

汲水門低湧亂流，山川好歹眼中收。狡營兔窟心封豕，霸割鴻溝迹沐猴。庾賦江南哀避地，王依荊楚悄登樓。家鄉麻亂身蓬斷，詩酒難銷百結愁。

飛機二首

其一

御風列子等泠然，獨運機心任轉旋。不翼高飛淩碧落，携將謝句問青天。

其二

誰教死物有生機，鐵鑄蜻蜓欵欵飛。直上青雲仙境界，天門游罷摘星歸。

以上選自余維垣《雪泥盧詩集》，民國廣州登雲閣現代仿宋印刷所刊本

楊其光

念奴嬌・劍老招飲杏花酒樓，席上作

河山如此，算綠樽閒對，醉鄉堪託。偏有潘郎能好客，置酒最高樓閣。絕代佳人，過江名士，歡會今猶昨。月涼似水，笙歌又起欄角。　相與跌宕文場，記少年豪放，中年飄泊。解盡萬愁成一笑，夢近花前纔覺。席上陳君倚雲為余題「花笑樓填詞圖」，有「一笑花前解萬愁」之句。被酒談兵，薰香寫韻，壯氣柔情各。裙邊劍影，夜闌休露芒鍔。

選自楊其光《花笑樓詞四種・歸夢醒餘》，宣統元年（一九〇九）刊本

金縷曲・落花

轉眼春將暮。聽簾前、芭蕉細雨，對儂如訴。昨夜杜鵑啼似血，報道殘紅無數。已難覓、金鈴重護。料峭東風吹漸緊，更斜陽、移過垂楊渡。陰半角，暗籠去。　春人悄把春情付。難禁他、

荒荒野徑，霏霏香隝。看到春光如此賤，一味替春愁苦。只賸得、鶯嘑燕怒。欲向池塘尋舊夢，
奈重鋪、草際疑無路。留豔景，賦幽趣。

選自楊其光《花笑樓詞四種・華月詞》，宣統元年（一九〇九）刊本

田卲邨

題三遊赤柱有感

赤柱灣頭第一灣，擔竿山畔卽橫瀾。青龍白虎常相讓，紫氣丹霞各等閑。允矣名鄉藏佛侶，洵哉福地有嫏嬛。慈航敢謂遊東海，我也尋緣到此間。

咏總理桐山功成告竣

梧桐仙洞立仙鄉，客至吹簫引鳳凰。我輩稱為香火廟，同人喚作祖先堂。羣眞大會裁新句，七聖長留訓舊章。總理捐貲來護助，瑤池殿上報親娘。

《梧桐山集》序

詩以理性情，子所雅言也。雅言者何？以詩能理乎性情而已。夫理者，調理也。在人謂之性，在物謂之情。有天命之性，有氣質之性。有先天之情，有後天之情。調理者，調理乎氣質之性，歸于天命之性，喜怒哀樂之未發是也。調理乎後天之情，歸于先天之情，發而皆中節是也。

夫詩者更可以感發人之善心，可以懲創人之逸志，且也人秉陰陽，物同造化。有天命之性，發出自有先天之情；有先天之情，吟來自有出世之詩。如純陽祖師之〈指玄篇〉十六首，康節先生之〈擊壤集〉十六首，紫陽眞人之〈悟眞篇〉十六首，三丰眞人之〈金丹詩〉十六首，念菴狀元之〈醒世詩〉十九廿首，合觔合斗，有色有聲。兼之〈黃鶴樓賦〉、〈天地人物論〉、〈悟眞篇〉序，覺世章，樂道歌，篇篇載道，句句談玄，堪稱唐宋元明四大名家之作，可當《國風》《雅》《頌》三百十一之聲。所謂不是斯文領袖，何堪為佛國棟樑；若非名教英材，焉能為道門師表。如純陽祖師、康節先生、紫陽眞人、三丰眞人、念菴狀元，這幾輩人，雖不同時，要皆以博學雄文，而證仙佛之極地者也。直令千古之下，讀之如見其人，百世以來，聽之如聞其聲，可以諷時，可以風世，可以學仙兼學佛，可以希聖並希天。內藏金丹口訣，火候工夫，自安爐立鼎，以至迴光返照，築基採藥，去濁留清，三車運轉，武鍊文烹，沐浴溫養，脫胎神化，灌滿乾坤，九轉丹成，條目工夫，和盤托出，層次分開，有志竟成，無緣難遇。

今值陽生之候，地雷初復之時，圍爐靜坐，復見天心，開卷再讀，不忍釋手。但向來分開雕刻，未免得一忘三，而今彙集成卷，移來會三歸一，加之摘錄行迹，世系可觀，有箇中好友，能知其味者，于得閒之時，讀出世之詩，行出世之事，回頭修出世之道，將來證出世之仙，亦未可量也。有志修行者，請細讀之。是為序。時乃光緒乙巳三十有一年，陽生之月，孔子誕期，梧桐山人邵邨氏序于香江之新安樂窩。

以上選自田邵邨《梧桐山集》（廉部），光緒三十一年（一九〇七）刊本

鄭貫公

感

其一

忽聽問吾國，不知有與無。興亡何處見，悽慘對輿圖。

其二

客游如久嫁，愁聽又冬天。夜夢黃帝語，國亡多一年。

選自一九〇五年十一月二十一日香港《唯一趣報有所謂》

贈友三首

其一

亞洲報

殲賊奚須械，誅奸有筆鋒。無形義勇隊，嚇煞叩頭蟲。

其二

陳挺香

戛戛平原企，身高不見山。一嘯震天地，羣妖沒人寰。

其三

蘇慎之

沈沈專制下，無力暢心遊。願作九皋鶴，日日鳴不平。

選自一九〇五年十二月五日香港《唯一趣報有所謂》

岑學呂

明亡國紀念

明思宗以三月九日殉國，今歲清明節又在三月十三日，今日清明時節，即當年以清滅明之紀念也。我漢族同胞尚以清明為佳節乎？

其一

巴猿塞馬咽笳聲，楊柳依依十里程。觸我傷心無限淚，淡煙斜雨過清明。

其二

一年一度清明節，萬里魂歸故國家。大好河山依舊在，不知曾否是中華。

選自一九〇六年四月七日香港《唯一趣報有所謂》

雜感七首

其一

蜉蝣撼樹生何益，伏劍田橫死亦難。猶太邱墟印度屋，亞東忍看夕陽殘。

其二

笑傲滄洲廿五春，疾風蕩板嘆沈淪。傷心亡國風流派，座擁故姬酒載醇。

其三

八元八俊總虛名，辜負當年月旦評。畢竟才人多畫餅，清談王衍誤蒼生。

其四

浪說神州一柱擎，書生何事請長纓。縱教博得封侯印，種族恩仇尚未明。

其五

奴顏婢膝談風節，天喪斯文大可哀。安得革車三萬乘，檻囚驅上斷頭臺。

其六

橫流滄海嘆無家，身似樵桐淚似麻。國漸陵夷人漸老，捧心猶自說中華。

其七

無情何必生斯世，有淚空教學阮狂。哭盡烽煙愁盡酒，把杯常欲問蒼蒼。

選自一九〇六年六月一日、二日香港《唯一趣報有所謂》

題胡藻斌畫虎 庚辰春，中日戰正酣。

飈風怒挾沙石走，木葉亂飛千山吼。黃塵慘淡天為昏，羣飛百獸空林藪。空中湧出黃錦雲，神威赫赫稱山君。衝突咆哮誰能羣，迷其識者飛將軍。爪牙符節垂青史，變化相生翔龍起。胡生粉本有異傳，萬里風雲來筆底。吁嗟乎虎頭食肉今何多，狐鼠縱橫可奈何。願君驅策虎賁三千士，為我洗甲傾天河。

選自岑學呂《岑學呂詩略》，順德：順德容奇鎮耀昌，民國三十七年（一九四八）刊本

陳競堂

讀《隨園集》，步陪雲先生韻

攝來神妙到毫巔，全集流傳賊亦憐。跌宕風流誇絕代，迂拘理學哂時賢。文心奧妙王安石，詩境幽閒白樂天。享盡園林山水福，居然平地作神仙。

題《東方報》

其一

大息東方一病夫，山河破碎感情無。滿腔熱血成文字，喚醒同魂斫虜胡。

其二

虎狼膛視狐狸哭，民族歡迎異族愁。休謂空談終莫補，驚人言論自千秋。

醉中偶作

未漆讐頭飲恨多，淋漓杯酒奈愁何。叩閽無語天猶醉，斫地悲歌劍屢磨。寃海枉填精衛石，斜暉猛奮魯陽戈。自由不獲毋寧死，攘臂誓除專制魔。

登高

其一

沈沈大陸劫餘灰，何處高山可避災。醉撫朱萸長太息，凄風苦雨逼人來。

其二

重重專制少完膚，昂首長空泣且呼。敲剝比追常見慣，誰云詩興敗催租。

聞民軍克復南京，喜而有作

霹靂一聲民智開，歡呼響應喜如雷。青天白日懸空見，俠雨雄風捲地來。豚尾剪除奴籍脫，獅鼾驚醒國魂回。嗟予有累難投筆，未列戎行愧不才。

以上選自陳競堂《克念堂詩稿》，民國五年（一九一六）香港刊本

隱逸花有序

吾邑上水鄉，每年歲朝，即開詩會，歷百餘年於茲矣。壬戌以「隱逸花」為題，吾宗翠兄謂此題殊佳，再三詠之。余見獵心喜，亦擬一首。

老圃黃花逸興慵，香留三徑隱孤踪。寄人籬下情何淡，就爾秋前色不濃。晚節雅同君子竹，榮名冷笑大夫松。風霜戰勝披金甲，獨殿羣芳不受封。

選自陳競堂《貸粟軒稿》，香港：香務印務公司，一九二四

馬小進

己酉春，與高芍亭、許沛公、謝抱香遊寶雲道

春日寶雲道，沈沈草木深。嵐光明大野，人語響空林。共發為戎歎，淒懷避席吟。山河非復舊，築室隱高岑。

醉題酒家壁

少年意氣豪且奇，白馬雕弓入燕市。黃金浪擲唱呼鷹，飯牛屠狗皆知己。相逢把臂説恩讐，按劍誓取仇人頭。蒼茫百感忽來集，共上城南第一樓。折券呼僮取大斗，狂歌縱飲鼓土缶。惟秦不得志猶存，天下英雄皆好酒。朱元晦有天下無不好酒之英雄語。回首河山盡垢氛，空餘壯語淩風雲。何年共遂黃龍飲，斫盡胡兒著偉勳。人生行樂須及時，塵寰泱莽我何之。醉折花枝濡淡墨，樽前聊寫壁間詩。

以上選自《南社叢刻》第四集，揚州：江蘇廣陵古籍刻印社影印民國刊本，一九九六

春心

籌謀去住春心損，隨筆書成賣舊錢。斯世竟能容我懶，名山寧祗以詩傳。臨風疇與輸懷抱，展卷相攜廢食眠。五載紅爐峰下住，牋將哀樂託無紘。

甲戌歲暮雜感二首

其一

四十六年彈指過，百千萬刼以心觀。妻梅未敢師和靖，煨芋寧妨學懶殘。兩鬢漸霜催我老，密雲不雨釀春寒。療饑煮字知非計，其奈居夷覓食難。

其二

生看雲起盪胸懷，香滿簾櫳月滿階。智勇自知慚管樂，魯愚何礙學參柴。豈眞才大難為用，贏得身閒亦復佳。湖海飄零人未老，美人如玉酒如淮。

以上選自一九三五年香港《華僑教育》第四期

陳伯陶

避地香港作

瓜牛廬小傍林扃，海上羣山列畫屏。生不逢辰聊避世，死應聞道且窮經。薰香自燒憐龔勝，藜榻將穿慕管寧。惆悵陽阿晞髮處，那堪寥落數晨星。

九龍山居作

其一

蓬蒿三徑少人行，擬託幽居老此生。迷路東西逢子慶，在山南北法高卿。井華近汲龍湫曉，雲絮遙披鶴嶺晴。傍晚鯉魚門外望，滄浪還喜濯塵纓。

其二

布衣皁帽自徘徊，地比遼東亦痛哉。異物偶通柔佛國，新架坡，古柔佛國，土人多航海往該埠。

遺民猶哭宋皇臺。驚風蓬老根常轉，浮海桑枯葉已摧。欲學忘機狎鷗鳥，野童溪叟莫相猜。

登九龍城放歌 九龍砦，土人呼之曰城。

鯉魚風緊鮫人泣，鯉魚門開巨鯨入。飛雲蓋海駕轟濤，直拍九龍城下溼。九龍之山高插天，九龍城與山鉤連。龍頭巃嵸列戰格，下瞰瀓碧環深淵。清時置戍防海賊，海賊未平夷患亟。已悲埃卒化蟲沙，復見疆臣棄雞肋。石城何盤盤，憑眺慘我魂。千山鱗甲忽破碎，玄黃血濺羣龍奔。迢迢南望銜艫舳，左走東瀛右西竺。回看直北是神州，墮地弓髯萬人哭。城邊野老長苦飢，我亦寓公歌式微。內蛇外蛇鬬未已，橫流滄海吾安歸。吁嗟乎橫流滄海吾安歸。

丙辰九月十七祀宋趙秋曉先生生日，次秋曉生朝觴客韻

翠旗虹旓海上槎，白鷴刷羽鳴荒遐。靈偃蹇兮帔赤霞，薦以芫香建谿茶。高臺嵲嶪屬宋家，庚申帝亡勢莫加。仰天雹笑聲聱牙，桑海變滅如空花。桃實千年棗若瓜，蓬萊仙子迴雲車。翩然而去隨翠華，匡山風雨歸途賒。

壬戌十月重至南齋，口占呈朱艾卿少保、袁玨生、朱聘三兩編修

其一

天祿光分御炬蓮，當時人道玉堂仙。劇憐海上銜泥燕，故國辭巢十七年。

其二

簪筆追隨一載長，別來無幾換滄桑。北風胡馬南枝鳥，兩地悲鳴總斷腸。

其三

門通西苑昔相過，太液同舟笑語和。今日刦灰池底黑，禁中人已隔天河。

其四

瓊樓玉宇不勝寒，來日應知大是難。內翰一場春夢遠，相逢休作夢中看。

以上選自陳伯陶《瓜廬詩賸》（民國刊本）

槃園記

余竄伏九龍，得地於牛池灣之西，廣一畝有奇，幽澗漩洄，注為小池。後枕崇阿，饒竹木之勝；前俯平陸，極煙嵐之觀。因樊之名曰槃園，中搆屋三椽曰槃廬，取《詩・考槃》義也。〈考槃〉三章，首言碩人之寬，次言其薖，次言其軸。《毛傳》：「〈考槃〉，樂也。薖，寬大貌。軸，進也。」鄭《箋》謂：「碩人窮處成樂，而寬然有虛乏之色。薖，飢意；軸，病也。」與毛異。朱子《集傳》用毛說云：「詩人美賢者，隱處澗谷之中，而碩大寬廣，無戚戚之意。」攷《孔叢子》述夫子之言曰：「吾於〈考槃〉見遯世之士而無悶於世。」《孔叢》偽書不足據，然固與毛合也。余生不辰，居海濱者十有三年矣。昔人嘲夷齊不食周粟而食周薇，惟茲租借地，彼客而我主，固非首陽比也，而槁餓則同。余於鄭說蓋有取焉。

嗚呼！滄海橫流，處處不安，王尼之悲，復見今日。若茲地，則逢子慶之浮海而戴瓦盆也，管幼安之居遼而穿藜榻也。其空乏其身，不免於飢且病也固宜！然視薰以香燒，膏以明銷者有間矣。此余所以獨寤寐其間，而永矢弗諼弗過弗告也。若以為碩大寬廣，無戚戚之意，則余豈敢復為之？詩曰：

槃園何有兮，有果有蔬。槃廬何有兮，有琴有書。彼槃旋者何人兮，山澤之癯。嗟四方其靡騁兮，九夷與居。扃袁閎於土室兮，臥焦先於草廬。念天地悠悠兮，吾生須臾。獨窮處成樂兮，噫斯其為古碩人之徒與。

選自陳伯陶《瓜廬文賸》（民國刊本）

賴際熙

登宋王臺作

其一

九州何更有埏垓，小絕朝廷此地開。六璽螭龍潛海曲，百官牆壁倚山隈。難憑天塹限胡越，為訪遺碑剔草萊。宋道景炎明紹武，皇輿先後總南來。

其二

登臨遠在水之湄，豈獨興亡異代悲。大地已隨滄海盡，怒濤猶挾故宮移。殘山今屬周原外，塊肉曾無趙氏遺。我亦當年謝皐羽，西臺慟哭只編詩。

籌建崇聖書堂序

國於大地必有以立，其世守之倫紀道德，相沿之典章制度，即其立國之根本。而倫紀道德，典章制度，所藉存而弗墜者，則在簡篇之記載，師儒之傳述，徵文考獻，翼教即所以維世焉。吾國開化自堯舜禹湯文武周公，淵源受授，至孔子而集其大成。數千餘年，冊府之儲藏，士林之講誦，日新月盛，美而且備，中間雖煨燼於暴秦，摧拉于胡羯，而抱殘守缺，考逸鈎沈，搜討彌勤，保全益力。劉略班藝之所紀，虞志荀錄之所存，前無所損，代有所增，如日月經天，如江河行地，其為萬古不廢焉可知矣。

風會遞降，習尚斯歧，士厭故常，人趨新異，三綱則昌言廢除，六經則嚴禁誦讀，非聖無法，此尚萌芽，遷流至今，則邪說愈張，正學逾晦，援人以入獸，既甘冒不韙，激治而為亂，更悍然不顧。僉邪既互為鼓吹，當路復資以勢力，神州文化，行見陸沉，軒轅遺裔，盡將沙汰。挾書之令，秦以嚴刑禁之，尚有孑遺，畔道之端，今以曲說誘之，自然風靡，誠斯道存亡絕續之交，君子怵惕危慮之會也。

幸香江一島，屹然卓立，逆燄所不能熵，頹波所不能靡，中西之碩彥，宏達之官商，咸有存古之心，皆富衛道之力。主持教育者，屢宣提倡中學之言；訓誨子弟者，咸抱難得人師之慮。今擬順人心之趨向，拯世道之淪胥，冀集巨資，徵存載籍，甲乙丙丁諸部，期搜采而靡遺，元儒文史之書，亦網羅而勿失。更築精舍，延聘耆英，相與討論講習於其間，以收辨惑釋疑之實益。但體制必求明備，始足振學者之精神；規模必極恢宏，乃足饜瀛寰之願望。願資眾力，樂助其成。從此官禮得存諸域外，鄒魯即在于海濱。存茲墜緒，斯民皆是周遺；挽彼狂瀾，其功不在禹下矣。謹序。

送檗老副憲同年奉召入直南齋序

國朝禮重儒臣。天聰三年，命儒臣分直文館。順治十七年，命翰林官輪宿直房，不時召見顧問。康熙十六年，諭張英、高士奇在內供奉，是為南書房入直之始。嗣是遞相沿祖，皆以翰林文行尤卓者充其選，文字以外，絲綸之重，密勿之謀多咨之。一代風尚，文人以得入翰林為榮，翰林以得侍南齋為重，地至近遇至隆也。

檗老自官翰林，文采高一世，官御史，直聲震朝野。辛亥以後，奔走南北，忠壯之譽，益洋溢中外。今上聰明睿聖，知之有素，不次擢遷副都御史，庚申壬戌先後入覲，前席所陳，必多有裨國是，默契聖心者。今春被召入侍南齋，人皆頌聖主能得賢，鴻毛巨魚，乘風縱壑，有以喻之。雖然世不極屯蒙，則撥亂之機猶未動；士不遭時會，則濟變之略無可施。今之世運，於易象為剝，諸陽消剝已盡，獨上九一爻尚存。然陽無可盡之理，陽剝則為坤，陽來則為復，剝盡於上，則復生於下，撥亂之機已動，濟變之略可施，惟其時矣。上之所以知檗老，非僅在區區文字，檗老之所以酬知遇，亦必有遠大之猷，而不僅在區區文字也。檗老勉乎哉！

熙竄身孤島，逾紀迄今，而夢繞觚稜，則恒如一日。幸海濱商旅，愛重逢萌，日與陳述國恩，宣揚聖德，皆能感發興起，瞻雲就日之心，沛然莫禦焉。他時宣室從容，宜敷奏及之，湛恩汪濊，必有以慰此海隅蒼生矣。際熙拜上。

以上選自賴際熙著，羅香林輯《荔垞文存》，香港：學海書樓，二〇〇〇

《繡詩樓詩二集》跋

唐孔穎達有言：「詩者論功頌德之歌，止僻仿邪之訓。雖無為而自發，實有益於生靈。」宋真德秀亦嘗云：「古今人詩吟諷弔古多矣，斷煙平蕪，淒風淡月，荒空蕭瑟之狀，讀者往往慨然以思。工則工矣，而於世道未有云補也。」可知詩為志之所之，在心為志，發言為詩。必其溫柔敦厚之旨，芬芳悱惻之思，積而後流，流而後發。即其已發之言，而觀其所存之志。所謂溫柔敦厚，芬芳悱惻者，未嘗不備煙蕪風月，抒寫其蓬勃鬱積不能自已之懷抱。能令讀者皆感憤觸發其溫柔敦厚芬芳悱惻之趣，不復知有煙蕪風月縈繞于其間。其入人至深，補益甚大。今讀子丹先生《繡詩樓集》，益深合於此旨矣。

夫繡詩樓者，因玉芝女士繡其〈救命詞〉，售重價以助賑，由是得名。其詞載在初集，已傳誦海內。此其二集，唱酬愈廣，風調彌遠。航海以後，得山川之助，益以渾灝。山谷所謂波濤浩汗，挾以文章忠義之氣，與筆俱下者，此是矣！其立言之體，皆有益生靈，有補世道，能合孔氏真氏宗旨。他日著作等身，其必始終抱此宗旨，不愧風雅正軌，可預知也。愚弟賴際熙敬跋。

選自陳步墀著，黃坤堯編纂《繡詩樓集‧繡詩樓詩二集》，香港：中文大學出版社，二〇〇七

溫肅

題崔伯樾「是詩簃圖」

其一

王風委蔓詩何有，人海飄萍古與稽。寫取荊公詩外意，目空千古具金鎞。

其二

天涯倦客一樽同，三字題齋少保公。壁上龍蛇空掛眼，人間何處問仙翁。

金文泰去思頌并序

歲在屠維，月為嘉平，督憲金文泰公將移節星加坡，港中人士既攀留不獲，東華醫院紳董梁弼予等深惟公德澤在人，不可縷數，欲舉其所身受者，著之歌詠，以誌去思，而命溫肅為之頌，頌曰：

太平山高高且長，溟海環之島中央。唯公德澤與頡頏，如山岌業海汪洋。軺車昔來觀國光，美錦學製遊五羊。武庫羅胸杜當陽，餘事為文富縹緗。來工柔遠古訓彰，彼蚩者氓忽鴟張。桀黠構煽口如簧，山河咫尺窮梯航。公來成鎮挈其綱，恩威並濟迭柔剛。排山怒潮不敢狂，立掃棒莽成康莊。更施痌瘝蘇痍瘡，廣我醫院建之堂。奠厥基址相周詳，落成襜蓋臨趨蹌。嗷嗷哀鴻今徜徉，如久病暍得仁漿。萬家生佛天降將，不知與古誰低昂。嗟我僑黎託保障，或佐籌防或保良。祝公久任健而康，摩天巨翮忽南翔。星洲一水遙相望，借寇不獲心彷徨。莘莘學子能文章，書樓學舍承提倡。攀轅亦復情皇皇，作為詩歌如琳琅。祝公重來示周行，或鐫金石矢毋忘。吾儕語拙慚圭璋，唯知仁風永奉揚。福星載道照飛艎，獻詩聊當臨歧觴。

題《寒木春華齋詩集》

其一

昔賢雄直未終亡，獨漉堂中得瓣香。最是五言多古意，長城應不讓文房。

其二

性靈格律苦爭論，忠孝為詩道始尊。試把週阡諸什誦，感人端不在多言。

其三

粵臺風雅杳難求，玉軸牙籤亦罕收。自刻叢書三十種，海濱還有繡詩樓。

其四

頻年廡寄比皋粱，同調諸人各老蒼。把卷更增思舊痛，春風無復入文良。

以上選自温肅《温文節公集·檗庵詩集》，香港：學海書樓，二〇〇一

陳子丹五十壽序

香港為華洋雜處之地，自辛亥以來遺臣逋客之避亂者皆赴之。其品彙淆而習尚囂，為寓公者皆攢眉蹙額，不樂久居，而吾友陳子丹獨設肆其中垂十年矣。子丹為饒平望族，好吟咏，治書史。光緒末年以明經貢京國，駸駸乎有所建樹。既遭國變，灰心桑海，乃託迹於此，將終身焉。

余之識子丹在癸丑春，時同館前輩如吳玉臣、張漢三、陳子礪暨同年賴煥文皆僑寓港中，每過從輒嘖嘖稱子丹，遂相與訪。其肆百貨駢羅，傭作數十。迨登其樓，則圖書淨靚，題詠滿壁，心已異之。其尤令吾懼然起敬者，則中懸小軸，蓋德宗景皇帝御容也。子丹又引吾至其山居，門

題堂匾皆書先朝所頒恩榮，蓋子丹曾援例捐道員，蒙恩賞花翎，愈低徊歎息，蓋幾忘此地為品彙淆而習尚囂之香港也。

余因之有感矣！昔第五倫當王莽之末，將家屬客河東，變名姓，自稱王伯齊，載鹽往來太原上黨間，後仕至三公。而明末潮州有陳廷策覩塀者，亦以學行優異，舉明經，國亡不出，潮人稱遺逸者首舉之。今子丹廢著鬻財，溷迹闤闠，似古第五倫；而經明行優，有聞於時，又類其鄉之陳廷策。其將屈心抑志，忍尤攘垢以待如光武者，出攄其抱負以弼成中興之治乎？抑將翛然世外，追暘山之高躅，徜徉沒齒於宋臺楊廟之間乎？計子丹籌之已熟而未嘗吾告，歲之九月為其五十初度，寄此質之，卽以為壽。至其積累之厚，學養之粹，宜乎受福延年者，已詳歲寒堂自序暨同人詩文中，玆不復贅也。

選自溫肅《溫文節公集‧檗庵文集》，香港：學海書樓，二〇〇一

蘇澤東

九月十七宋趙秋曉先生生日，九龍眞逸集同人於宋王臺下，設像拜之，賦此紀盛

其一

佳節登高後，宗臣覽揆辰。花溪欽義士，公助熊飛起兵花溪。茅屋祀詩人。公題隱居曰「詩人只合住茅屋」。心戀厓門闕，身潛莞水濱。宋亡，公隱溫塘。寒泉秋菊薦，清潔表遺民。

其二

誰訪冬青記，勤王志可哀。曾參文相幕，同抱謝翺才。劉鴻漸《宋遺民錄序》言文丞相客謝翺，與趙必瑑本末相類。翹首黃龍見，傷心白鴈來。流芬七百載，祝向宋王臺。

其三

不盡滄桑感，臨風醉一觴。山河牛角隘，霄漢鶴齡長。朱味招魂些，黃花挺節香。朝周嗤畫馬，松雪亦天潢。

其四

眞逸黃冠客，著書消古愁。殘山賸水地，詩虎酒龍儔。桑海高風挹，吳萊《桑海遺錄》言文陸二公事。篁墩佚史搜。壽蘇侔雅會，懷抱並千秋。南海李長榮撰有《壽蘇編》。

過九龍山弔宋行宮遺址書感

其一

山圍潮打海天空，零落宮花染淚紅。丁鶴歸來感今昔，傷心故國有無中。

其二

弓劍沈埋官富場，滄桑幾度換紅羊。倩誰更種冬青樹，望帝悲啼咽夕陽。

丁巳春陪闇公過眞逸瓜廬作

其一

鶴嶺誰高蹈，幽人此結廬。東陵瓜種後，南野柳垂初。回首滄桑夢，移情笠澤書。采薇曾抗節，溷迹侶樵漁。

其二

海濱偕二老，訪舊宋臺過。地僻鳥聲寂，天空野趣多。蓬蒿仲蔚徑，安樂邵雍窩。詩畫恣流覽，憑欄發浩歌。

以上選自蘇澤東編《宋臺秋唱》，一九七九年香港影印民國原刻本

何鄒崖

宣統庚申七月蒙恩賜福壽字

家與國同運，七年夢裏身。自天聞吉語，此後算閒民。永錫憑沖聖，高懸慰老親。頻煩南北走，辛苦念微臣。毅夫覲見，天語垂詢曰：「君輩舊臣南北奔走辛苦。」

庚午正月十三日學海書樓祝嘏

江湖望闕祝釐辰，白髮遺黎尚幾人。蓦憶外臣牌帶進，上書房裏獻香檳。官外部時，是日常帶領各國使臣入賀，賜宴上書房。

六月十六夜，牀上口占，贈別英港教育司羅富士，戲效俳體

石塘金陵賣酒家，夜師範教師公讌送羅別於此。倫敦歸客乘星槎。高樓燈火照天半，鏡光人影攝烟霞。燕窩鶉脯鷓鴣粥，一盃竹露歌渝巴。三萬海里使支那，二十五年期及瓜。英服官年滿，例給長俸。年年恩俸五百鎊，虬髯未白眼未花。三島休去歸桑麻，中國實業方萌芽。羅兼實業科長。那不令人長歎嗟，憶領月餼參齋衙。百金未足供瓜茶，蚊脚紙尾押塗鴉。問我結交吉勤那，幾年天竺歌黃華。漢語未熟聲聱牙，忽指架上笑啞啞。秦磚漢瓦紛羅葩，舊籍破碎版麻沙。芝英倒薤蟠螭蛇，壁懸高勾麗人飛白體書。束裝歸國載滿車。樓船萬斛下爪窪，蛟龍雷電來攫拏。我今欲歸無田又無家，效村學究欹烏紗。送人歸隱背癢爬，因羨生妒不我瑕。

以上選自何鄒崖《鄒崖詩集》，一九五八年香港排印本

韓文舉

題「宋王台雅集圖」

愴傷奚止宋王台，形迹零遺倍長哀。祇有九龍隨海逝，更無五馬渡江來。雜心靈運從何住，醉語淵明去不回。願學謝陶君莫笑，依依蓮社共徘徊。

深水埔秋興

豈無逸興繼騷愁，零落悲吟草木秋。霜冷雯驚楓樹變，風清曉動白楊柔。羈孤遞進紆心慮，身世虛懸等贅疣。寄住七年深水埔，不知何去與何留。

選自韓文舉《韓樹園先生遺詩》，民國三十七年（一九四八）刊本

梁廣照

馬棚火災行 用工部〈哀王孫〉韻。

刼灰飛處夜啼烏，鬼火狐鳴路上呼。鄭人至今驚伯有，誰其誤者腥羯胡。記得春宵初試馬，棚上九逸騁馳驅。棚下肩摩復轂擊，爭先恐後立四隅。佳人飄裾翳長袖，頤指氣使叱婢奴。睨視誰家美少年，參差花貌如雪膚。舉國若狂誇眾樂，老少貴賤情無殊。千金之子不死市，況復堂堂七尺軀。天心好殺殺機動，融風大火起斯須。詎是伯姬待傅姆，暗驚伍相縱豬都。百千生命無一脫，同歸於盡抑何愚。窃聞當時慘死狀，徒呼荷荷與于于。急何能擇或狂走，腰背踐踏互擊狙。哀哉嬉遊慎勿疎，禍生所忽無時無。

《白鶴草堂詩詞集》序

《白鶴草堂詩詞集》，唯盦弟作也。觀其胎息穩厚，辭氣老成。陳古刺今，有《詩》三百篇之義法；迴腸結氣，採宋七十家之菁英。推其隱衷，亦祇以忙裏偷閒，空中傳恨，初不意蜚譽之速，造境之深至此，而卒至此者天也，非人之所能為也。若夫觀物之微，託興之遠，綿綿邈邈，不求工而自工者，則又弟詩詞之特色。

年前嘗以弟詩詞就正於吳玉臣、陳朮叔兩丈，均許以此才晚出，大雅不羣。由孟入陶，恍悟撫琴飲酒；本蘇兼柳，堪付鐵板紅牙。他則不用更論也。粵東詩派，如南園諸子、嶺表三家類皆藻厲壇坫，名滿桑梓。近年以來，詞之一道，則有葉南雪、梁節庵、陳朮叔、黎季裴、楊鐵夫諸老，亦各刻苦專精，矜慎撰錄。不意替人已有，並世而生，輝映相華，音響遙接，老師碩彥咸推重於弟。

昔景文諷太沖詩，振衣濯足；宣子愛白石調，疏影暗香。每載酒行，聽說杜樊南作；有飲水處，爭唱柳屯田詞。又豈僅不斷詩筒，走幾家之驛騎；若干詞卷，紹六一之風流已哉！是則弟固不必以詩詞傳，而人皆欲得傳其詩詞也。茲聞吳門弟子，擬卽編纂分任校讐，題曰《白鶴草堂詩詞初集》。蓋以弟夙精國技，紹白鶴派之眞傳；自闢草堂，成杜少陵之詩史。示不忘本，藉以尊師云。

以上選自梁廣照《柳齋遺集》，一九七五年香港刊本

張學華

乙卯元日

其一

春光不解為誰妍，獨臥空山雨雪天。曉夢驚回殘臘後，芳尊辜負好花前。南飛何處棲烏鵲，北向潸然拜杜鵑。賸有匣中心史在，一編私署景炎年。

其二

桑海遷流已幾經，此身敢復怨飄零。蒼茫故國雲中樹，寥落知交曙後星。偶為題詩撩舊恨，未能耽酒怕長醒。年來愁閱興亡史，又報春風到野亭。

九月十七日宋遺民趙秋曉先生生日，九龍真逸集同人於宋王臺畔，設像拜之，賦詩為壽，次秋曉生朝觴客韻

海風吹斷雲中槎，幽人來往空谷遐。躡衣徑去餐流霞，龍湫井水嘗新茶。飄零難問帝子家，陵谷遷移風雨加。紛紛豺虎方磨牙，世外尚有碧桃花。再拜待獻安期瓜，神旂透迤降寶車。蕙肴椒糈揚芳華，城郭千年歸路賒。

丁丑七月避兵香港，寓薄扶林，覺公寄示南灣晚眺詩，依韻和作

其一

日日驚濤珠海灣，誰從忙裏意猶閒。側身無地真沈陸，被髮何人竟入山。烽急頻聞鳶有信，天空獨羨鳥知還。廿年重踏經行路，白髮飄零換舊顏。

其二

瓊樓高詠感蒼茫，夢落江湖路阻長。劫後全翻棋黑白，天邊愁見血元黃，誰云魚爛猶能國，自笑鷗浮便是鄉。何日相從過僧院，不辭三宿話滄桑。君書來約遊普濟禪院。

以上選自張學華《闇齋稿・闇齋詩》，廣州：蔚興印刷場，民國三十七年（一九四八）

《瓜盧詩賸》序

陳文良公《瓜盧詩賸》二卷，哲嗣公眉世兄將以付刊，而屬為之序。公平生大節，不必以詩傳。晚年著述，亦不欲以詩傳。顧其出處蹤跡，畧可攷見。當夫入直承明，出膺使命，輶軒所歷，兩入滇黔，一登泰岱，憑眺山川，流連弔古，皆以助其攄寫。洎車駕西巡，麻鞋奔問，陟華嶽，渡河洛，足跡半天下。情來興往，紙墨遂多，此一時也。甲午庚子而後，海波澒洞，朝局蜩螗，杜陵憂亂之篇，香山感時之作，俯仰太息，情見乎詞。及視學金陵，敷政之餘，吟事不廢，而積薪厝火，隱患已深。九諷憂時，五噫去國，此又一時也。辛亥以還，桑海既易，管甯避地，焦先結廬，棲遲寂寞之鄉，問訊漁樵之侶。時與二三故舊，登宋王之臺，訪楊侯之廟，野哭欷歔，谷音忼慨。嘗擊竹而碎石，或呵壁而問天，此又一時也。

嗟乎！春明回首，陵谷驚心，祇此數十年間，世運之遷流，人事之變幻，皆得於公詩見之。如讀夢華之錄，陳跡都非；若譜冬青之吟，悲涼欲絕。綜公一生，燭先幾，則為長沙之痛哭；堅晚節，則為表聖之歸休。忠愛纏綿，蒼茫感喟，豈唯導揚風雅、模擬騷辯而已耶？公嘗語余，早歲學詩，得東塾先生指授，始解詩法。東塾少好為詩，晚而棄去。公隱居後，注《孝經》以諷世，錄《遺民》而見志。凡所撰著，咸具微恉，詩亦其緒餘耳。不辭譾陋，輒為喤引。世之讀公詩者，當不能無風雨如晦、雞鳴不已之感也。辛未十月番禺張學華序。

《繡詩樓詩二集》序

昔人論詩，漁洋獨擅神韻，倉山專取性靈。二公皆生際承平，遭遇極盛，故其為詩也，雍容揄揚，風流跌宕，渢渢乎一代之正聲已。近世作者，激昂時事，輒為發揚蹈厲之詞，或作恢詭奇崛之語，變風變雅，時代為之，有識者慨焉。其他流連風月，刻畫山川，藻繪蟲魚，雕鐫草木，則又藝苑之叢談，騷人之小技云耳。

饒平陳君子丹，以繡詩樓名其集。嘗作水災〈救命詞〉三十首，纏綿悱惻，感動一時。女士繡之，得重價以助賑，仁言利溥，海內稱之。以是其名益著，初集刻於己酉，風行已久。今復緝辛亥以前所作，編為二集。其詩不名一體，往往自寫性靈，獨饒神韻，使與漁洋、倉山並時，其必引為同調可知也。

余以辛卯遊潮，未及知君。洎今二十餘年，甫遇於香江。得讀君詩，時局滄桑，愴懷身世。余識君恨晚，而猶幸斯文絕續之交，尚得留風雅一綫之傳為可喜也。他日庾信哀時之作，遺山感事之篇，必有悲涼激壯，發於情之不能已者。以余頽廢，恐不堪卒讀也。君睠懷故舊，刻有《四先生詩存》，許先生介珊，余受業師也。因君之篤於師門，而知詩人之詩本原於忠厚者，其真摯尤不可及。余為表而出之。嗚呼！可以風薄俗矣。

以上選自張學華《闇齋稿・闇齋文稿》，廣州：蔚興印刷場，民國三十七年（一九四八）

黃慈博

賀新郎・祝秋曉先生生日次和

秋淚滋叢菊。歎臨安、百年宗社，一朝為屋。萬事成陳空俯仰，寄訊漫勞自玉。「俯仰間、萬事總成陳」，秋曉〈和李自玉蒲節見寄〉句也。算衹合、菜羹果腹。休取神仙相比況，老吳門、拌學逃梅福。逢廣四，聽更六。　故園今見陳新綠。祝生辰、魂招海島，宋臺擊竹。啼鳥斜陽無限怨，返日誰從嵎谷。又一霎、滄桑變局。百世長餘相感意，闡幽光、詎為私鄉曲。遺逸傳，一編足。

選自蘇澤東編《宋臺秋唱》，一九七九年香港影印民國原刻本

九龍城

殘山氣勢尚崢嶸，石咽寒潮日夜聲。惆悵二王村不見，野花紅繡九龍城。

選自黃慈博《拜鵑草堂詩詞鈔》，載一九七一年五月香港《自由鐘》第一卷第十一期

如此江山・題冼玉清「海天躑躅圖」

愁深都在無聲處，何人祇同花看，悄月窺林，殘霞照嶼，海澨驚催春晚。繽紛滿眼。便寫出溪籐，怎銷幽怨。蜀魄難招，故山回眄水天遠。　三年啼淚化碧，夕烽巖際掛，猶駭曾見。強戀餘曛，爭浮別澗，誰喚東風重返。珍叢欹艷。付沒骨毫端，斷腸詩卷。躑躅憐予，飄零天不管。

選自黃慈博《拜鵑草堂詩詞鈔》，載一九七三年七月香港《自由鐘》第四卷第一期

《宋臺秋唱》序

《宋臺秋唱》者，東官蘇選樓先生所輯也。嗟夫！讀水雲之野史，總是傷心；聽清碧之谷音，原難制淚。青天何世，滄海多風。長歌皆變徵之聲，遯迹亦思歸之操。茲編之製，曷容已歟？宋臺僻在官富，彙隸寶安。遺臣之所曾躋，少帝之所暫駐。怒濤欲齧，屼嵲千霜；危石誰銘，荒涼三字。九龍眞逸，管甯辟地，陳咸閉門纂述，餘閒斯焉登眺。當夫霜天素節，海國蕭辰。謝皋羽之西臺，偶從學子；王英孫之南墅，時集遺民。爰於丙辰季秋同祝玉淵子生日焉。天潢苦節，怨斜陽之易昏；嶺海遺忠，薦寒泉而共享。黃龍痛飲，匡復何年；朱鳥招魂，哀

歌有客。咸成騷些之作，足譜神絃之章。固已激齊館之商飆，奪梁臺之清吹。他若鶴嶺踏月，鯉門望潮。捫亮節之廟碑，重蒐史闕；拾景炎之宮瓦，彌珍研材。白石續冬青之辭，攖甯贈離黍之什。靡不哀散林木，響淒烟霜。期共溯夫流風，屑徒描夫光景。斯又言茂陵於灞上，金狄如逢；閱典午於雒中，銅駝欲泣者矣。

嗚呼！蘇劉義之不返，翊戴無繇；馬南寶之孤吟，感傷奚補。詩溫酒熟，難覓可人；水剩山殘，矧非吾土。覽斯集者，其將如洪稚存所云「讀臧洪之傳，髮自衝冠；登廣武之原，眥先裂血」乎？抑第眎為天地間集一流而衹與月泉吟社之列乎？各存會心，靡所逆睹已。歲在疆圉大荒落立春日鐵城頑豔生黃慈博謹序。

選自蘇澤東編《宋臺秋唱》，一九七九年香港影印民國原刻本

江孔殷

抵港柬賴煥文、區徽五、季愷諸前輩，岑敏仲同年、李鳳坡學博

讀書上下五千年，百刧身還手一編。吾道南園無北轍，聖門火絕有薪傳。雅馴言語乖時俗，輓近文章薄老先。戰國由來多橫議，古今牛馬史公遷。

二次罷工感賦

其一

已拚投老博窮閒，生計從今要簡單。錢虜當然受淘汰，棍光無乃迸摧殘。能躋神聖工何害，得免饑寒命少安。喫飯別多門徑在，此中人易外都難。

其二

世界平流路太迂，共和專制兩模糊。均田制產頭頭是，食稅衣租斷斷無。奴視東人同傀儡，農團南畝輟耰鋤。眼前天地由翻覆，不死黃魂定不蘇。

壬申感事

東北豺狼道，西南子弟兵。樓船橫領海，烽火逼新京。地已盧龍賣，人猶鷸蚌爭。誰倡非戰約，空作不平鳴。

八聲甘州・東鐘集諸友

過西風亭午耳鐘聲，小眠起來剛。備筍輿雙從，茶甌一具，隣院觀塲。几自傳箋論字，虛昴訖星房。除卻詩魔着，還戀禪床。

說甚文章千古，祇偶然消遣，結習難忘。儘王前盧後，顛倒事尋常。任安排、柱偷梁換，作蠹魚、蝕夜到晨光。憑他去、大名陽五，牝牡驪黃。

丹鳳吟・用清眞〈春恨〉題均

破碎河山春在，燕語危巢，鳳唬虛閣。頻年烽燧，何日楚烏棲幕。窮愁海島，峭寒闌凭，未暖棉紅，絨襟嫌薄。入夜芳心悄警，倚枕長惺，鐙火明滅聽角。　陣陣偏東猛撼，倒吹不斷風太惡。忍唱無家別，更黃金垂盡，拚付淪鑠。養花天氣，惦記故園開落。早熟蘿岡三月荔，盼歸期牢握。此居匪易，何事還戀著。

沁園春・十月廿四日，九龍六禾墅集，出門聞警號，渡海小飲，夜歸感賦　放翁體。

輿筍臺前，四望無塵，畫角震天。正梨宗詩酒，星言橐筆，蒲類袍澤，海渡樓船。半島金戈，三環鐵甕，同聽東西鐃唱傳。崑崙夜，話黃花昨日，幾輩淩煙。　春先報到梅邊。拚一醉、難猜燈虎全。且句尋長短，偷聲務觀，三條燭刻，七字珠穿。北地歸來，年家女阮，煞費調羹玉手纖。傾盃盡，又朱鳶戲水，蒿目山川。歸道荃灣，火油船焚，海天皆赤。

以上選自江孔殷《蘭齋詩詞存》（民國刊本）

朱汝珍

《正聲吟社詩鐘集》題詞

其一

詩鐘近局等量沙，風氣南漸到海涯。特以正聲標義旨，範人心志曰無邪。

其二

泉刀斂豔俗爭趨，嗜好羣公與俗殊。妙句吟成心快足，當如海客得驪珠。

其三

遲速洪纖本自然，天機純任比夔蚿。此中句語都眞率，傳誦無勞作鄭箋。

其四

休將小技薄雕蟲，偶得常侔造化工。細響錚錚宗爾雅，引之聲作萬鈞洪。

選自《正聲吟社詩鐘集》，香港：福華印務承印，民國二十一年（一九三二）

千春社詩鐘會賦 以題為韻。

居安樂地，際艷陽天。集衣冠侶，結翰墨緣。嵌字為聯，超歌賦詩詞以外；依期雅集，視虛房星昴之躔。撫茲駒隙流光，惜分惜寸；集得騷壇佳句，盈百盈千。

原夫詩鐘之有會也。提倡韵事，消遣良辰；略備茶點，迭為主賓。自鶴頂至雁足，既周而復始；若蟬聯與鴻爪，有例而堪循。藉露鈔於記室，操月旦於同人。憶尋蹤安定園中，歲之戊寅之夏；記攝影妙高臺畔，時維己卯之春。

其名以千春也。以社中不乏英年，亦多老宿。十九人同氣相求，千一歲唯天所假。諸公藉印證泥鴻，賤子得附庸風雅。為箕為裘，菲才獲采於梓人；杖國杖鄉，齒序尚循夫枌社。

於是簪毫詞客，秉鐸經師。孝廉巽等，守令監司。竹林裏偕來車騎，花萼中咸挾壎篪。莫不推敲選字，鍛鍊凝思。王後盧前，扛鼎競積分之數；馬工枚速，聯珠成兩句之詩。

時則珠璣雜沓，節奏和諧。序周鳳琯，韵應夔鏞。義取平均，等陳平之宰肉；功資沈浸，師魯直之澆胸。何妨旨酒言歡，祀社靈以祈遐耇；竊願和聲鳴盛，撞大呂而應黃鐘。

旋騁高談，各鳴天籟。飲食既受以需，講習亦符夫兌。然入居燕幕之中，地在虎門以外。歙吟騷客，或悲蕭瑟於他鄉；咕嗶鯫生，實愧濫竽於盛會。

嗟夫！我生不辰，聊安所寓。年儕洛下之英，客備平原之數。人來粵社，依稀桑柘楓林；鐘應寒山，髣髴咸英韶頀。黃仲則借題遣興，餘勇曾為即席之詩；王幼安撰序當仁，羣公盍作登高之賦。

選自《千春社文藁》，民國二十八年（一九三九）香港刊本

陳孝威索和酬美總統羅斯福詩

書生悲憫抒閎議，山海居然納壤流。逞彼力征寧可久，殺人科學漫稱優。抑強扶弱懷賢伯，同霸。輓粟輸金遍五洲。拯我炎黃存正義，艱難共濟念同舟。

選自陳孝威編著《太平洋鼓吹集》，臺北：國防研究院，一九六五

崔師貫

五月香港旅民罷役絕市，五季來再見矣，山居敞門，消息阻斷，如在圍城中，書示學子

無耑飲狂泉，乃現眾生病。恚氣適中之，冥行思一逞。世界布金園，蹈足成坑阱。儼施荒辯法，辯从後鄭讀貶。復申戒嚴令。蝸角自紛觸，汲汲驚顧影。撞鐘持日課，諸生有來者，仍不輟講。未害老僧定。近夜月流天，萬瓦嚴更靜。開戶無吠尨，蘿風溢樵逕。

選自崔師貫《北郈類藁・硯田集》，順德：大良中和園，民國二十二年（一九三三）

六醜・港山夜眺示友 西人商於市而家山頂，莫輒趁纜車歸車背山而升。

對層城十二，蘸海影、檀欒金碧。綏歸臥游，飛車懸嶂直。輾破山色。下視繁燈亂，艤船連岸，誤市廛南北。鮭珍鷺羽交衢迹。樹苑鳴鑣，花臺品笛。珠塵漲空遙隔。但金銀氣聚，闌夜猶識。

煙霞分昔。念青蕪故國。有舊時明月，曾共歷。天涯慣渡逋客。怕重來化鶴，訝看愁惜。非吾土、又逢今夕。差堪喜、蛋雨蠻腥漸洗，語留韓石。深幽處、容寄吟屐。似虎谿、不過雲蘿外，相尋未得。

選自崔師貫《北郇類藁・白月詞》，順德：大良中和園，民國二十二年（一九三三）

劉伯端

英國詩人沙士比亞歿後三百載開會紀念

偶因天籟發長吟，海外流傳咳唾音。古人詩：「咳唾落九天，隨風生珠玉。」當日陽春難屬和，宋玉對楚襄王言：「歌陽春白雪，國中和者不過數人而已。蓋其曲彌高，而和彌寡也。」祇今黃絹費追尋。蔡中郎題曹娥碑謂：「黃絹幼婦，外甥齏臼。」實言絕妙好辭也。語多諷世能移俗，曲妙登場見苦心。三百年來成絕調，五洲人共仰高岑。《詩經》：「高山仰止。」言仰慕不可及之意。

普慶戲院開幕

乍變幻如身外影，最圓通是耳邊聲。會心絕技源同出，中外揚鑣各擅名。

以上選自劉伯端著，黃坤堯編纂《劉伯端滄海樓集・滄海樓詩鈔》，香港：商務印書館，二〇〇一

念奴嬌・正月十二季裴丈招飲妙高臺，以詞屬和，即步原韻

海山如畫，正黃昏過雨，晚煙浮綠。戶外嫦娥窺半面，後夜清光纔足。減字偷聲，流商刻羽，碎戛琮琤玉。豪情俊賞，一杯同泛寒醁。　遙看倒影山河，前朝遺恨，荒苑餘喬木。欲補金甌無好手，此意更誰相屬。當日諸公，瓊樓高處，曾聽霓裳曲。故園如夢，何時歸問松竹。

浣溪紗・春日看賽馬

十里輕蹄印淺沙。春旗翻動落朝霞。舊游何處繫香車。　四面山光明似鏡，六街游女艷於花。年年到此惜韶華。

滿路花・太平山登眺感賦

高低萬戶攢，起伏連岡盡。光搖天入海、遙吹蜃。當年此地，疑是長星隕。泥換秋鴻印。寂寞烽塵，可憐依舊金粉。　花開前度，不上劉郎鬢。山靈應識我、勞相問。求名學道，兩事都無準。

徒費登臨瞬。一髮中原，雁聲偏又淒緊。

以上選自劉伯端著，黃坤堯編纂《劉伯端滄海樓集·滄海樓詞》，香港：商務印書館，二〇〇一

霜花腴·北山堂擬賦菊用吳夢窗原勻

北山徑熟，過短籬、掬泉且浣塵冠。淒冷霜華，蕭條人事，鄉園入夢都難。沈圍漸寬。向晚秋、誰慰尊前。最關情、立盡秋風，幾番簾捲素纖寒。　孤蝶採芳未暮，認陶家門巷，老柳哀蟬。詞客朝飢，佳人遲遇，閒愁總付銀箋。自斟玉船。惜眼前、秋影娟娟。便幽姿、肯伴蒼顏，倚奩羞共看。

選自一九二四年十一月二十七日香港《華字日報》

勞緯孟

甲子中元後一夜愚公簃玩月

其一

年時風雨竹為樓，山北山南一樣秋。莫問上清何甲子，祇今明月尚當頭。

樟園舊址去此簃不遠，丙辰結潛社園內。翌年，又築風雨樓，忽忽又十年矣。

其二

缺圓未必碧翁知，勉抑鄉思懶縐眉。如此園林如此夜，夢痕聊與記新時。

選自一九二四年八月二十三日香港《華字日報》

自題《今夢曲》後

其一

雨雨風風不住秋，更無情緒賦登樓。蟲聲如語燈如夢，畫入琴絃一段愁。

其二

幾回搔首幾回癡，恨事人間渺不知。一例六如歸幻覺，惱儂終古斷腸詞。

選自《南社湘集》第二期，北京：全國圖書館文獻縮微複製中心，二〇〇六

和偉伯七十五自壽

炎風扇流火，避熱慵遠行。吟侶疏與親，招邀負友情。朶雲忽下貺，展誦老眼明。恍挹西山爽，
南山詩載賡。皤皤黃髮翁，詞壇推長盟。詩成輒百篇，律細老愈精。矍鑠體恒健，閑澹愁不攖。
壽徵以是卜，松柏符頌聲。昔嘗讀君詩，詠史下確評。屬我綴序言，我愧羼蛙鳴。俚陋不我嗤，

和章今復呈。青蓮號詩仙，君合詩佛名。結廬詩他佛，詩緣殆天成。佛壽定無量，寧祇比老彭。談詩不離酒，桂醑香且清。謀醉快登堂，可曾備兕觥。

傷亂和友人作

唐髻拔叢成亂讖，於今蓬首得毋同。新亭淚眼山河外，故國啼痕夢寐中，不斷鼓聲喧極北，更教雨色賦從東。客邊無限登樓感，何事春陰故故濃。《唐語林》載唐末婦人梳髻拔叢亂髮，解者指為目覩亂發之兆。

以上選自《現代詩鈔初集》，香港：仁記印務館，一九五五

張雲飛

賀新郎・北山堂甲子重九雅集用劉後村韻

華髮年非少。但生涯、懸壺小隱，彈琴清嘯。高會北山文字飲，滿目蘁辛詞妙。對景物、西風殘照。黃菊開時偏骨雨，怕年年、洗淨花香了。山不老，淡如笑。　我思編就重陽表。集先賢、流風逸興，歡多悲少。紙上題詩中作畫，壽世千秋不夭。一展卷、照顏古道。爽氣襲襟須露頂，到驅寒、氣候披茸帽。將酩酊，盡歡醽。

選自《南社湘集》第一期，北京：全國圖書館文獻縮微複製中心，二〇〇六

自繪「坡公事跡圖」山水小冊并題

我聞策蹇游名山，此心怦怦身不閒。不如丹青點邱壑，墨雲縹緲開烟鬟。雲樹低迷烟柳鎖，何處江山堪著我。不如物我兩俱忘，點綴古賢無不可。一笑含毫抹復塗，風流因獨愛髯蘇。憑將胸次

蕭疎景，畫出東坡事蹟圖。

觀梅蘭芳〈項王別虞姬〉

壁門嬌倚囀春鶯，帳底君王帳外兵。咽㖂酒邊雙劍舞，斷腸風裏一箏鳴。楚歌欲散軍心破，漢鼎難扛妾命輕。虹影掛天花委地，可憐兒女別時情。

選自《南社湘集》第二期，北京：全國圖書館文獻縮微複製中心，二〇〇六

呂伊耕

月上海棠・中秋分賦用陸放翁韵

山中獨抱文園病。放冰輪、殘夢乍驚醒。對月開筵，共飛觴、適承雁信。趨壇坫，讀盡囊中句錦。

無聲桂露中宵冷。坐清虛、似鏡照人影。秋思誰家，鬢如霜、夜能安枕。中原亂，劍佩嗟離里井。

選自一九二四年十月一日香港《華字日報》

北山堂賞雨

雲翻雨覆十三春，人蟄北山皆避秦。江海南來天本漏，風潮東捲地成津。曼陀石洗苔添綠，連理榕沾草似茵。雅集高岡茅屋內，琴書潤處總無塵。

選自一九二四年十一月十二日香港《華字日報》

北山堂賞菊詩序

夫蓮為君子，説著濂溪；菊比幽人，詩稱元亮。古之人因物起興，即景留題。非詩不足以序蘭亭，非賦不足以傳赤壁。是故柏梁聯句，梁苑徵文，皆所以紀良辰、誌嘉會也。

北山堂者，渣甸山之舊館也。臨碧海，背青山。挾鯉門，倚嶼嶺。樹木深秀，樓閣清華。有梓澤之幽、平泉之勝焉。

利希慎乃東道主人，莫鶴鳴是南園詞客；提倡風雅，狎主齊盟。春夜宴桃李之園，秋風興蓴鱸之思。榕名連理，既擊砵以催詩；菊號並頭，復命題而分賦。於是徵枚叔，命相如。白戰人來，紅題客至。鵝黃鳳紫，加月旦之品題；雀舌龍髯，悉風流之自賞。重陽約就，溯雅句於浩然；三徑猶存，續好辭於彭澤。寫疎籬之雪景，詠老圃之秋容。固已節邁韓公、興酣工部者矣。迺玩霜葩，看雪蕊。或乘軒而戾止，或扶杖以來觀。斗酒百篇，抗衡李白；筆花五色，壓倒文通。柴桑因此增光，酈水為之生色。豈非詞流三峽、筆掃千軍者乎？

然而羣公欣賞，僕獨心傷。粵以皓首之年華，遘黃楊之厄運。故鄉烽火，浮海來遊！滿地干戈，買山何處。墨耕筆耨，餬口四方；作客依人，賃春千里。青氈冷落，黃卷飄零。叢菊兩開，屢灑杜陵之淚；繁英半落，誰招屈子之魂。尚何言哉？亦可慨矣！

今者東方執戟，臣飢久羨侏儒；南郭濫竽，餔餟已如樂正。際黃花之大會，廁白社之名流。晚節香濃，不少歲寒後凋之士；霜枝色傲，正多才華骯髒之人。讀金谷之詩歌，公真健者；序南皮之絲竹，僕也請前。

選自一九二四年十二月六日香港《華字日報》

何冰甫

賀新郎・甲子重九香港北山堂雅集用後村韻

秋老黃花少。記年時、湖山清晏，海天吟嘯。彈指舊遊嗟水逝，空想存期要妙。似落落、晨星疏照。客裏人逢雲物美，曳吟笻、醉倒東籬了。見元人馬東籬之〈秋興曲〉。登北隴，莫騰笑。

陣雲如馬馳天表。想吳中、戰場傍菊，離披多少。風雨儼催陽九厄，收拾羣雄短夭。更莫問、銅駝街道。力戰一枰慵看奕，且揮毫、脫卻張顛帽。明日會，接杯醽。

選自一九二四年十月十四日香港《華字日報》

葉茗孫

香江風雨樓小集 丁巳。

曲曲清谿不自前，權情要眇隔華年。已同元晏忘天下，更效逢萌老海邊。寂寞古尊閒供酒，淒涼寶劍易成篇。何堪重理絲桐曲，一唱歸風便可憐。

《華僑日報》出版周歲，徵集文辭，賦寄李大醒

早同哀怨理清絲，余與大醒在《粵東公報》同事，距今將二十年矣。到此聞聲益系思。世亂愈難狂我輩，春歸還是負花時。情懷慣苦宵燈見，意氣全平匣劍知。今後期君空谷裏，但從橫飲一爭奇。

九日鄭韶老招飲可讀園

不疑沽酒時相覓，鄭老襟期今又同。九日無如得良會，四山而外正悲風。尚容座客狂成習，且對林花晚餍紅。獨至情深更聯詠，羣推健句跛詩翁。霞公近和余詩，自稱跛翁。

無題，深夜不寐感賦

閉門覓句恆師古，便許工吟豈是才。一字能令昌谷苦，七歌何怪杜陵哀。雞聲難喚山河白，餓腹常為疾病媒。冷雨斜風兼徹夜，幾人同此夢初回。

以上選自葉茗孫《葉茗孫先生詩集》，香港：遠東印務，一九七五

戲庵

甲子中元後一日愚公簃玩月

昔我樟園結詩社，招尋邱壑附風雅。常時弄月濯清流，飛瀑如珠顆顆瀉。餘韻銷沈不可期，振聲乃有愚公簃。主人好客復好詩，分題步月各構思。山樓八達嫦娥窺，天風琅琅大塊噫。披襟信有新秋意，松竹篩影尚蒼翠。林巒塗抹月陰濃，石老樹古列如肆。客誇此境真清絕，不知真宰何時結。主人買此意招隱，莫滓丹崖截轅轍。人生適意不在大，煙霞何事餐方外。今宵有月且論今，信口高歌亦天籟。琳琅況擁百城書，壺摩百鹿洗雙魚。丹青翰墨皆鴻寶，西園東壁隙無餘。吁嗟世道綱維裂，不如詩書安我拙。與君約略說此簃，想見風清與月潔。小亭光浸竹陰涼，遠影檣燈半明滅。起看樹杪星河皎，陶然主客各為別。後期再訂中秋游，山月隨人出馬埒。

選自一九二四年八月二十八日香港《華字日報》

張秋琴

甲子中元後一日愚公簃玩月

風塵澒洞中，羈旅悵幽獨。憶從潛社游，催詩每刻燭。携硯新樟園，襟袖染山綠。或登太白樓，石塘繞紆曲。三五值良宵，詩境倍清足。一自情事遷，此會不恆續。何意愚公簃，對月生感觸。月有圓缺時，人事往而復。有月可無詩，無詩人亦俗。況乃當清秋，一輪散金粟。聞聲我相思，執鞭願追逐。欣然訪主人，徘徊到山麓。幽徑上翠微，森森翳林木。

選自一九二四年八月二十八日香港《華字日報》

譚荔垣

甲子中元後一日愚公簃玩月

末運厄陽九，大道悲榛蕪。奮我筆與舌，日向羣聾呼。邪説迄不息，正義誰與扶。心長力已瘁，徒效愚公愚。適召彼凶怒，避地香江隅。貞下逢甲子，萬彙行昭蘇。倏屆中元節，回首先人廬。久缺里門祭，北望頻嗟吁。厥有隱君子，愚公名其居。猥以同氣類，相邀傾玉壺。羣愚集一室，吾道信不孤。公愚一何許，嗜好與俗殊。舉世競名利，鼎鋸相烹屠。公乃慕隱遯，戀此寂寞區。舉世仇風雅，坑焚肆誅鋤。公乃耽吟詠，味道嚌其腴。性情有深契，操行無歧趨。不惜與俗戾，而與古為徒。愚真不可及，簃名洵不虛。偶以此暇日，相聚為歡娛。開軒納雲樹，清風來徐徐。山峙畫屏切，海平明鏡鋪。皓月破雲來，捧出雙明珠。上下渾一碧，內與心境符。渣滓滌將盡，此中有真如。何當挽銀河，洗此塵俗污。

選自一九二四年八月二十八日香港《華字日報》

《正聲吟社詩鐘集》序

詩鐘，非詩也。鐘之名，不知何所取義，亦不知其所自始。或以為始於八閩，不足深考。顧自清季以迄今日，風雅之士合樽促席，往往以此相賡和者何也？古之作者以詩為陶寫性情之具，故曰詩言志，其敷詞達旨能不失性情之正者上也，哀樂或過乎則而能自見其眞者次之。故後之讀者，各因其身世之所感觸，莫不於我有性情之契焉。《三百篇》以降，一變而為《離騷》，再變而為五古，中更漢魏三唐而有絕律，下逮宋元詞曲，其體不啻百變，而其所以為詩者，則一而已。宣聖以詩立教，故《論語》言詩為獨多，而蔽之以一言曰「思無邪」，紫陽釋之曰：「善者，可感發人之善心。」所謂得性情之正者，此也！又曰：「惡者，能懲創人之逸志。」所謂哀樂或過乎則而能自見其眞者，此也！故六藝之教，詩之感人為至深，知此者，斯可與言詩矣。

今之詩鐘，務以一格為之束縛，為之者矯揉塗傅以求一字之合，悲愉欣戚，皆無所可施。他人讀之渺不知其旨趣之所在，所謂性情之契者，復何有焉？故為之愈工，則其去詩也愈遠，蓋自有詩鐘而詩亡矣。儉嘗謂文字之無益莫有過於詩鐘者也，故操不聿者數十年，未嘗偶一為之。

迨民國之初，避地香島，而故鄉耆宿亦相率偕來，前後結為詩社者凡四五類，以詩文書畫相馳騁，而所作以詩鐘為最多。儉亦時從而效之，津津若有餘味，非樂之也。蓋客中無俚，非此不足以自遣也。社中諸君子生不逢賡歌颺拜和其聲以鳴國家之盛，卽憂時感事、陳古刺今之作，亦復憂讒畏譏，不敢形諸筆舌，而惟頹然自廢，被驅迫於平昔所唾棄不屑之業，姑託之以消耗其日力，是則可悲也已。

歲辛未復有正聲吟社之設，越壬申乃取社中所作，彙刻成帙，以志同人于野之樂。顧明知其無益而存之者，則亦有說焉。比年以來，禁經黜聖，故書雅訓，幾欲全付一炬，庸妄之徒徧天下，詩文簡牘，辭氣務為鄙倍，則詩鐘一道在今日已為雅裁，彙而存之，或亦斯文一綫之所寄乎。是則尤可悲也！壬申年五月南海荔垣譚汝儉序。

選自《正聲吟社詩鐘集》，香港：福華印務承印，民國二十一年（一九三二）

聽濤

甲子中元後一日愚公簃玩月

西風吹墮碧梧影，金波瀲灩花簃靜。畫屏列坐俱名流，清談翻愛秋光冷。風雅本來為國粹，底事狂且偏播棄。他邦韻語正昌期，我輩一呼宜振臂。灒社前塵猶可追，浣青辭統肩荷之。東坡赤壁遊同夜，舉杯邀月笑吟詩。

選自一九二四年八月二十九日香港《華字日報》

陳菊衣

北山堂聽雨

瀟瀟山館夜聽雨，莽莽霜天人倚樓。萬里風霾關塞黑，千重烟水海門秋。故園花落毋相問，野店雞聲易感憂。輸與江干老漁父，孤舟簑笠不知愁。

選自一九二四年十一月八日香港《華字日報》

賓名社諸大老雅集九龍，祝荷花生日，邀約未赴，賦此奉答

聞道香山九老回，青蓮羣羡謫仙才。記曾花底長生祝，結想風前並蒂開。已懺因緣辜白社，那堪清淺問蓬萊。生天成佛輸靈運，一念功參九品臺。後荷花生二日，余與內子同日生。內子奄化已十載。

選自何古愚編《變風集》，一九五〇年香港刊本

楊鐵夫

霜花腴・北山堂擬賦菊用夢窗勻

遶籬徑仄，鏽古苔、偏宜點綴吟冠。南浦行帆，北山逋客，飄零聚首應難。酒懷儘寬。況晚花、黃到尊前。拚今宵、判白批紅。詩肩愁鬢兩爭寒。

漫詡傲霜枝在，賸窺香病蝶，抱葉慵蟬。芳圃烟腴，珠簾風瘦，會須分付蠻牋。酇溪放船。訪幽人、醉載延娟。延娟，周時東甌所獻美人名。折歸來、水半秋壺，留將醒後看。醒，讀平。

選自一九二四年十二月二日香港《華字日報》

劍器近・和六禾夏日龍灣寓齋雅集用原韵

乍苔潤。便客屐、雙雙痕印。牓門樹陰添暈。蠣牆粉。筭游俊，總勝卻，青郊結軫。河流外環籬槿，際天盡。

隨分。一生分仕隱。江村舒嘯，句短長、野味饒蔬筍。雄談不惜語驚人，任臨觴當歌，老饕狂鼓饞吻。菊花蓬鬢。杜甫高吟，共感年華別韵。不辭白雪招秋蚓。

燭影搖紅・狗蝨戲，港大許地山教授每笑文人文字之會為「狗蝨戲」，蓋輕薄之詞也。然迹其考試課題又以「明月幾時有，把酒問青天」是何人詩句為問，夫大學生何尊？試題何淺？是亦以狗蝨戲戲諸生也。許氏死而有知，當亦有以解嘲乎

竿木隨身，逢場吾輩原應爾。有涯生遣靠無聊，焚硯君苗未。勿笑雕蟲小技。計衣冠、何非游戲。功名屠狗，捫蝨經綸，古人有參差對法。遭逢交臂。　傀儡牽絲，幕中嘑笑欺人事。扶輪負軛仗長材，引重同螻蟻。凡演狗蝨戲者，必教其拉車。百步賢無彼此。取題材、依然故㕑。儒冠同誤，既蝨人間，又垂狐尾。

長亭怨慢·讀慈博詞，因憶查顛山初掘鑿時，主人欲以風雅為商業倡，余亦狗蝨戲中演員之一，地既幽曠，酒肴亦豐腆，及聲氣既開，主人意倦，局以屢變，而竟至於散。今偶到憑眺，古榕雖存，而諸人多物故者，因借題抒感爾

野風聚、落花飛絮。好箇吟壺，幽深庭戶。七步催成，半閒偷得幸天許。綠陰十畝。涼健我、榕門樹。爪甲若非龍，那得見、蜿蜒如此。　日暮。瞰洋場燈火，浮出市聲無數。風籤月券，喜先荷、東皇支付。莫誤認、蠻海春多，畢竟是、燕鶯無主。試檢點高陽，鶴髮幾餘霜縷。

泛清波摘遍·中秋前一日集黎墅，繼霞盦作，和小山

桐疏燕社，蓴老鱸鄉，天慰旅愁秋信好。霓裳仙曲，恨不鐃歌共傳早。橫門道。風塵隼出，烽火狼清，都市駱駝東去了。試問秋霜，甲棄肌寒透多少。　故鄉渺。杯酒借澆燭花，囊錦別添詩草。聞捷衣裳淚盈，用杜詩意。此情難曉。碧天杳。明夕管笛喚來，今宵廣寒須到。預唱瓊樓水調，任腔顛倒。

秋思耗・港中戰事發生，飛機習習翔頭上，苦無避處，社中諸子分散兩岸，消息且不知，況乎唱和？譜夢窗韻寄諸子

吟帽當簷側。輒南山、雷起破轟晨色。雲路散花，玉壺投矢，天地都窄。看眉蹙青山、替人垂淚寫怨抑。張鑾荒、滄海碧。想曩昔燕雲，九重圍裏，傳有大羅仙唱，令人思憶。　孤夕。聽殘漏滴。寫羈愁、何取詞飾。涼飈蕭瑟。飄搖茅屋，曉空未白。望隔岸神山阻風，飛去無鳳翼。古戰場、今始識。最惱煞啼鵑，聲聲行也不得。獨守窗南硯北。

以上選自楊鐵夫《楊鐵夫先生遺稿》，香港：楊百福堂，一九七六

鄧爾雅

明月逐人來·中秋夜飲北山堂，以月字調名分賦，用蘆川韻

香爐生翠。伶仃涵綺。蠻烟裏、闍奩臨水。海天萬古，誰解嫦娥意。叩叩區區難致。　　曾記。西園清夜，東山幽吹。當廳月、花間拚醉。夜眠遲慣，甘負鴛鴦被。未免書生習氣。

選自一九二四年九月二十日香港《華字日報》

自題詩稿

其一

初學難為寫性靈，僅分聲韵辨風丁。律雖非細求疵少，我自狂吟我自聽。

其二

目錄稍為師陸游，不離風景與春秋。吾曹自有長生術，詩卷何關特地留。紀遊、題畫居多。

其三

詩家嗜好各酸鹹，技痒非關解俗饞。人籟還須合天籟，未妨老大漸平凡。

其四

何必規規仿古詩，朝雲笑我不時宜。著書忌早先修福，亂稿能刪即好辭。

買山大步，先紀以詩

義取非貧說與誰，澀囊剛夠草堂資。小人有母清尊供，甲子書年春日遲。應問麻姑將海買，無妨白傅背時宜。白居易詩「久將時背成遺志」。村居簫鼓豐登樂，喧起童心不自持。

以上選自鄧爾雅《綠綺園詩集》，一九六〇年刊本

丁丑、戊寅畫盟諸友避兵島上感賦，先呈趙浩公、黃少梅

其一

島居觸見感殊方，滿地胡沙怯近鄉。萬物自然致芻狗，六丁收取上穹蒼。從來文士多流寓，敢説名山例弃臧。獨喜舊遊仍似昨，論書憤畫獲商量。

其二

太平何者屬機關，似在書城筆陣間。欲把誦弦燠鋒鏑，從頭收拾到河山。黔雷不斷柔翰補，蒼帝先將畫稿頒。為問趙昌黃子久，定須碧鈍與青頑。

香港 道光壬寅至今庚辰九十九年。

其一

水賸山殘積歲差，東南何以問靈媧。兒時聞道紅羊劫，故老不忘罌粟花。火速歡娛爭買賣，陸沈聾瞽見麻茶。石頭頑固莓苔老，毋謂青春減卻些。

其二

襍映山紅發杜鵑，陳根及見道光前。誰知風景隆猶殺，帝遣春華燠欲然。汐雨嶠雲甌脱境，電光石火燭龍天。寓公有夢羅浮月，灼見珠光總媚川。

以上選自鄧爾雅《鄧爾雅詩稿》，廣州：廣東人民出版社，二〇〇七

蔡哲夫

登太平山頂

竟踏長繩破曉烟，海山複叠似攢蓮。回頭島市都疑幻，堆眼蠻娃各衒妍。十里松篁真樂國，半天樓閣小遊仙。滄桑欲就痲姑買，清淺蓬萊尚幾年。

島樓書畫雅集有序

七夕后一日，愉園拈花館書畫雅集，蒞止者伍懿莊、尹笛雲、潘景吾、居秋海、鄧寄芳、李孟哲、傅蒲仙、關蕙農、梁子芹、姚粟若、簡琴石、楊崙西、鄭侶泉、李樹屏、宋順之、包壽銘、王湘岑、李直繩及余共十九人。

開島百年無此會，江山信美待傳人。海桑還帶捐燕感，書畫寧閒去國身。象裏拈花看萬彙，尊前著筆共千春。風鬟堆眼燈連樹，誰抱孤芳出廨塵。

以上選自蔡哲夫《寒瓊遺稿》，民國三十一年（一九四二）刊本

甲子中元後一夕愚公簃玩月

開島百年無此會，卻從今夕付吟流。林巒信美因人勝，家國倒懸何日休。盂蘭，梵語倒懸也。密樹燈痕看縹瞥，空庭月色自清幽。海桑可與麻姑買，猶得羣賢共倚樓。

選自一九二四年九月十五日香港《華字日報》

甲子十二月十九日，南社同人集北山堂祝坡仙生日

南天流宴數髯蘇，德有鄰堂果不孤。仙鶴飛來留爪印，靈蛇蟠所有遺珠。東莞資福寺，南漢時邵廷琄建，寺僧親往惠州乞公撰〈羅漢閣記〉〈再生相贊〉。一夕，僧夢壁間有蛇吐珠，光照一室，驚起曰：「公文成矣。」已而果然。光緒間鄧蓮裳太史建東坡閣于寺後，移公殘碑於壁，全文載邑志中。公又施舍利及玉帶于寺，今皆不存矣。每年為酹榾椰酒，到處相傳笠屐圖。慚媿高吟如潑水，公有句「趙子吟詩如潑水」，往年趙石禪尚書每届公生日開壽蘇會，余必與會，自尚書歸滇南後，只于十峰軒開會一度。詩腸搜索不勝枯。

選自《南社湘集》第二期，北京：全國圖書館文獻縮微複製中心，二〇〇六

乙丑中元後一夕，與今嬰、靜存登北山樓玩月用去年韻

開島百年無此刦，坐看滄海有橫流。倒懸待解憑誰解，妄想真休未許休。東坡句「此景眼前都妄想，幾人林下得眞休」。明日今宵都俗了，今嬰語。騷壇易歲可尋不。清尊亂世知難繼，猶得三人共倚樓。

重九南社仝人北山雅集

紅香爐裏青年刦，絕島何從問長房。亂世真難開笑口，深盃聊借護愁腸。陵囂傅亮能為賦，謂屯艮。輔體佩蘭空處方。謂稚蘭。猛憶去年秋禊事，清詞卅闋賀新郎。

北游不果和靜存韻

廢港幽憂未有涯，乘桴何處可浮家。蜃樓風雨橫鮫淚，海市金銀入浪花。乞米賈胡炊欲斷，典琴名士酒難賒。迷陽堆眼嗟行路，漫笑佯狂號綴麻。

丁卯九月十三日，南社仝人雅集于陶園，即題胡少蘧寫圖

廿年此會最孤零，是日到者五人。潮打空樓海氣冥。堆眼雲烟看世態，入懷風雨弔湘靈。未修春禊補秋禊，祇仗丹青寫渡青。欲向蓬來問清淺，乘桴又怯浪花腥。

丁卯十月晦日留題赤雅樓

近水璃樓得月先，坐看樓外海成田。金銀氣索西湖瘦，翰墨緣深北道賢。一樹榮枯同落盡，謂潘某。七年夢影足留連。烽烟故國歸無著，島市棲棲命苟全。

引駕行・九龍春游

山非今日，城猶故國斜陽裏。聽寒潮、咽危石，空留趙家遺址。偷指。有塔影峨峨，鐘聲隱隱出祆寺。是誰使、金銀海氣，擁巖楹、鏤雲雉。見《水經註》冰固堂事。左峙。王勃句「巖楹左峙」。詩人去國，倦客思鄉情味。歎患難頻年，江湖滿地，儘無龍戲。增欷。喜夫妻負戴，丹青娛

老共縈恥。問活計、破銅爛鐵，在風塵際。

以上選自蔡哲夫《寒瓊遺稿》，民國三十一年（一九四二）刊本

八月四日與賓虹游沙田，林下小憩，聽講山水祕訣

八年積悃從何説，既見相欣又共游。攀陟羡君腰脚健，畫圖愛此海山秋。問難樾下如探賾，抽祕人前盡闡幽。更欲周遭觀島國，明朝同汎水雲舟。

選自《南社湘集》第七期，北京：全國圖書館文獻縮微複製中心，二〇〇六

鄒靜存

月夜南唐酒家雅集

升沉何必問君平，混俗憑誰話濁清。世上無情惟鶴髮，客中有幸共鷗盟。願從湖海添豪氣，豈獨文章始著名。百尺樓頭風月好，凌雲健筆任縱橫。

太平山陽放歌

名利攘攘萬火牛，兵塵浩蕩滿神州。英雄割據三分策，今古興亡一葉舟。欲使河山能再造，要教滄海不橫流。靜中笑破人間世，徙倚闌干暗點頭。

客去醉吟

日長無箇事，一卷書在手。排悶好裁詩，興來吟兩首。吾亦澹蕩人，自署臥雲叟。乍聞剝啄聲，叩門來道友。空谷喜足音，無獨而有偶。抵掌共談天，談到九州九。人海翻波瀾，白衣變蒼狗。天綱慨傾頹，地維嗟絕紐。六經委灰塵，石鼓遭擊掊。牛鬼與蛇神，幻相呈百醜。役役復營營，跋前輒躓後。巧言舌如簧，不知顏孔厚。惡紫為奪朱，亂苗草必莠。泉流混濁清，秕穅溷塵垢。仁義等桮棬，人性作杞柳。枉尺利直尋，捉襟反露肘。世人好自見，千金享敝帚。安識鴻鵠志，肯入豺狼藪。那屑雞鶩爭，甯為牛馬走。梁鴻歌五噫，避地賃舂臼。陶潛賦歸來，隱居薄升斗。明哲保身方，古訓兢兢守。長嘯且歌呼，擊節如擊缶。東坡赤壁遊，壬戌過夏口。右軍集蘭亭，修禊紀癸丑。二子擅騷壇，立名垂不朽。一瓣祀南豐，心香爇已久。願傍鏡湖旁，山園築三畝。朝來摘秋菘，夜去剪春韭。在釣不在魚，得意忘筌笱。十日懶出門，括囊占无咎。身外是浮雲，長物非我有。理亂絕無聞，萬事付杯酒。

選自鄒靜存《聽泉山館詩鈔初集》，民國十六年（一九二七）香港刊本

《聽泉山館詩鈔初集》自序

宣聖之言曰：「詩可以興，可以觀，可以羣，可以怨。」閒嘗誦《三百篇》而深有味乎其旨，從知詩道之重關乎國運，繫乎人心風俗，雖極之江河萬古而終不可廢者也。故當成周之隆，詩教昌明，上而王公卿士，下至田夫埜叟，歲時伏臘，一有所得，舉能歌之成韻，而述之成章，觀感激發，各鳴天籟，初不自知其所以然也。後世間亦以詩取士，風氣所趨，才華遞出，機杼日新，名章大句，卓然成家者，代不乏人。而求合夫四始六義、得其性情之正者，已日遠乎古矣。

予生也晚，遭時不偶，學殖荒落，中年以後，風塵澒洞，流離播遷，明知智短才拙，而猶惟日孜孜尋詩於遲暮之餘，卽竭慮殫精，豈能窺古人堂奧于萬一？惟頻年羈旅，遊踪所至，不無寄託性情之作，而又得朋儕數輩，氣求聲應，相與倡酬其間，觸物起興，撫事懷人，積累所得，裒然成帙，不揣固陋，姑錄存之，聊效靖節編詩紀年之意耳。《易・履》之訟曰：「素履往，无咎。」象曰：「素履之往，獨行願也。」夫吾行吾素，亦自娛其情而自寓其志云爾。詩云乎哉？工詩云乎哉？七十八丁卯夏日聽泉山人鄒浚明自識。

莫鶴鳴

謝利君希慎借查甸山結吟社

其一

借得山莊深復深，相逢把臂入幽林。主人假我一何厚，渣甸山原價肆百萬元。不止千金與萬金。袁子才〈寓孫氏寶石山莊〉詩：「借得孫莊勝畫圖，行裝飛送入冰壺。主人贈我千金值，三面雲山一面湖。」

其二

紅塵十丈夕陽殷，蒼翠惟茲一朵鬟。何必官家真賜與，陸游詞「又何必官家賜與」。故人攻錯有他山。

其三

如入仙人碧玉壺，蘇軾詩「誤入仙人碧玉壺」。劉綱往往挈妻孥。借山不用買山券，袁枚〈借西磧山莊〉詩：「不借荊州借太湖，買山有券借山無。」卻笑荊州鬩蜀吳。

其四

比似巢林借一枝，雲山四面好棲遲。嘉賓地主難分別，袁枚〈寶石山莊〉詩「翻將地主作嘉賓」。問我心中也不知。

選自一九二四年九月十五日香港《華字日報》

酹江月·中秋分賦用稼軒匀

鏡奩開了，莫等閒、辜負團圓時節。日落香爐烟尚紫，香港舊名紅香爐。遮莫近鄉情怯。流域珠江，星分牛女，前夕才離別。樵夫漁父，故山光景能說。　滄海幾度揚塵，麻姑許買，應只談風月。剪取詞牌分俊侶，此字不妨重疊。不，作平。絲竹今宵，東山他日，屐齒何年折。重陽先約，菊花同插頭髮。

選自一九二四年九月二十日香港《華字日報》

賀新郎・甲子九日登北山堂用後村韻

何必分尊少。值良辰、弟兄老幼，登臨吟嘯。小集羣賢羣季秀，得句並皆佳妙。長繩繫、黃昏斜照。是桀是堯枯骨耳，好頭顱、容易頒白了。白，作平。山且看，正如笑。　秋光霽色明林表。景清幽、亭臺苟美，軒廊非少。放胆吟哦拚命醉，行樂胡為哀夭。古赤柱、嶺南東道。近市面城偏寂靜，唱酬餘、脱卻方山帽。奇共賞，酒相釂。

選自一九二四年十月三十一日香港《華字日報》

羅賽雲

夏日登宋王臺

宋王臺上嵯峨石，牘瓦遺磚不可識。一抔猶是宋江山，三字空留元筆跡。回憶六龍南幸時，汀潮失守更移師。甲子浪高飄海艦，零丁洋度懷孤兒。官富鹽塲一荒島，蒼黃暫獲行在所。入幕參軍趙玉淵，毀家輸餉馬南寶。小朝廷寄蛟螭窟，築臺瞭敵瞰溟渤。龍湫遺恨鎖秋煙，鶴嶺招魂弔春月。傷春弔古此登臺，興亡豈止昔人哀。金主墳荒成祆寺，楊侯廟破萎蒿萊。登高四望非吾土，二王村有漁樵來。

選自《南社湘集》第二期，北京：全國圖書館文獻縮微複製中心，二〇〇六

步月・月當頭夜，莫六邀集北山亭，聽雪娘度曲，用史梅溪韵

滿院秋光，一簾月色，又逢遊倦思歸。眼中人影，都著白羅衣。風中送、珠喉宛轉，掌上舞、雛

燕輕飛。霓裳譜、嫦娥竊聽，傳授與湘妃。　霏霏。如玉屑，雪肌頗綽約，螺髻花圍。郢兒休和，衹恨識音稀。斑管奏、娥英並妙，赤鳳唱、姊妹誰知。李雪芳之妹，故用此兩事。嬋娟影，窺人夜半入羅幃。

選自一九二四年十二月三十一日香港《華字日報》

張傾城

霜花腴·北山堂擬賦菊用夢窗韵

繡褂鳳舄，曳錦裙、珊瑚翠羽為冠。東子南都，北方西漢，呼他絕美仍難。縱教榜寬。問姓名、班列誰前。費評量、第一無雙。並登天榜廣而寒。　消息未妨遲放，過重陽一月，正報秋蟬。吾粵南天，無須呵硯，揮毫對客吟牋。駕車泛船。遠近邀、名士嬋娟。會無遮、顧影依依，與花光並看。

選自一九二四年十二月一日香港《華字日報》

呂素珍

步月・月當頭夜，莫六邀集北山亭，聽雪娘度曲，用梅溪韵

北海樽罍，利園絲竹，這番賓至如歸。看舞臺上，俱着五銖衣。似天府、霓裳曲奏，恍李主、撾鼓花飛。當頭月、蟾光照處，琴韵譜湘妃。阿霏。歌白雪。唾壺我擊碎，真破愁圍。妙聲新製，斯技貴應稀。聽鈞樂、珠喉婉轉，顧曲人、節拍先知。垂羅幕，喚他影子隔簾幃。

選自一九二四年十二月二十二日香港《華字日報》

陳啟君

念奴嬌

低彈高唱，念奴嬌、誰惜可兒才調。數十韶華容易過，分付初暾殘照。白骨紅顏，煙雲漂渺。太上無分曉。遭逢離偶，箇裏儘多玄妙。

休説恩愛難消，塵緣難了，只自招煩擾。總是餘情未得，正好託諸吟嘯。晨起觀潮，晝深聽鳥，暮倚樓憑眺。寓形物外，合眼拈花微笑。

選自一九二二年十月二十九日香港《香江晚報》

杜其章

中秋夜書畫文學社雅集陶園酒家，玩月書懷二首

其一

一輪明月好中秋，乘興同登庾亮樓。漫說此宵千里共，幾多軼事古人留。風燈搖幔光難定，玉笛颸空韻獨流。自是乘槎人去後，伊誰再續廣寒遊。

其二

欲借丹梯訪素娥，十分光彩月舒波。也知異地今宵好，誰謂一年此夕多。嶺外霜橫來白雁，樽中酒滿酌紅螺。漫將佳節空虛擲，最愛時光金縷歌。

選自一九二八年四月香港《非非畫報》第四期

鄭水心

登香港太白樓感賦 壬戌。

野哭千家獨渡河，翻從離亂飽笙歌。煙迷故國英雄盡，花擁高樓粉黛多。爇火四圍山不夜，香風一面水生波。華夷欲限眞無地，陳獨漉詩「江山無地限華夷」。甘棄珠崖可奈何。

元旦書感 甲子。

獨上高臺望遠春，東山零雨暗傷神。已聞萬戶成秋苑，幾見諸侯會孟津。落日浮雲非故國，橫刀躍馬又何人。我來海上仍多醉，豈有蓬萊託此身。

選自鄭水心《水心樓詩草》，民國二十六年（一九三七）刊本

黃冷觀

元旦感懷

其一

圜扉坐困敢言才，又報春光一線來。尚有詩歌供著筆，更無醽醁漫含杯。催人歲月三冬盡，如此河山百事哀。終古英雄半淪落，倩誰隻手把天回。

其二

天理悠悠未易知，風雲變幻亦神奇。人間未改軒轅曆，海內猶談元祐碑。學道願為關外尹，登仙却笑郢中兒。國旗欲繡空惆悵，血淚模糊五色旂。

選自《黃冷觀先生紀念冊．昆侖室遺稿》，民國二十七年（一九三八）香港刊本

何恭第

寄懷香江諸弟子

黃鶯住久親復疎，枝頭惜別將奈何。十年作客異鄉土，鵝潭鳳嶺多風波。祖宗坵壟不可棄，垂老浩然有歸志。朝趁輪船晚汽車，落落身輕如插翅。長堤楊柳春復春，十丈紅塵眼底新。珠娘歌舞自千古，南征北討徒紛紜。我家舊是紅梅洞，胭脂艷入孤山夢。三月歸來已落英，橫塘老鶴時相送。平明策杖上龜崗，携得雛兒掃墓忙。老天未免惡作劇，雷公電母東風狂。黑雲如墨雨如箭，冷水澆背泥撲面。父子相抱蹲空山，世界陸沉殆一線。笑我千錘百鍊身，年來更事老風塵。國憂家難鑄膽汁，區區挫頓安足云。寄語香江諸弟子，青年努力向書史。救國寧為溫太眞，覆巢莫學孔文舉。丈夫處世當習勞，酸風苦雨無時無。會當馬革囊屍耳，鬱鬱牖下非吾徒。嗚嗚汽笛一聲起，書劍飄零吾至矣。談經論道復依然，山茶開萬梔結子。師生畢竟兩情深，絃歌海外有知音。一朝破壁共飛去，神龍掉尾聲轟騰。

傷時作此

我生意如此，天道安足論。燕省怡處堂，鳥獸悲同羣。那得萬山中，留茲百刼身。嗟哉東半球，慘淡彌風雲。

以上選自何恭第《櫻花集》，香港：櫻花書社，民國十三年（一九二四）

陳硯池

大平山晚眺

其一

沿山踏月寶雲行，萬派寒流眼底生。回首赤峰山下處，水流長聽不平聲。

其二

居然世外作桃源，地限華夷兩海門。放棹漁郎津莫問，萬家燈火起烟村。

其三

登峰人似在蓬萊，仙子樓臺四面開。一角太平歌舞地，玉梅花下玉人來。

其四

葱葱佳氣鬱西環，風月無邊入望閒。聽到後庭花共唱，幾回腸斷舊鄉關。

選自一九二四年香港《小說星期刊》第九期

歲暮賦別，承諸女弟子踵候送行有感

笑説途窮日暮年，娥眉歡送執詩鞭。好音懷我鶯初囀，多病愁人鶴對眠。函授手書憑鯉腹，香留心字炷龍涎。隨園弟子當年事，去年授課講《小倉山房尺牘》，故云。共話香江半島天。

選自一九二五年香港《小説星期刊》第二年第一期

羅　瀌

香江太白樓游記

壬戌夏，偕友登電車西過石塘，稍折而南，一山蒼翠詭狀，擁樹以馳，波漾其趾。而亭臺錯落位其腹，友曰：「此太白樓也。」

車戛然止，拾級上，及半，向之一樹一卉，一徑一榭，盡供吟眸者，今忽被巨靈伸臂，將一座洞天，攝而匿之肘腋下，烟譎雲幻，空諸所有，意謂結構之巧以嘗人。級既盡，山回路轉，飛閣突從人面起提，而懸之山之阿樹之杪，所謂有有無無者，一一笑迓人來，蹤跡不復詭秘矣。斯樓也，背山腰，面海角，因山之陰陽向背平突衍仄，以成其上下天光莽蒼無縫之一幅天然設色圖畫。而所點綴，則又琉璃五色，小李將軍之金碧也。

香江壺裏小乾坤耳。海邦炎旱，軟塵炙膚，而斯樓尤能呼吸海潮，宏納天風。每日落涼生，細馬紅粧，闐溢山谷。而別有會心者，則反棄囂求寂，將以尋其天籟之詩，蓋山川之樂，雅俗各有所得，吾輩之深契不捨者，或亦游人所不及知，所不屑道，則他日重游之約，又將以此記為預券可也。

游九龍宋王臺文

浩浩乎鶴嶺西峙，鯉門東流，中介小山，俯注海陬，箕尾之精，下隕而浮，安如置几，偃如覆舟，亘不知幾千萬年，祖龍鞭之不去，精衛銜而仍留。友人曰：「此古蹟宋王臺也。昔宋季曾駐蹕於此，願有文以紀斯游。」

今夫九龍，固南盡半島耳。在昔治隸新安，荒烟蔓草之區，海角畸零之地，漁村三兩，蛟鼉怪異，退之過屯門而不來，子瞻泝瘴雨而未至。一自佛狸南逼，閩廣流離，膠昭王之舟於江上，灑萇弘之血於海湄，會穩三千之甲輴，海島五百之旌旗，於是殉國孤忠，遂飲恨於剩水之涯矣。夫興亡事本尋常，讀史者祇付之氣數，惟宋季遠則白塔合尊之墳，近則涯悔冬青之墓，論無時異世遷，皆可增板蕩之悲，成黍離之賦者也。

然最可異者，自九龍割讓尺土，盡隸蠻天，夷人人施神工運鬼斧，夷天地菁華而莫憐，況此閱世僅存之拳石，意者亦付潮汐而化雲烟。豈知碧眼紫髯，竟能表忠魂而化畛域，保我中國之粹，壯彼山河之色。摩其崖，斯其棘，花草蒔其趾，石欄圍其側，俾春秋之佳日，士女得聯袂以游息，抑種俗異而心理同，亦曉然於懦立頑廉之極。則今卽重溟漾綠，疊嶂環青，降靈旗而神已渺，淘折戟而水猶腥，雖故土已帲幪於外族，而此山長在，實不異嶽峙而淵渟，願抒懷舊之蓄念，擷江籬以薦馨。

以上選自羅濂《勺菴文集》，民國二十三年（一九三四）刊本

廖鳳樵

擬李太白舉杯問月

應憐太白也情癡，獨酌嫦娥知未知。何事浮雲迷漠漠，故教皓月出遲遲。停杯幾度頻翹首，極目連番懶舉巵。未審清輝曾減卻，光臨肯慰我相思。

過黃花岡有感

黃花岡下步徬徨，目擊新墳正可傷。欲洗中原千古恨，故教俠士一朝亡。昂昂烈氣清奇塚，勃勃英魂繞戰場。遠望亭亭人不在，悲風起處更悽惶。

咏飛船

天外飛來一葉舟，之南之北任遨遊。不勞車馬馳驅苦，曾畏波濤險惡不。掣電凌風通大陸，騰空載月出環球。寄言雲外乘槎客，好掉銀河摘斗牛。

羅湖得月酒樓

樓對羅湖古渡鄉，更兼得月信名場。光涵天上銀盤皎，暖逗樽前竹葉香。甕底風華迷李白，座中春色醉劉郎。此間已是忘機地，何用金錢買別莊。

以上選自《上水詩社集》影印鈔本

廖頌南

羅湖得月酒樓

其一

層樓高築在江濱，得月名稱景象新。杏隔牆紅旗影拂，楊垂巷綠酒香勻。嫦娥有意窺豪客，朋輩多情訪主人。勝地遊玩開眼界，勸君把盞莫辭貧。

其二

高築層樓別有天，頻來月下酒中仙。摘星堪擬楊柳句，聽雨休吟陸若篇。杯酌不須停問訊，帘開應許共遲眠。名區新闢如何處，遙指羅湖古渡邊。

咏煖水壺

壺能煖水異尋常，冬日何愁不飲湯。酒氣氳氤餘火候，泉甘蘊釀愛茶香。熱心似借人情冷，守口奚知世態涼。從此高懸長煦煦，樵青竹裏莫須忙。

咏無線電

聲氣無端接太空，不煩一線互遙通。流行果異置郵電，便利尤逾德律風。機妙暗投惟爾我，天然響應悟雌雄。音書秘電憑誰達，無影無形奪化工。

《上水青年詩社集》序

攷我鄉詩學之興，始于前清乾隆間，闕後文人輩出，揚風扢雅，作述如林，垂二百餘年。都人士靡不嘖嘖稱道，號為聲名文物之鄉，甚盛事也。邇來政體變更，風尚不古，咀嚼英華，孰存夫國粹？皮毛歐美，羣詡為通儒，詩學一道，其不致式微而欲絕者幾希！

猶幸後生小子，恪守前徽，淵源所自，一綫尚延。及門翰芬姪雅耽吟咏，是歲與康年兒等，組織「青年詩社」，朝夕唱酧，命題評閱，一請于余，取前列諸作，鈔錄成帙，以為集益之助，雖俚語蕪調，或不免貽笑大雅，而千慮一得，其間亦多有足觀者。

噫！斯文未喪，全資後起之人；末俗可回，後覩名教之地。余不敏，亦甚贊成焉。爰綴數言，誌于卷首。時民國九年陰曆庚申孟夏朔日靜觀道人頌南氏誌。

以上選自《上水詩社集》影印鈔本

廖紹賢

端午競渡

端陽時節鬥繁華，畫鼓齊喧樂莫加。汨水風翻旂拂錦，湘江槳逐浪飛花。爭雄那計中流險，捷足渾忘一葉斜。競渡已成千古事，傷心憑弔屈懷沙。

曲水流觴

茂林以外有崇山，更有清流左右環。佳釀飄香騰隔岸，惠風移盞至前灣。波浮鴨綠春三月，杯泛鵝黃水一彎。修禊當年成韻事，江頭觴詠樂忘還。

以上選自《上水詩社集》影印鈔本

黃子律

和儀石世伯〈感遇〉

其一

休談時事說河南，回憶當年悲不堪。胡虜侵淩耽視虎，江山割裂食聽蠶。諍言無補難留鹿，鹿中丞與譚宮保諍言租界條約，意見不合，致江撫對調。史筆有知應罪譚。千古騷詞千古恨，令人惆悵暮春三。

其二

愴懷此地拒番魔，慨賦同袍修爾戈。諸葛出師仍未捷，秦姦誤國竟求和。胡兒橫暴徧狼毒，漢歹兇殘假虎苛。望斷九龍城外地，不堪回首舊山河。

其三

是非得失總休論，一木能支大廈傾。郭令雖驚回紇馬，漢姦已陷李陵兵。劇憐勁節老猶健，恨煞通番禍自成。行客莫詢當日事，蕭蕭楓樹起悲鳴。

其四

昔年越土吳王築，今日吳王越下亡。勁節每從挫處伏，英雄慣向苦中嘗。張韓忍辱曾興漢，李郭乘時終復唐。況際聖朝隆政治，行看重拓舊邊疆。

七七事變

時在民國廿六年七月七日（即農曆五月廿九日），日人在我北平蘆溝橋大操，藉言有兵士數名失踪，要入宛平城搜查，戰事遂起。

蒿目神州大可憂，瀋陽囊括又蘆溝。列強失計中蠶食，壯士捐生憶虎頭。舉國盡教殲敵去，背城怎肯與讐謀。黃龍痛飲究何日，試看東瀛水絕流。

宋王臺

其一

浪花淘盡宋英雄，剩有荒臺感慨中。當日孤軍曾駐蹕，千秋遺恨在和戎。長城自失淮空畫，沿海播殘局已終。愁斷夕陽官富地，高低禾黍認行宮。

其二

杜鵑啼碎宋山河，壯士猶揮落日戈。臣本有才原弗忝，帝偏無命竟如何。劇憐官富餘殘碣，空向崖門哭逝波。玉璽不須懷舊恨，金元祠廟已銅駝。

以上選自黃子律《黃子律先生自書詩文稿》，一九六四年香港刊本

葉次周

《華星報》七百期紀念

舊曆三月初七、三月朔交叔文。(《華星》乃《華字》附章，其中多載時下名流詩詞。)

織襄雲漢蔚天章，旁月聯珠作作芒。箸論每聞同啟發，擒詞時亦類騷莊。漫嫌語賸香奩體，自有人知冰雪腸。笑以一期方一紀，商家禋祀遜君強。

無聲電影

雲水光中洗眼來，蘇軾〈九日尋臻闍黎遂泛小舟至勤師院詩〉。來看黑幕一重開。驚心駭魄形千變，動地掀天日幾回。出沒似殊人世界，依稀如覩蜃樓臺。旁觀共領無言旨，知否燈前百可哀。

有聲電影

千奇百怪各紛呈，有色還教復有聲。瞰室形憐渠盡現，聞歌吾豈獨無情。已驚消息傳來異，終覺迷離看未清。過眼曇雲原一例，審音何事太分明。

乙亥九日賓名社友同集李鳳坡九龍寓齋，旋買醉江樓，醉後有詠

昏昏八表今何世，佳節海山獨開霽。巉巖畏陟不登山，掉臂重行尋海澨。半島風光堪縱目，樓臺遠近紛如簇。此間絕代有佳人，隨風咳唾生珠玉。百軸梅花百首詩，婀娜還含剛健姿。丹青世紹龍眠筆，文采淵源太白詞。琳瑯坐擁書千軸，几案紛紛陳百祿。閒將苦茗瀹清泉，嫩碧浮甌浸寒淥。同儕各有相如渴，久欲金莖分一勺。相將攜手各登樓，雄辯高談肆磅礡。黃花碧草兩仙衣，謂陳菊衣、劉草衣。片玉文章沈帶圍。謂莫遠公、沈仲節。子雲筆札容齋記，謂蕭蕭齋、洪濤飛。鶴峙鸞停玉立儀。謂馬華友。箇中半具劉伶嗜，五斗解酲一石醉。拜賜才封不夜侯，澆愁還覓黃公肆。檻外花枝最可人，輒語嬌嗔對宇聞。彩雲忽現驚鴻影，絕似秦淮曩日春。同調應憐越布衣，謂俞叔文。十年清夢醒遲遲。當筵白髮聞歌意，惆悵應同杜牧之。

甲申感事 夏曆七月作。

其一

沈沈樓閣寂無譁，一線空教盼月華。太息漢家傳蠟燭，輕烟祇入五侯家。

全港停止電力供給，恰在夏歷七月初二日，一經入夜，萬户樓臺皆如在九重地獄中也。

其二

屹然雄視壯轅門，勢並銅駝位列尊。誰料延津龍化後，直同一斥去孤豚。

滙豐銀行卽今總督衙署，門前銅獅重逾千斤，本年新歷八月忽然撤去。

其三

昔日金樽斗十千，今時斤米亦千錢。如何裙屐諸年少，依舊風花滿逝川。

日來市米每斤幾及十元（軍票千錢）。惟茶樓酒館觸目皆是，且坐無虛位，每至二元以上則納稅加三，若偕三五人點心非數十千不辦。

其四

窮檐辛苦事芻蕘，偷斫生柴帶葉燒。獨有農家饒玉食，每將炊桂笑歸樵。

港市柴價每元不得一斤，貧户入山偷斫生草，稍藉為炊。惟農家者流，因穀價暴長，莫不面團團作富家翁矣。此亦前所未有也。

以上選自葉次周《蘗錫盦詩鈔》，一九五七年香港刊本

黃密弓

重陽後一日，與朱隘園、張秋琴、陳覺是暨新潛詩鐘社諸老觴詠於樂陶陶酒家

出戶鐘聲破晚煙，遺山奇語得秋偏。輪扶大雅多同調，社結新潛信有緣。吾黨相看無白眼，詩人雖老未華顛。拈毫且續題糕興，纔過重陽第一天。

與韓樹園、沈仲節、陳宗敏、莫遠公諸老登宋王臺感賦

輦路深深沒亂蒿，江山得失等鴻毛。一臺石缺容雲補，兩面崖飛逐鳥高。入座有詩皆笑罵，當筵能飲即英豪。回頭漫作蒙塵感，舟去天南起怒濤。

以上選自黃密弓《莊諧集》，香港：英發中西印務局，民國二十五年（一九三六）

葉恭綽

重陽日妙高臺會集

便無風雨奈重陽，俯仰浮生百感傷。景好慚憐成故國，心空微戀尚秋光。愛名九日寗除執，繫夢千年未斷常。極望未須驚日近，舉頭吾意自昂藏。

聞黃河決口，被災區域甚廣

命豈如螻蟻，崇朝百萬終。滔天誰主宰，殉國衹朦朧。累卵生原贅，為魚鬼不雄。桑田知可待，休障百川東。

挽空軍張效桓若翼殉國

飛將龍城去不還，空留碧血鎮人寰。孥雲苦念風期烈，逐日誰知志事艱。夢墮天門傷折翼，望窮江海重摧顏。教忠知本趨庭訓，一死渾堪重泰山。

三月十五日捷克淪亡

六蓼堪傷竟忽諸，廢興從古祇須臾。由來趙孟終能賤，捷克復國基于《凡爾賽條約》，今才廿年。誰信荊凡本自殊。眞見人亡成國殄，開國總統馬爾克薩歿未三年。忍令玉折換蕭敷。捕蟬莫但防黃雀，止沸揚湯計已愚。

題自畫松

要留梁棟在人間，雪虐霜欺祇等閒。疇使風雷生謦欬，待從塵海振衰孱。孤蹤化石誰能識，噫氣成濤不可刪。持比巨鰲應自惜，猶堪舉首戴靈山。

挽蔡孑民先生

三年海嶠同流寓，永別眞傷氣類孤。至竟桑榆催暮景，更誰榛莽闢修途。回瀾巨識深難喻，開國神功寂若無。今日乾坤淪慘黷，遺規疇探口中珠。

亞子南來，有詩見及，依韻奉酬

炎島三年感滯淫，曰歸何地託春心。喜看鯤徙來溟海，愁聽鴞音出泮林。嶺表異聞期互錄，吳中舊事悵難尋。曲江風度慚焉及，且浥天漿手共斟。

亞子近致力南明史事，余亦方考粵中文獻，來詩及遠祖石林公，公吳籍，故宅舊址猶存，所謂葉家巷也。來詩以曲江見譬，非所克當。

六醜・海角春濃，寓園紅鵑怒發，壓山成錦，遙想曩日南北花事游賞之盛，殊難為懷，倚此以抒羈緒

儘牆花拂面，歎倦旅、華顏非昔。欲題怨紅，殘箋迷故拍。粉淚還漬。略記年時事，霧中烟裏，

幾看朱成碧。斜陽冉冉無南北。夢斷瑤釵，歌翻錦瑟。游絲尚縈簾隙。衹山香舞罷，愁換鄰笛。歡韶暗擲。分蓬飄巷陌。苦叫枝頭月，誰聽得。頹雲又黯如墨。便崇桃炫晝，怎支春色。零脂冷、鏡痕空拭。忍重話、顧影傾城一笑，那時妝額。芳菲信、偏斷來汐。怕絳都、縱有重尋路，仙凡永隔。

陳文忠公《練要堂集》序

李君鳳坡得鈔本陳文忠公詩集，將謀刊行，屬恭綽為序，恭綽曰古人云「詩言志」，又云「詩者，持也，所以持人性情」，依此二說，豈不以含生之屬，莫不有其憂愉哀樂，向背愛惡，卽莫不思有所寄以舒其蘊，其繼乃相競以極其工，故體格技巧悉後起之事，其初但以抒情紀事而已。自聲病之說起而詩體漓，洎科舉之制興而詩質壞。言不由中，強為塗附，遺神存貌，等於寓馬芻靈，識者厭焉。有志之士舍偽而求眞，開徑以獨行，於是詞曲繼興，而里諺歌謠亦恆為文壇之所欣賞，蓋凡以取其言之有物，固未暇計其體格技巧之高下工拙也。詩之離眞際蓋遠，則其可取之性亦愈希。於是論詩者亦往往以眞性情為歸，文文山之〈正氣歌〉，岳鵬舉之〈滿江紅〉詞，令人感興觸發，豈遽不若李、杜、韓、柳？固知文學之眞價在此不在彼也。

吾粵明末當桑海之交，授命致身者至夥，其間多眞誠磊落之士，風流節概，輝映一時。陳文忠公即其尤矯矯者，易代以還，所著書沈薶榛莽，時有顯晦，獨其詩訖無刊本。余曩獲南園諸子送黎美周北上卷子，亦僅得詩一首。茲鳳坡乃獲鈔本詩至三百餘首之多，殆歐陽永叔所謂文章光氣自有不可磨滅者。余意古今詩人無慮若千萬，其體格技巧邁於文忠者亦難僂指，然為學無本，則修詞不誠，往往藻發鯨鏗而不能令人感興觸發，此則人之過，而詩不任咎也。文忠之詩雖不能超越一時，獨其雄邁英毅之氣洋溢行間，又湛深法海，事理雙融，了脱死生，無畏無礙，知人尚友，舍此誰歸？蓋惟其人之有眞，斯詩之所以不虛作也。

方今國難日深，士風頹靡，懷賢表微，使往哲精神得灌輸於羣眾，固吾徒之所當有事。鳳坡此舉，其知所先務歟！其知所先務歟！讀是集者幸勿僅作詩讀也。抑以言志而論，則謂必此乃可以為詩也。可識者當不訝余言。

以上選自葉恭綽《遐菴彙稿》（《民國叢書第二編》本），上海：上海書店，一九九〇

呂碧城

陌上花・木棉花作猩紅色，別名烽火樹，和榆生教授之作

丹砂拋處，峰迴粵秀，茜雲偎暝。絢入遙空，漫認霜天楓冷。長堤何限紅心草，猶帶烽煙餘恨。又花悽蜀道，鵑魂驚化，淚綃痕凝。　料吳蠶應妒，三軍挾纊，不待嬌絲繅損。臉暈濃酲，豔鎖猩屏人影。鄂君繡被春眠暖，誰念蒼生無分。待溫回、黍谷消寒，同賦絳梅芳訊。

長亭怨慢・歐戰啟後，遵海而南，謀歸故土，止於國門之外

問紺海、弄珠遊女。幾度桑塵，悄迷星睫。依約巢痕，倦雲來去兩淒絕。漢家陵闕，恨繞樹、烏啼歇。咫翠瀏宮溝，盪不返、年時零葉。　愁切。憶嬌雷四起，人在芙蓉塘角。霞烽流豔，攪霓舞、千裳飄纈。且延佇、孤嶼風煙。盡明日、陰晴難說。掩袂忍回車，花落江南時節。

以上選自呂碧城著，李保民箋注《呂碧城詞箋注》，上海：上海古籍出版社，二〇〇一

洗玉清

次江丈霞公九日韻呈黎丈季裴 己卯重陽廿八年。

永晝香銷瑞腦灰，詞仙嘉約此登臺。秋痕一線寒蟬過，暝色千山候雁回。社樹看隨滄海換，園花憐傍戰場開。易安傷亂簾慵捲，腸斷西風措措來。

高陽臺·羊城淪陷，客燐香江，杜宇聲中，一山如錦。因寫「海天躑躅圖」以志羈旅，寧作尋常丹粉看耶

錦水魂飛，巴山淚冷，斷魂愁繞珍叢。海角逢春，鷓鴣啼碎羈踪。故園花事憑誰主，怕塵香、都逐東風。望中原，一髮依稀，煙雨冥濛。

萬方多難登臨苦，覽滄江危涕，灑向長空。閱盡芳菲，幽情難訴歸鴻。青山忍道非吾土，也淒然、一片啼紅。更銷凝，度劫文章，徒悔雕蟲。

晝錦堂・奉答黎季裴丈贈句，依體次韻

祥仲詞名，宋番禺黎廷瑞，字祥仲。著有《芳洲詩餘》。美周詩筆，明番禺黎遂球，字美周。著《蓮鬚閣集》。有牡丹狀元之稱。堪媲鼇背方蓬。李白詩：「鼇背睹方蓬。」早歲蜚聲粵路，豸節閩中。婦翁冰清知衛虎，丈為譚叔裕榜眼之婿。史家月旦識崔鴻。比史崔鴻，以劉淵、石勒之僭，憤而作《十六國春秋》。高臺畔，種菜蒔花，憑闌賞遍蔫紅。　愁逢。鄉信息，渾不斷，珠江南北傳烽。那計工枚速馬，赤輠雕龍。舊時梁燕權棲壘，小春床蟀未移宮。空孤負，容我倚聲商句，問字郵筩。

以上選自冼玉清《碧琅玕館詩鈔》，廣州：廣東人民出版社，二〇〇八

李仙根

己卯重九在港，適為廣州陷後周年

無風無雨亦驚魂，人愛登高我杜門。久在亂離忘歲月，近憐兵氣滿乾坤。一秋又負看花約，萬感寧能對酒言。最憶去年巴子國，江山留得是啼痕。

總動員歌

登高峰，雷大鼓。總動員，驅豺虎。不論老年壯年青年男與女，同心合力保國土。招我大華魂，恢我神明祚。四千餘年古國古，錦繡河山是天府。慘淡經營列宗及列祖，三民主義耀寰宇。賢子孫，繩其武。逐出禽獸東亞東，殲彼醜類日出處。妻勉夫，子隨父。兄兄弟弟姊姊妹妹齊服務。擁護我領袖，保衛我疆圉。誓復九世仇，誓保大民主。人不自由毋寧死，人不平等生亦苦。總動員，去去去。願君勇往莫回顧，在後勝利非無故。君不見少康一成一旅致中興，楚氏亡秦只三戶。

元旦後三日，喜聞北江大捷

喜氣春風送捷書，收功一戰慰桑榆。幡沉竿折終當勝，鶴列魚麗已競驅。知彼歇衰徵近衛，看誰潰退是非夫。南強自有精神在，佇繪清邊破寇圖。

僑港文協主開粵東文物展覽，徵及寒齋，紀以一詩

夢斷升平世既遙，故家喬木日蕭條。楚庭風雅垂垂絕，南海珠塵黯黯消。人事漸隨征戰盡，古魂愁向異方招。尋常一物關興廢，我抱秋琴閱四朝。

哀故鄉

今日真為失所人，漸乾熱淚哭遺民。兵能再戰應無敵，土既餘焦倘更淪。廬墓田園關國故，流離蕩析盡交親。宵分重讀香山志，中有沉哀不可陳。近以重編宋烈馬南寶、明忠鄭一岳傳記，連夕再讀縣志，至元兵清兵寇邑始末，為之掩卷長嘆。

「九一八」九周年

忍痛沉哀過九秋，月明空照舊西樓。將軍狐舞剛三匝，大敵鯨吞遂一州。敵謀我國已多時，惟入遼只為試探耳，唾手一州，時少帥正酣舞北平。且莫瞻烏傷靡托，好隨擊楫誓中流。保寧亦是黃龍府，指顧山河百戰收。

元旦簡寅圃祝筵，與小進、亞子、千里論詩談相至快，小進先有詩，謂談言微中也，依韻和之

覘國誰應問五寒，用《說苑》。閱人我自重三觀。用《法華經》。苦吟正憙情能遣，省事寧希心便安。君子未堪譚福後，用《鴻烈》語。明柳莊相人言禍不言福，謂福自至禍召致，福不可倖至，自必後至。聖雄猶感到知難。謹用《總理蒙難記序》言，克強、鶴齡諸公能相人，皆奇中，祖安先生且與馬福祥先生談論至理，甚佩曾湘鄉七篇，但諸公均不滯於事，而明於理耳。且從詩格論郊島，骨冷神清始耐看。《神鑒》、《照神》諸書，均取神清骨冷局面，詩格亦然。若以濃艷熱鬧，虛其外表，皆凡俗矣。致堯、義山，其艷在骨，亦冷峭而神清，更不可及，此當別論。

百年二首　一月二十日。

其一

百年前此是鴻濛，今日樓臺翠靄中。四合未須譚逼處，一塵無復嘆為戎。可憐花月沈沈夜，輕颺笙歌處處風。獨有新亭幾行淚，不勝惆悵與人同。

其二

百年心寄十三徽，日撫秋波對翠微。正感家山終一隔，可堪枝葉更相違。斑蘭侏離看同化，擾搶兵戈得暫依。怫鬱孤懷為客久，不勝惆悵到斜暉。

以上選自李仙根《李仙根日記・詩集》，北京：文物出版社，二〇〇六

何曼叔

赴元朗訪玉汝，值南頭避難人士羣擁車站

為何盧玉汝，久不至香港。棲棲避難廬，局處在元朗。故園有萬卷，深深鎖橫巷。獨挈老妻來，田園擬抛蕩。人生逢國難，不忍說悽愴。仲和首發議，我輩一相訪。夙昔未經路，車箱心懷敞。荃灣瞥眼過，山勢在前擋。俄達元朗墟，難民欲爭上。携男與帶女，老弱盡惝恍。避難自寶安，襆被別鄉黨。今朝南頭城，敵炮數十響。飛機共六架，軋軋淩空漾。敵艦十八艘，發炮自海上。停車遐問答，老嫗一一講。怕見慘切容，焦土倘安向。粵人素壯烈，此責幸無讓。保國與保民，要使敵人創。

選自一九三八年二月六日香港《大眾日報》

下環高升茗座望山海

卻見朝來海氣紛，山頭樓檻襲重雲。中原望眼家何在，不盡南來避難人。

選自一九三八年二月十五日香港《大眾日報》

快活谷行有序

昔司馬相如作賦，極命雕飾，鋪陳華縟，而說者則謂其意存鑒誡。今者本港賽馬，熱鬧一時，其所在地，厥名快活谷，士女和會，中西咸集，而華人卻占百分之九十餘，非履本疆，逢場作戲，雖在國難，有何譏焉？因援司馬相如作賦之例，成〈快活谷行〉十八韻。

廣場圈子馬如龍，大道膠輪四面通。無數旗袍招展過，卻來棚座試春風。春風似酒吹人醉，鵝頸橋南行樂處。洋行行裏辦公人，已離寫字樓中去。融融暖日媚人天，快活香叢快活仙。場上驅馳齊比賽，棚中和會儘喧闐。未知頭彩誰人中，中時莫作南潯夢。彩金十萬霎時來，措大休譏心暗動。就中小姐或陪房，一束洋鈔有萬張。輿會淋漓搖彩去，盡投虛牝不慌忙。髮光梳作花旗式，領帶鮮紅鞋若漆。少年紳士甚英威，口上卻含加力克。蓬蓬綠鬢捲如雲，兩片猩紅是口唇。萬一在場當面見，秋波傳恨態傳神。陸離總總就神態，定有素心相買賣。由來宇宙好歡娛，成傳歡娛君莫怪。史事周師入晉陽，小憐馬上倚新裝。料知今日嬌嬈輩，強要看完第八場。

選自一九三八年二月二十二日香港《大眾日報》

聞捷大喜為長句

徐州增援大反攻，生力開到鐵路東。敵人欲沿津浦綫，南下計劃已成空。別開一軍逼蚌埠，倭兒節節喪膽走。炮兵陣地發神威，歷十三時不停手。滕縣臨城有激戰，左攻濟寧牽正面。長官電報告捷來，是日全軍有俘獻。我們應戰求生存，要驅敵人出國門。全民努力雪恥辱，以血洗淨倭屐痕。今天讀報心大喜，保衛國家咸拚死。倭兒倭兒何苦肆兇殘，你們壯丁已無幾。

選自一九三八年三月二十一日香港《大眾日報》

答某君

君既專誠問作詩，請從真理莫支離。近人掃蕩唯心論，方法師承馬克斯。試考古來名作者，定隨當代遣新詞。陳言滿紙終何用，即使成篇亦可嗤。

選自一九三八年四月十一日香港《大眾日報》

黃詠雩

南瓜店，紀張自忠將軍殉國事 庚辰。

南瓜店，叱咤風雲變。撼山不動胡塵飛，鼓沈日落猶酣戰。龍愁鼉憤哭鬼神，天跳地踔驅雷電。郊原忽隕大星光，自他有耀真無忝。要裹尸骸贈國人，相期青史重相見。將軍一死國猶活，乃知死是將軍愿。但使良心得慰安，此心不死人知勸。寄語同仇敵愾人，殺敵報仇有餘忭。元戎痛哭撫棺來，淚落如糜持作奠。當時賜劍血痕存，將軍不負元戎劍。三軍距躍盡哀兵，必勝自當操左券。奏凱還將告九原，洗滌羶腥肅禹甸。祇今鼙鼓不堪聞，國瘁人亡終可念。風雨飄搖萬骨寒，教人苦憶南瓜店。

千春社席上賦呈朱聘三、江蘭齋、盧衮裳、盧湘父、俞叔文、黎季裴、楊鐵夫、胡伯孝、鄭韶覺、葉遐庵、黃慈博、陳覺是、盧岳生、李鳳坡諸子

赤柱擎空紫翠重，過江裙屐每相從。風漪光躍蕤賓鐵，雷雨聲弘甲子鐘。變化文章猶霧豹，隱居身世是人龍。蓬萊股折山離合，夢繞羅浮四百峰。

辛巳窮冬自香港還鄉口號

烽燧分明照夢魂，千家野哭總聲吞。云何與我安心竟，歸去而今有舌存。飛退定知鸞鶴鎩，生還猶忝虎狼恩。頹陽如血潮如沸，此是人間歷刧痕。

以上選自黃詠雩《天蠁樓詩文集》，廣州：花城出版社，一九九九

黎季裴

秋思耗・浣華來港月餘，余無日不在歌雲繚繞中，洎歸羊城，談讌之餘，輒道其盛，於時譚子端有秋思之賦，朮叔和之，余亦依韻繼聲 依夢牕四聲。

絃語鶤鷄側。最夜闌、能凝四山雲色。風定燕斜，鏡迴鸞滿，屏角疑窄。感新綠秋眉、吹臺笙鳳暗斂抑。臏數峰、江上碧。怕二八輪蟾，十三箏雁，付與嶺南春暮，墜花時憶。　閒夕。方諸暈滴。念玳筵、粉褪妍飾。漏長蕭瑟。貞元遺唱，舊人髮白。奈婕拍癡魂未蘇，塵絮黏倦翼。論座客、曾似識。料異日楊瓊，尊前愁黛認得。夢隔驚源塞北。

泛清波摘遍・中秋前一日，寒齋小集，時聞湖湘捷音 依小山體。

金甌處處，玉斧年年，鶴露屆寒新夢警。雨風魑歘，尚覺驚波洞庭冷。南雲定。微茫桂點，飄瞥蓬塵，無數唳鴻天路逈。病蟀哀蟬，盼切瓊臺舊時影。　感流景。身世夜烏繞闌，況味暗螢窺井。聊借清尊遣歲華，忍辜圓鏡。翠樓凭。圍密幾滴漏蓮，吟成半枝燈檠。好待霓裳貝闕，老懷重領。

最高樓・題鐵夫《雙樹居詞稿》

滄洲夢，辛苦付遙哦。老子慣婆娑。繡鸞淒調宜漁笛，聒龍閒譜擬樵歌。酒邊情，花外思，儘銷磨。　也解作、春城鶯燕語。也解結、秋巖猿鶴侶。傷破碎，舊關河。斜陽煙柳供憔悴，小山叢桂託微波。灑襟塵，江恨極，庾愁多。

選自黎季裴《玉縈廔詞鈔》，香港：蔚興印刷場，民國三十八年（一九四九）

李履庵

香港登高，時淞滬戰事劇甚

天地一指喻，江山兩鬢絲。才堪為世用，名豈與人知。濁酒隨年事，新涼入夢思。憑高渾不樂，海島見旌旃。

過孫仲瑛九龍山居，望香港有作

海澨慣游地，歲可三五至。山橫作淺絳，水靜積深翠。入夜轉溟濛，魚龍萬態恣。天半隱飛閣，燈月頗難識。顏霧連朱霞，明珠百川媚。景物渺愁予，不忍稍平視。邊釁一以啟，貞悔珠崖棄。嗟彼鼾睡人，終傷非我類。冠蓋滿坑谷，邦家苦殄瘁。誰知逋逃藪，反以資福利。坐嘆林文忠，寧料今日事。展轉心內焚，登臨雜涕泗。生民在塗炭，誰為衽席致。一夕披肝膽，楚越泯同異。悠悠百年夢，慷慨同攬轡。

寄李仙根參政

削跡遯荒坰，姓字久埋沒。斜日鳴菰蒲，思君良軫結。海上蜃為樓，樓前山吐月。懷此足覽眺，游思遂激發。君有才如江，萬態供盪決。君有氣如虹，忠憤不可遏。昔當開國際，艱難獨磐折。星霜凋兩髩，南北合一轍。醜虜肆鯨吞，山河成割裂。隴蜀載馳驅，稜稜見風骨。文章雖小技，自寫腸內熱。吉人辭尚寡，多言氣恐茶。謀國與謀篇，存誠兩橫絕。黃州感流亡，杜陵垂老別。我生值喪亂，三歎涕欲雪。煌煌七哀詩，冑王等滕薛。偶獲聞緒論，如聆廣長舌。君詩繫興亡，憂患眾甫閱。窮冬瀰墐戶，念友茹飢渴。長謠與君同，庶幾叙契闊。

廣東文物展覽題辭

沈沈風雨此高樓，玉虎牓門聯云：「高樓風雨，南海衣冠。」嶺學眞當絕續秋。萬古曲江詩不廢，九天屈子涕難收。翁山有印文曰：「九天九地。」韓陵有石寧堪語，珠海投鞭倘斷流。不見老成徒悵望，闌干北望是神州。

以上選自李履庵《吹萬樓詩》，民國三十三年（一九四四）刊本

陳孝威

美利堅國總統羅斯福先生讀余去年十月七日論文，賜函獎飾，輒酬一律賦謝

白宮三主承明席，砥柱終迴逆水流。降此鞠凶人擾擾，賢哉元首政優優。干戈到處洶羣盜，日月無私照五洲。要膾鯨鯢濟滄海，八方風雨感同舟。

英國戰時首相邱吉爾先生讀余去年九月十四日〈論大不列顛之戰〉之英譯論文，賜函獎飾，輒寄一律，敬乞誨正

朵雲遙捧自倫敦，上相紆尊感注存。抒見豈殊窺豹管，經題奚啻躍龍門。壯猷元老原心折，霸業中興互手援。最是神交寬禮數，海天如鏡靜忘言。

以上選自陳孝威《泰寧去思圖題詠集・怡閣詩選》，香港：天文台報社，一九六八

楊雲史

歲暮聞晉南寇氛甚惡，我潼關守軍力拒，賊不得渡河

刁斗楓陵渡，潼關暮雪中。軍聲河亦靜，夜氣嶽增雄。此是存亡事，休爭爾我功。獨憐行樂地，歌舞蠟燈紅。

己卯清明九龍城踏青

其一

峰壑春來美，行行花草間。溪喧欣雨足，雲在覺天閒。野木數間屋，鳴禽十里山。千門歸路共，都是踏青還。

其二

碧澗丹崖裏，經年此避囂。登樓吞落日，煮酒敵寒潮。才共春光盡，狂隨霸業銷。由來山澤氣，

市隱不須招。

其三

百戰度佳節，煙花傷客心。遊人異春服，林鳥變鄉音。海國雲霞盛，家山草木深。煩憂塞天地，容我一微吟。

五月望日偕廩丞同遊宋王臺，遇雨而返，是夕霽月殊佳，計去年今日到此已一年矣

其一

驅車共上宋王臺，指點千峰動古哀。看盡夕暉下山去，背人風雨過江來。

其二

雨過滄溟夕氣清，山樓紅燭翠巖明。壯心已否銷磨盡，臥聽荒江入海聲。

其三

六合為家換鬢絲，去年今日一年期。起來推枕望河漢，山月窺人擘荔枝。

庚辰元日題贈廣東文物展覽會

其一

南洲炎德鬱嵯峨，天寶人文在網羅。大好名山並石室，先民文獻斗南多。

其二

劫火飛揚文物銷，眾擎收拾認前朝。滄江夜靜生虹月，猶照流人慰寂寥。

病中遊道風叢林晚歸

其一

沙水俱清泚，幽幽向晚晴。夕暉山未了，疎雨草無聲。坐久雲猶在，出門峰欲明。過溪僧送客，猿鶴一時鳴。

其二

墟落散花竹，漁樵烟際歸。千家依翠嶂，一寺戴斜暉。獨往水盈耳，下來雲滿衣。猶能携阮屐，力疾拾芳菲。

和孝威將軍酬羅斯福總統詩并序

去歲九月初，美總統有售艦租地以助英國大西洋戰事之舉。及是月廿七日，德義日三國同盟成。十月七日，孝威著論，向美國建議擴大售艦租地於南太平洋，并以物質援助中國，而充實遠東反侵略戰力，譯寄白宮，羅斯福總統得書，專函覆謝。嗣後羅氏三屆當選，確定援助民主國家。於今年一月十日，向國會提出軍用品租借法案，歷時兩月，辯論綦詳，卒於三月十一日先後通過於參眾兩院而批准之。屹然以民主國家兵工廠自任，近且全面援助中英希南四國矣，則孝威一文，與有力焉。不然者，羅氏萬幾寸晷，而獨於此文，覆函獎飾，非羅氏特重視此文乎！孝威感羅氏虛懷過人，互助有加，作詩一律，譯呈羅氏，請余和章，景星卿雲，實頌禱之。時中華民國三十年四月二十五日。

大德惟曰生，萬古得無恙。六合皆毀滅，一人起而抗。手援天下溺，大義今獨仗。傾國急人危，我史空霸王。誰哉仁者心，合德天地量。浩劫東方始，燎原弗可止。鯨吞半中國，生靈芻狗視。雄心一八紘，逆我者當死。死者投火海，生者殉流徙。大戰三載餘，流血八千里。列聖垂文物，摧毀一彈指。歐洲亦匈匈，人禍嗟沙蟲。左提復右挈，窮奇各西東。滅國一服八，大慾弗可窮。共抹新地圖，約為主人翁。所至天雨雪，殺人如火風。用兵非不神，復土非不雄。無乃佳兵者，不戢其終凶。造物蓋至仁，其數窮則通。雷霆霹靂交暗嗚，炮烙燔灼相乘除。烹割齊楚醢莒邾，大邦小國拉朽枯。巴倫兩京一夕墟，白骨如山碧血潴。帝王螻蟻相沫呴，諸侯屏息莫敢扶。美洲元首運睿謨，營神九塞世途晡。強為刀俎弱肉魚，按劍疾起振臂呼。失此弗圖將安圖，自我弗為將侮予。冠帶之倫兄弟國，能從正義皆吾徒。人愛其國我從後，我為武庫人前驅。執戈衛捍在公等，願供悉索厲其餘。西方絲綸德音播，聲滿大地歌來蘇。瘡痍感泣敵驚悚，中英希南其聞諸。興滅繼絕居何等，桓文事業誠區區。斯人不出蒼生吁，後垂萬世前古無。懿歟盛哉！巍巍羅公幬八荒，濟弱扶傾當仁當。舟車所至輸仁漿，大國之風何泱泱。詩讚美人在西方，山榛濕苓所思長。強我國魂光炎黃，炎黃子孫毋相忘。

風入松・十月登香江山頂

一簾捲起古今愁。清歎動高秋。早知酒熱波心冷，趁斜暉、一晌登樓。杯底千巖萬壑，江山半壁交州。　蕭蕭古壘枕寒流。依舊水悠悠。閒來不管魚龍氣，破工夫、去釣滄洲。如此滿天風雨，怎無一箇歸舟。

賀新涼・弔張自忠將軍

拚卻全軍壘。渡長河、追奔逐北，胡兒褫魄。十萬豺狼齊瓦解，漢幟平明皆赤。鬬困獸、一身陷敵。眾寡懸殊都不計，猛無前、誓掃荊襄賊。南瓜店，堪歌泣。　喜峰急難英名立。歎盧溝、求全毀譽，看朱成碧。三載沙場千日戰，血洗英雄心迹。好頭顱、今番非惜。雪涕良心安慰語，知將軍、決死非今日。真勇將，謚忠烈。

以上選自楊雲史著，程中山輯校《江山萬里樓詩詞鈔續編》，香港：匯智出版社，二〇一二

柳亞子

三十年一月四日，文協香港分會招集勝斯，賦呈地山先生，兼示同座

子將天下士，文采妙相宣。淵默君能聽，荒唐我盡言。大同尊國父，小集萃羣賢。領袖姿英絕，先驅願着鞭。昔人語云：「斯文未喪，必有英絕領袖之者。」故以相勗。

十一日晨起，奉寄潘小磐先生二首

余訪求九龍山人所撰〈宋王臺麓新築石欄記〉全文未獲，忽得先生來書云：「侯王廟廡下有二碑，其一所鐫，即是記也。」詩以誌喜，并馳寄先生求政。

其一

侯王廟外碑曾訪，交臂何期失此文。曩承斯馨女士招登宋王臺，緣候車失道，遂屆薄暮，歸飲寰樂園，丹林謂侯王廟外有碑，因往訪之，且捫且讀，竟一碑已矄黑矣，不虞記文之亦勒其旁也。

憐我曩游成晼晚，感君馳札劇殷勤。沈湘蹈海孤臣慟，飲至收京異代勛。記取興亡吾輩責，何年遼左共嬉春。

其二

山人一去九龍空，惆悵瓜廬集未逢。九龍山人即九龍真逸，友人退之、丹林、完璞均持是說，今更得先生一言，可以論定矣。惜所著《瓜廬詩文集》尚未入手耳。識昧華夷殊舛誤，功參史乘合推崇。山人以清遺老自命，其實滿清之亡，為中華民族奮鬥之結果。與宋明全不相同，何況大同世界運會已開耶？拘君臣之小節，昧種族之大閑，更不明進化之公理，余竊為山人惜之！所著《勝朝粵東遺民錄》，即書名「勝朝」兩字已極不妥，獨其搜輯頗勤，文章亦美，終堪欽佩耳。高文已讀遺民傳，仁里難追舊隱風。一卷宋臺秋唱好，可能惠我比球琮。時訪求《宋臺秋唱集》未獲，未知先生處有藏弆否？

夜赴香港新文字學會歡迎會

斗室搖燈靜不囂，沈沈長夜坐今宵。嬋娟都有如虹氣，雷、蔡兩女士陳詞極慷慨之致。領袖寧忘前馬勞。謂仲老。革命青年新世界，大同國父舊風標。平生飢溺衷腸在，百感交縈沸怒潮。

百年二首，次小進韻，未見仙根原唱也

其一

百年誰遣辟鴻濛，不在張騫鑿空中。便道塞翁欣失馬，依然野祭嘆為戎。舟藏大壑還防盜，地似神山那有風。幕燕安巢吾亦瘁，虬髯橫海豈能同。

其二

百年忍與話前徽，去國黎侯嘆式微。逐北終期妖孛掃，圖南原與素心違。嵇康柳下龍方蟄，賈誼庭隅鵩倘依。安得燕然碑共勒，艨艟溟渤我言歸。

陳孝威將軍以賦贈美利堅大總統羅斯福氏詩索和，漫酬長句

英德之戰爭霸耳，蘇聯自衛義戰成。吾華苦鬥四載餘，稽天狂寇猶未平。羅翁援華還援蘇，五洲一矚目炬明。援蘇惟當重物質，援華還須勗以民主政治之典型。三民主義手創國父孫，正與民有民治民享聲氣相求應。微言大義近黯淡，借箸端賴旁觀清。法西斯蒂即侵略，天視民視天聽民聽邦乃寧。方今胡越正一家，白宮舉足關重輕。雄才大略邱吉爾，革命聖者史太林。舉羅張網四圍

合，元凶終見繯長纓。柏林荊榛羅馬墟，然後樓船百萬東海屠蛟鯨。臺灣箕壤咸解放，從茲寰宇無甲兵。元龍磊落兵家子，弢弓執簡議論千人傾。馳箋海外代游説，儀秦異代應齊名。報書青鳥翩然來，西方彼美思榛苓。賦詩慷慨徵作者，頗聞舉國頌德歌功聲。吾詩崛強稍異撰，各言爾志君休驚。聆音識曲世有幾，擲筆一笑天地橫。

贈蕭紅女士病榻

輕颸爐煙靜不嘩，膽瓶為我斥羣花。余以叢菊貽君，君盡斥瓶中凡卉以供。暫求良葯三年艾，依舊清談一餅茶。風雪龍城愁失地，江湖鷗夢倘宜家。天涯孤女休垂涕，珍重春韶鬢未華。君賦詩贈余得「天涯孤女有人憐」之句，愴然揮淚，遂不復作。

長洲島寄內

其一

卅載雙棲慣，分攜兩地愁。遙憐香島月，今夜落長洲。杜甫無家別，梁鴻去國謳。何當黃歇浦，珍重大刀頭。

其二

戰伐寧天意，流亡動旅愁。微聞消息好，鐵鳥下蜻洲。烽火連歐陸，風雲鬱壯謳。昭蘇終有日，痛飲月支頭。

紀念林庚白殉難忌辰，并祝扶餘詩社成立

是日為庚白殉難六周年忌辰，欲開會追悼，緣事未果。翌日十二月二十日，舉行茶叙於華南救濟總會，號召俊流藉志紀念，并為扶餘詩社成立之期，集者二十餘人，賦兩律示同座者。

其一

邂逅無端作鬼雄，年年追悼愴予衷。渝州自昔成高會，民國卅四年在重慶特園舉行，吳玉章、董必武、周恩来、鄧穎超、王若飛、葉劍英諸友咸莅。香島如今繼盛踪。大國陳鍾連宋孟，謂陳君葆、鍾敬文、宋雲彬、孟超。涂山章李更喬龔。章伯鈞、李健生、喬木、龔澎皆期而不至。最憐

臣里王翁健，却塵。未得登壇一語通。

其二

自笑長流劫劫波，余演講苦嬋嫣不能盡。人嗤九折舊黃河。王昆侖語。仲謀醉舞天真露，孫霆。伯敬莊嚴定論多。敬文。奪席杜陵君已矣，希風李白我如何。詩壇毛瑟三千在，喚起工農共荷戈。

金陵大酒家團拜典禮感賦

一月二日，民主黨派及文化人士大會於金陵大酒家，舉行團拜典禮，并歡迎馬夷老自滬來，集者一百零八人，余與沈衡老、彭澤老、王燕叟、李任公、譚平山、陳劭先、朱藴山、王却塵、陳其尤、方方諸人同席，賦此呈政。

從容揖讓禮文優，團拜應為團結謀。國共同盟成鼎足，致公民進亦千秋。馬融更喜南來健，李廣能為東道不。早遣首都移海嶠，金陵王氣黯然收。用唐人句。

以上選自柳亞子《磨劍室詩詞集》，上海：上海人民出版社，一九八五

林庚白

香港割讓英國既百年，值辛巳初冬垂盡，余與北麗自重慶飛至，夜雨中抵九龍

百年換盡海濱塵，吾土翻疑去國人。南渡東遷時世異，九夷四裔亂離均。器新鑄鐵終成錯，陰極生陽便轉春。猶得雙飛巢幕燕，雨窗燈火墨痕新。

九日聞警，走匿地下室，再賦

避寇寧期寇又乘，炮聲海氣共飛騰。倭真一擲成孤注，余本高居走下層。僑士凡民勞聚散，驕兵憤戰驗衰興。扶危要凜苞桑戒，從此華夷始得朋。

十六日

華屋羣居日避兵，無燈無食但憂驚。身非蕭衍袁公路，迹似遺山蘇子卿。得飽蒼鷹終可待，忍飢黃犬亦爭鳴。抱薪煨芋從鄰媪，無限艱危乞食情。

十八日

屋角廊深入陣雲，筲箕灣口黑煙紛。回天誰恤勞民劫，守土猶煩遠道軍。香港英國兵，多從加拿大、印度調來。日夕岑樓聞決戰，東西海岸看同焚。西環亦焚。街頭賣報嘩和議，片紙宣傳詭所云。

以上選自林庚白著，周永珍編《麗白樓遺集》，北京：中國人民大學出版社，一九九六

孫仲瑛

青山島再返香港

忍淚吞聲耐歲寒，問心何事得心安。須知世外逃名易，惟有天涯乞食難。敢擬偷生文字障，未能報國鬢毛殫。歸來祇覺風光異，人海魚龍不忍看。

香島雜感 癸未春日。

其一

太平山下路，遺老說英皇。血道刀途地，珠歌翠舞場。死綏無頗牧，對簿有姬姜。為問一抔土，何為在此方。

其二

李昊修降表，將軍下罪書。橫江無鐵索，舉族盡池魚。壯士歌旋旆，行人走絕裾。南征如可復，此地又何如。

其三

巍哉總督府，此是殖民焉。白馬黃金勒，青山紅杜鵑。珠崖同棄日，銅像憶當年。赫赫將軍令，而今亦可憐。

其四

觸目南冠客，無人弔國殤。將軍疑中酒，姹女試新妝。閒坐調鸚鵡，低頭辱犬羊。未聞破陣樂，何以死疆埸。

其五

海上烽煙急，如何我再來。難尋張保寨，何處宋王台。莫洒新亭淚，還飛曲院杯。傳聞諸父老，又頌聖明回。

以上選自孫仲瑛《顧齋戰時詩草》，民國三十五年（一九四六）刊本

陳君葆

寄答鳳坡

走馬看花迹未殊，可憐春事兩相餘。近來詩思非關拙，獨有詩情總不如。

送陳寅恪先生歸桂林，賦一絕

白雲一片去悠悠，春色天涯獨倚樓。尚有欲歸人未得，鷓鴣聲裏送行舟。

春日島上小集，奉和震初先生兼呈神田、島田教授四首

其一

小集示教隨劫盡，客愁還與昔人同。絕憐七百年來事，回首山河一夢中。

其二

酒邊歲月改鬚鬢，春至猶難識柳榆。已分餘生無別久，何妨浮白醉須臾。

其三

浮海人來有盛名，千秋事業獨關情。如何文化交流日，鼙鼓猶聞戰伐聲。

其四

一夜東風怯溷塵，月明徹遍百花神。紅芳縱借春陰護，連理時疑可養仁。

過香港灣仔有感

斷瓦頹垣歲月更，銅駝荊棘竟何情。故家門巷猶能記，除向樓頭問月明。

以上選自陳君葆《水雲樓詩草》，廣州：廣東旅遊出版社，一九九四

吳肇鍾

過宋社

記自江湖染寇氊，携家避上夕行船。重尋舊社驚雙鬢，尚想當時最少年。微雨夜來應有夢，綠楊風裏又三眠。悄然益覺春波綠，冉冉流雲落酒邊。

過秦樓・遇老妓洪文閣

雪壓燈紅，梅添月白，響屧踏歌來緩。低簾碍袖，墮髻留簪，却掛幾人心眼。風色晚更凝涼，輕掃長眉，涉愁無限。任湘毫蘸酒，秋娘依舊，已腰肢損。　空夢裏，走馬豪狂，裼裘年少，散盡水亭花館。箏絃韻歇，舊夢風飄，狎客竟無箋柬。須解江南牧之，寥落年時，歡情疏懶。祇纏頭錦細，分得波光一剪。

以上選自吳肇鍾《白鶴草堂詩詞集》，一九五一年香港刊本

《葉茗孫先生詩集》序

心之所感而情寓，情之所寄而詞發，騷人不為物奪者以有其真，必為物感者以有其興。故無興者，不得為騷人也。凡興之所託，則都市之摩擊，原隰之蕭條，時序之遞遷，人事之瑣屑，下至風雲月露、蟲魚艸木之澒洞遭變者，俯仰之間，悲愉萬端，同其情愫者歌之泣之，無有隔閡，此騷人所以不為物奪而為物感，以興發於心也。雖其詞或過於哀樂，若有所偏，然以較剽經竊史，陳説是非，游詞不根，虛談義理，以馳騁其筆鋒者，有霄壤之別矣。

故時有聖賢，而世有風騷。葉茗孫先生落落孤往，遇物興懷，此實風騷之遺，何止抒其襟抱而已。世祇知先生之詩為唐為宋，而不知先生之為風為騷乎。余覽先生之詩，翛然不落窠臼，比之拈花迦葉，而彼一指一喝，便覺迹象反落下乘。

嗚呼！此可以不必宋不必唐，更可以不必風不必騷，而直是宋唐風騷之傑矣。或謂先生之詩蹙蹙趵歡，嗟窮不偶，疑有所缺，不知抑揚頓挫，寄神明噴薄於自悴之中，此微塵大千之意，釋迦謂即心是佛，是可以言詩矣。故先生雖不以詩鳴，而詩名自翃，不必多所諷詠以求興會，而風騷自高。

哲嗣觀盛君以先生遺稿來問序於余，因得盡讀先生之詩，因挈其旨以為弁。世之覽先生之詩，譬之食筍，口於味有同嗜焉，當不以余言為不知甘苦；譬之聞樂，耳於聲可辨角羽，必不以余言為不解律呂。如是，然後知先生不為窠臼所範，是詩家迦葉矣。若必以迹象求之，豈不為先生笑乎？三水唯厂白鶴道人吳肇鍾序於香港白鶴草堂，時戊子七夕。

以上選自葉茗孫《葉茗孫先生詩集》，香港：遠東印務，一九七五

古卓崙

香江曲並序

民國三十年十二月八日，日軍攻佔香港，僅四日而九龍陷。是月念四日，港督楊慕琦親到半島酒店簽約，全港遂入日軍掌握。按英人殖民於此，恰滿百年，慘淡經營，成為著名口岸。一旦淪於敵手，形勢為之一變。余旅港多年，此間商情民俗及事變時一切狀況，知之頗為詳審。俯仰今昔，感慨繫之，追詠成詩，紀其槩要，亦竊取庾信賦哀江南之遺意耳。中華民國三十一年十月四日。卓崙識。

香爐直上峰之巔，玉宇瓊樓矗萬千。四面滄波涵碧落，萬家燈火燦珠躔。燈火迷離城不夜，茫茫人海分夷夏。百年慘淡費經營，全港繁華足驚詫。估舶千帆海外來，洋場十里島中開。南琛西賮森奇貨，居賈行商萃異才。德輔道中誇最富，馬龍車水連朝暮。金融牛耳執東方，香港上海匯豐銀行規模偉大，事業恢弘，數十年來執東亞金融之牛耳。鄧氏銅山何足數。居中巨賈仗財多，睥睨陶朱運斧柯。星嶺千盤開寶藏，香江萬頃化銀河。銀河轉掉塘西去，酒旆隨風飄處處。脆管繁絃越調喧，秦樓楚館郇香飫。五陵年少競豪華，夜夜瓊筵此坐花。一曲纏頭金浪擲，連聲喝雉興彌賒。舞酣狐步燈回暗，歌囀鶯喉月照斜。銅漏滴殘猶喚酒，更籌報曉始還家。日逢澣沐尋幽趣，良友輕車新界遇。白酒黃雞元朗墟，獵裝騎服青山路。玲瓏別墅築巖阿，曲折飛橋臨水埗。夾道平疇長稻粱，荒村小屋依雲樹。雲樹蒼茫夕照間，歸程瞬息過荃灣。路轉九龍渾在望，隔江夜色金隄上。廛間電炬列星疇，天末霞光開錦幛。仙人島上樂無央，相約公餘赴水鄉。北角泅棚連百座，東隄遊侶足千行。美人榮錫魚名字，選手新裁泳服裝。同羨鴛鴦看戲水，微聞溱洧詠褰裳。蘭亭韻事同修禊，海國風光此擅場。聞道馬場方賽馬，萬人空巷連山下。平蕪淺草騁良駒，玉勒金鞍乘健者。甲隊爭先祖逖鞭，掌聲擊碎長平瓦。貴游公子腰千金，賭注端詳擇馬心。港人稱騎士為馬心。奪得錦標贏萬貫，層樓高處百杯斟。呼羣帶醉來深院，靜聽歌鶯和語燕。翠袖搖花靨絳唇，蠻腰拂柳揮紈扇。影壇歌院地相連，銀幕初開雜管絃。齣齣畫圖傳妙肖，雙雙蛺蝶舞翩蹮。歡場日夕煩肝腦，今夜言歸宜及早。酩酊回車醉欲眠，嬌妻迎屣爭相倒。東鄰西舍悄無聲，枕畔晨雞喔喔鳴。起望市廛人麕集，茶樓燈火透窗明。茶樓博士多於鯽，一盞清風生兩腋。暢逞談鋒四座驚，新嘗食譜千方覓。座中工匠紛無數，輒值晨興勤本務。隨意朝朝茗一甌，抽閒日日廬三顧。年來島上倍繁華，逋客平添萬數家。隱士避秦逃世外，名流浮海至天涯。天涯淪落萍蹤寄，躑躅長安居不易。立館授徒勉治生，變夷用夏時關意。瓜廬座滿客論文，荔垞門盈車問字。瓜盧乃陳採花子勵之別墅，荔垞即賴侍講際熙之別號。文物如今重舶來，詩書漸覺輕屏棄。羣賢洛下偶相逢，吟社歡聯李杜宗。客邸集招文酒會，講壇歸去打詩鐘。人生行樂隨遭遇，疏食曲肱尼父趣。夢繞鄉關夜夜心，陰成桃李株株樹。人人海國樂堯天，回首塵寰遍燧煙。不信桃源真此地，池魚殃及想當然。穿山忽鑿防空洞，列戍縱橫貫錦田。錦田，鄉名，位在新界。避彈短垣森櫛比，防江小壘障堤邊。強教胡婦離夫婿，肅勒紅巾整鐙鞭。肆中糧糗由官賣，戰費寬籌增稅廨。礦隊增援甲仗新，笳聲伴奏杯蛇駭。指試演空襲警報而言。移民設局布新章，攘往熙來領證忙。鯉門月落潮聲急，香海寒生劍氣光。公歷歲時逢臘八，忽振軍聲嚴肅殺。城頭彈落震春雷，島際機翔迅秋鶻。赳赳倭軍深圳來，玉樓士女夢初回。追奔直搗尖沙嘴，乘勝先登北角隈。猛士嬰城睜綠眼，將軍棄甲笑于思。田橫五百殉孤島，項羽八千圍古垓。億眾紅鬚皆氣餒，一時黃裔喜頭抬。浹旬港內闐鼙鼓，鉅炮轟煙彈飛雨。大勢棼紜治亂絲，羣情惶駭談虓虎。萑苻竊發掠通衢，財物窮蒐及貧窶。晝憫華洋皆難民，夜愁廛肆無寧宇。一片降旛表服從，請成有約定初冬。昔為盟國今為敵，敗若馴羊勝若龍。香港九龍分咫尺，航程百里渾相隔。過江還似弄潮時，爭渡多於看馬客。冷而凄風一葉搖，江頭景物總蕭條。欹傾岸側船多覆，零落環西土半焦。瓦礫乍疑琛貨積，旌旆錯認舞衣飄。殷商在昔何其眾，一旦黃粱醒好夢。身懷尺璧懍愆尤，庫滿兼金憂餒凍。刧後餘灰那忍看，雪中需炭憑誰送。從今秩序許翻新，負販居然半玉人。巷曲錫聲增宛轉，爐邊酒味出香醇。香醇有酒愁難解，米價量珠無處買。餓莩縱橫滿道途，流尸飄蕩浮江海。壺漿簞食果何圖，大旱雲霓望復蘇。不羨軍聲同律列，竚看政事樹蒲盧。詎知王道功無近，況際干戈條理紊。樂土須從苦海航，武陵未許仙源問。道旁羣丐自號呼，力竭聲嘶淚已枯。淮上飯韓無漂母，蘆中喚伍渺漁夫。善堂春至花無主，醫院朝來幕有烏。性命鴻毛誰復惜，百般求死餓寒迫。墜樓爭效石家姬，投水紛從楚騷客。別有携男挈女兒，奈無鄭俠繪流離。山頭露宿悲途遠，道左風餐泣路歧。日暮更遭強暴掠，囊空莫療婦兒飢。竄身荒谷家何在，落魄遐陬事可知。纔脱蔚羅近鄉井，又看閭里遍瘡痍。傳來消息從親黨，僑眾歸心增悵惘。百計難為口腹謀，三章易觸禽魚網。愁城久困苦難禁，回首家園淚滿襟。蜀魄啼殘歸未得，雲山迢遞大江深。颯颯金風旅雁過，艱難歲月緩投梭。登山那復尋孤竹，出畫何須效孟軻。柳下不卑官職小，秦庭忽訝客卿多。幾人臂曲纏鑾帶，到處書聲誦呂波。聖戰並行經濟戰，府中圜法須臾變。萬千富室慼愁眉，億兆新鈔充市面。求勝遑論百姓艱，理財先予三軍便。心危同謂患方深，踊貴依然屨非賤。胡賈欷歔尚滯留，眼看巢覆淚交流。心甘左唾遵耶訓，頭戴南冠識楚囚。遠隔重洋家萬里，釜魚幕燕差堪擬。當年談笑生黃金，此日行藏同處子。自我南來受一廛，權從捆織十餘年。暗將冷眼窺蠻觸，恥運機心逐蟻羶。展足強臺甘落後，愴懷浩刼倏當前。春江憶昔飄張錦，三五閒鷗相對飲。芻狗羣生老氏經，滄桑一瞬盧生枕。君不見皓月江天一鑑懸，相逢易缺本難圓。塘西寂寞瓊筵散，依舊爐峰翠掃天。

後香江曲有序

民國三十一年，余著〈香江曲〉一篇，自香港繁榮盛極之時至英人敗退日軍佔領之際，敷陳其事，感慨繫之。日治時代歷三年又八閱月，其間政令之苛殘，民生之凋敝，盟軍之轟炸，地方之糜爛，與夫僑民生活之慘受威脅，余始終在港身受而目覩之，乃據事抒情，發為歌詠。藉垂紀載，長留痛定之思；不盡低佪，用續待焚之稿。

爐峰落木氣蕭蕭，賸水殘山土半焦。自揭干旌飄旭日，空餘傑閣聳層霄。閭閻闤闠俱零落，祇有倭兵如雀躍。寶劍雄冠武士風，錦裘跨馬征夫樂。樂莫樂於初受降，桓桓赳赳遍香江。中荷英美無前敵，菲緬泰越皆盟邦。更有南京偽國府，死生相誓同甘苦。搆成東亞共榮圈，認作神州安樂土。樂土原來地獄同，江頭治跡見纖洪。政刑不減申商酷，號令還逾闖獻兇。恃勢作威違作福，冤情紀罄南山竹。夙知親善假心腸，盡露猙獰真面目。百萬居民雜夏夷，老羸溝壑壯流離。街頭影絕紅鬚漢，巷曲聲喧木屐兒。木屐聲聲來復去，區名春日增蕃庶。可憐玉壘燕歸來，每見鵲巢鳩佔踞。海國風光頓改觀，桃花人面無尋處。匯豐廣廈最煇煌，大纛旂開督部堂。座撤金冠英后像，壁題聖戰大文章。文章盛紀皇軍事，戰績躊躕胥滿志。自誇匡合駕桓文，尤詡縱橫聯德意。伐罪由來重弔民，如何以力不行仁。萬邦和協欺聾瞽，四載橫行泣鬼神。生殺無端憑喜怒，哭聲並作家而路。科條不必近人情，刑賞何須依法度。琛貨如山盡入官，商民血本頓時乾。軍鈔濫發恒沙數，稅制繁興野草般。籍沒簽封紛旦暮，四民手足渾無措。居然胠篋效穿窬，權使司農資挹注。指擅開各銀行中之私人藏寶箱掠取財物而言。戰士軍前半死生，將官幕後唯賄賂。因粮於眾養三軍，暴斂橫徵駭聽聞。居賈行商誅什五，飢餐喝飲稅三分。當時營業溢利稅抽百分之五十，而飲食稅則抽百分之三十。三分什五何曾足，雜賭洋烟害尤酷。悞入迷途日以多，忍看蕩產踵相續。理財欲罄鄧山銅，止渴甯辭鴆酒毒。從此民生更窘窮，嗷嗷四野徧哀鴻。民財已逐硝烟散，市況何堪禍水衝。宋帝臺夷春草綠，龍城秋晚夕陽紅。情陳莫謂華元妄，圖繪誰如鄭俠工。戰禍灾荒曠千古，僑氓恍惚魚游釜。一衣售價動盈千，升米值銀踰百五。同受飢寒並脅驅，更無濕沫相濡煦。亂邦生命等沙蟲，苛政淫威逾猛虎。火熱何堪更水深，盤空鐵鳥類兇禽。殺機遍佈東西岸，唧石時聞下上音。片瓦不全莊士道，零肢亂墜薄扶林。晴空霹靂寒心胆，碧血模糊濺丈尋。記得轟轟山嶽動，幾人痛定還思痛。嚴城刁斗不堪聞，故里桑麻期可種。挈婦將雛挾旅囊，投官檢疫萬分忙。詎知倭俗偏甘糞，故向行人強褫裳。十日犇馳求墨敕，當時離港回鄉者必須檢糞及打防疫針，各種手續具備，後方得領取歸鄉証或渡航証，往往留難一二月之久，而不得成行。百般淩辱及紅粧。粵人認作生平恥，倭吏資為罔利方。幾度來鴻和去燕，政情斗逐軍情變。任教掩耳欲鈐偷，其奈捉襟先肘見。浩浩澄江水有雷，漫漫長夜燈無電。商廛冷落車馬稀，圜法紛紜泉貨賤。梗道不容稗海通，郵筒悉聽殷生便。遙聞鼙鼓震三邊，忽訝楚歌臨四面。寒暑相推八月過，西風狂急海揚波。軸心寸斷前車覆，鉅掌孤鳴大勢訛。艦隊悉殲幾內亞，軍威迭挫密芝那。笠原島接中途島，拱衛東京無限好。敵騎長驅渡洛河，函關不守無豐鎬。兵臨城下迭攻堅，電掃海疆如拉槁。鉄桶皇都感動搖，彈丸香島添煩惱。強徵少壯及工商，故振聲威增壘堡。三國宣言白馬刑，四強協力黃龍搗。一朝狼狽辱羊牽，滿地猢猻隨樹倒。魚貫艨艟入鯉門，沙陀兵馬復稱尊。天旋地轉湔前恥，雨覆雲翻報夙冤。萬八倭軍同屈膝，三千俘虜返驚魂。湖山此日歸前主，刼火何時沒燒痕。政制改絃先幣制，也知急務從施濟。抑平糧價救生靈，廢棄軍鈔同屣敝。窮寇倉皇劇可憐，邦人損失難為計。奔狼突豕盡羈囚，社鼠城狐咸瘞殪。爆竹喧天此一時，僑胞重覩漢旌旗。欣知勝算歸盟國，喜見降旛豎島夷。鑄像酹勳金萬鎰，呼羣祝捷酒千巵。止戈一旦誰之力，格致鑽研臻奧域。禍首天教服上刑，儔人心遂通神識。彈投原子響蓬瀛，宇內陰霾遽廓清。弱水此時人可渡，香江今夜月重明。八年擾攘妖氛靖，百感低徊噩夢醒。我效詞人詩作史，紀將前事續吟聲。

送慈博夫子港變後回穗

香江復得拜康成，三載追隨飫舊情。貨殖自慚端木智，經筵重聽泰泉聲。桃源此日遭秦火，珠海何時睹漢旌。歸去社齋理酧唱，管教鷸蚌自紛爭。

以上選自《現代詩選》，香港：友信印務局，一九五六

伍憲子

聞道和平

收薊傳聞足放歌，況生今日喜如何。修羅擲彈天空遁，餓鬼爭糧地獄過。念佛與誰尋淨土，登仙無處望銀河。正逢絕路難為計，報道休兵已議和。

選自《碩果詩社第一集》，香港：復興印刷所，民國三十六年（一九四七）

《人道周刊》編成感賦 戊子元旦。

揮金結怨費精神，何事焦勞自在身。為憫眾生淪大刧，敢將人道委輕塵。眼前火海魚龍幻，亂後荒城草木春。文字失靈天定悔，急驅時代轉風輪。

選自一九四八年香港《人道周刊》（創刊號）

論詩八首

其一

詩以道性情，溫柔顯敦厚。溯源三百篇，此意誰能否。

其二

有時逾正軌，嫉惡例當嚴。取彼投豺虎，鋒芒透筆尖。

其三

魏晉至南朝，肉厚嫌無骨。我獨取阮陶，摸得言中物。

其四

李杜大如海，誰能蹊徑尋。可憐門外漢，偏學盛唐音。

其五

近體玉溪生，古體臨川集。少時最服膺，到老勤溫習。

其六

閒散陸放翁，大小事寫實。下通村俗情，是深刻非率。

其七

斧鑿痕太露，雕琢非工詩。領略自然趣，性情人自知。

其八

最難得境界，深沈細密思。胸中羅萬象，熱淚蘊情癡。

聞陳布雷之喪

往日長沙策治安，文章餘事犯顏難。應知得國求師友，安用憂時見肺肝。鴻雁哀鳴宵雅廢，江山愁對夕陽殘。奉天草詔今成夢，黨義千篇墨未乾。

#《碩果詩社第二集》序

人生意義在營養體魄，發展德能，陶寫情性，三者缺一，人生意義失焉。體魄必須營養，夫人皆知。德能之發展，則中外古今賢哲英傑所成就，各視其量之如何定焉。此見於事業者也。情性為德能基本陶寫之工具，至多所嗜不同，所趨自異，文藝其一端耳。詩在文藝領域中占一部分，而德能偉大之聖哲英傑，每不能忘餘事作詩人，亦人生意義中極饒興趣之一事。

香江之有碩果詩社，其緣起既於第一集說明之。忽忽二年，一百期又滿，同人等喪亂餘生，所為何來？海外豈有桃源？黃金不擲虛牝。抱殘守缺，無此癡心；扢雅揚風，未逢盛會。學灌夫罵座，則無需乎文；效秀才吟詩，終難免於虎。是亦不可以已乎！然而天地中聲發於自然，行乎其所不得不行，無所為而為之者，情性也。情性之所安，則風雨如晦，雞鳴不已。同人等皆有職業，固非玩世不恭；自發樞機，更異因人作嫁。每逢期會，到者恒十數人，思想自由，別有天地。當其靜寂，集體凝思，精神貫通，偶得佳句，南面王無以易也。詩鐘之作，亦關性情。喜空靈者自空靈，好典實者自典實，不必一定有寄託，而性格總流露焉。香焚縷斷，錢落盤鳴，陳跡無須規規時刻，自不逾越遊戲也，幾於道矣。今時局緊張，萬流趨壑之際，同人等尚逍遙閒逸，為此不急之務，樂而忘疲，語其懷抱，真是萬鍾於我何加然！一鐘之得，則拳拳弗失，由此可證一字之運用，百出其途。各自滿而不爭，是豈小道哉？

第一集之刊在丁亥中秋，當時社友二十六人，姓字已見於前集。最近則有新加入者，亦有已有離港者。同人等行蹤雖聚散靡常，而兩星期之集會，風雨不愆，歷四年餘矣。第二集之刊，是將五十一期至百期稿公選者。今將刊成，同人等囑憲子為之序。憲子不文，媿無以達同人意也。然修養為事業根本，文藝為修養之一目，人生豈徒為飽食煖衣，終身做金錢奴隸，不得則爭，得則滿足已哉？思想自由，是人類天性，世界文化進步所必需也。碩果社其大海波瀾之一漚乎？願覘文化者毋忽之。己丑仲夏伍憲子序於九龍。

以上選自《碩果詩社第二集》，香港：復興印刷所，民國三十八年（一九四九）

李景康

奉陪荔垞師遊九龍宋王臺兼訪厲人山居

片雲亂石出，孤鳥寒林還。野草入天末，清江明遠山。古人獨不見，巖壑空躋攀。闃巷郊原外，荊扉鷄犬間。先生有道者，白髮猶朱顏。讀易來玄鶴，添香勞綠鬟。追陪歸舊徑，回望掩重關。

選自蘇澤東編《宋臺秋唱》，一九七九年香港影印民國原刻本

香港亂後弔宋皇台遺址

壞空已證牟尼論，成住徒思輦路塵。遺迹幾經滄海變，荒臺重歷刦灰新。蘼蕪尚厄鰕夷禍，片石難留帝子魂。一度登臨一回首，翠華誰問水之濱。

選自《碩果詩社第一集》，香港：復興印刷所，民國三十六年（一九四七）

韋汪瀚

香江亂後弔宋皇臺遺址

山河破碎剩荒臺，易姓移朝事可哀。帝子蒙塵終不復，倭夷肆虐更相摧。生靈十萬淪塗炭，壁壘千重付劫灰。惟有野花依舊好，風前惆悵向人開。

選自《碩果詩社第一集》，香港：復興印刷所，民國三十六年（一九四七）

海島淪陷後和偉伯

老去聞鼙鼓，經年戰伐中。有情悲水逝，無淚哭途窮。仰視浮雲白，閒觀落照紅。天機如可悟，得失總成空。

選自《碩果詩社第二集》，香港：復興印刷所，民國三十八年（一九四九）

陳荊鴻

題「海山埋碧圖」

辛巳冬，日軍陷香港赤柱，入踞聖士提反學校。教授譚元博被執不屈死。後五年葉遐庵為作「海山埋碧圖」哀之，而囑余繫以詩。

事仇逃寇此時情，疇復臨危一死輕。絕歎書生甘鼎鑊，猶留正氣愧公卿。經年宿草成寒碧，去日樓臺尚晚晴。同卻九州憐未見，怒濤如為不平鳴。

選自《碩果詩社第二集》，香港：復興印刷所，民國三十八年（一九四九）

馮漸逵

甲申元旦感懷

其一

當年明祚付東流，花甲匆匆歷五週。報國何時嘗越蓼，咬文無用事吳鈎。風塵老我誰青眼，歲月欺人倍白頭。酒熟酴酥留有待，黃龍痛飲或澆愁。

其二

破巢試問卵誰完，隱痛都難與俗言。紫燕何依棲古木，黃花瘦盡寄蕪園。吹塵休懟風無力，介壽空思酒有痕。一事喜燃心爆竹，似聞捷報大春元。

春日宴天風吟社

天風吹來何浪浪，士氣對之增激昂。竊取斯義名吟社，筆鋒墨盾俱飛揚。社員唐公揭竿起，集團未久丁春陽。太和之氣回大地，東山習習融冰霜。爾時天運剝而復，人人眉宇生英光。痛飲黃龍思預祝，況值玉缸春酒香。消寒會啟薦酴酥，時哉此舉不愆忘。蔬筍豬魚咄嗟辦，熱烈談話圍爐旁。老少士女殊濟濟，議論恢張作有芒。聯吟戲效柏梁體，暢叙幽情詠且觴。陶然不知白日暮，意氣直欲淩風翔。忽聞動地黃竹歌，轟醉之餘心盡傷。一杯飛向碧翁奠，願天從此掃欃槍。

慶祝世界和平

佳兵終局果如何，徒令乾坤瘡痏多。晝角有聲驚匕鬯，蒼生無淚哭干戈。曙光乍露天初醒，妖氣潛消海不波。四野哀鴻應破涕，饕軒同聽凱旋歌。

原子彈

昊天太不仁，眾生視如蝗。生之復殺之，兒嬉乃至此。無端科學家，絞腦日剖理。分析窮毫芒，有物曰原子。語小莫能破，肉眼如何視。中含鈾與鐳，發熱力無比。我本門外漢，胡能辨原委。炸藥誰發明，作俑諾貝爾。卽此干天和，殺人況倍蓰。一事偏快心，東洋饗蛇豕。笑彼螳當車，謬言滅英美。英美不可滅，京濱已如燬。鐵鳥銜彈來，空中火花起。到地了無聲，河山立摧毀。人物化灰埃，縱橫數十里。廣島復長崎，今成羅刹市。一鳴果驚人，倭奴野心死。寰球相歡呼，戰爭屹然止。天生和事老，威力難思議。安得三千枚，世界執牛耳。

碩果社五十會雅集

結社危城中，吟風斷而續。隙駟其不留，轉眴百來復。客港廿年來，文酒久徵逐。軒然起大波，烽煙遍南陸。詞人紛避秦，白龍孰魚服。乃有魯靈光，宣城與山谷。謂謝焜彝、黃偉伯。牽帥伍文定，謂伍憲子。采葑兼及僕。四皓蝨商山，重組隻鷄局。碩果擬嘉名，夜郎非自足。吁嗟天地閉，晨星餘煜煜。不食等匏瓜，生機尚潛伏。天心果見憐，鰕夷終敗衄。行者翩然歸，西窗再剪燭。舊雨今雨來，懽然訴衷曲。濟濟盈一堂，扶輪仗耆宿。中興五十期，金禧效西俗。後果日蕃滋，稱觴今預祝。

以上選自馮漸逵《馮漸逵先生詩存》，一九六六年香港刊本

黃偉伯

五月十日胡少蘧餞余於中華酒家，席上賦此為謝

其一

畫樓特地置壺觴，餞我征驂出海疆。醉臥筵前君莫笑，此行萬里道途長。

其二

搦戰師強酒戶洪，千夫辟易自豪雄。塵寰人海經多少，低首胡公拜下風。

選自《正聲吟社詩鐘集》，香港：福華印務承印，民國二十一年（一九三二）

日人毀九龍城外屋宇闢作飛機場

拄杖徘徊左右望，漫天塵土逐風揚。此時鬼哭神號處，昔日男懽女愛場。楊廟幸能延歲月，宋臺

茲亦感滄桑。毀宋王臺。儼然地震新遭刦，滿目縱橫瓦礫岡。

乙酉五月廿一日組成碩果詩社，賦呈焜彝、憲子、漸逵三友

天風吹已散，碩果幸猶存。一任滄桑幻，惟知孔孟尊。濂溪蓮繞宅，靖節柳垂門。寧學匏瓜繫，朝朝自灌園。

七月廿五日，眼見日軍投降，英人接收香港，記以詩

其一

茹苦含辛記昔時，説來涕淚欲交洟。經書教授勞心血，薪米綢繆白髩絲。闊別親朋無尺素，哀傷身世有詩詞。古稀恰屆遭兵刦，猶幸精神尚可支。

其二

籠城四載作詩囚，飲食興居不自由。往事思量如大夢，一朝解脱釋煩憂。山中日麗扶吟杖，海上

風清理釣鈎。老見昇平眞幸事，今年七十有四。賢於南面作王侯。

己丑初春，碩果社同人假沙田逸園攝影

九龍碩果社，成立已五年。朋簪初締合，僅得五人焉。倭寇降旛舉，香島熄烽烟。文人漸趨集，聲氣喜同聯。舊雨復今雨，壇坫萃羣賢。悠悠閱四載，滄桑幾變遷。絃歌仍演習，杯酒共流連。馬齒日以長，尚為俗冗牽。萍踪本無定，眠食各一廛。胡能常聚首，笑語共纏綿。己丑開新歲，花木正鮮妍。遲遲春日麗，相約游沙田。逸園板橋上，攝影留鬢髯。彷彿修褉事，繩武右軍躔。搦管述巔末，鴻雪志因緣。

以上選自黃偉伯《負暄山館十五省紀游詩鈔》，香港：仁記印務館，一九五四

《碩果詩社第一集》序

蟄居香海凡十餘年，恒與朋輩唱酬為樂。惟自天風社解散，而後雅會不常，詩聲久輟。一日

謝焜彝、馮漸逵二君同過敝廬，入門即曰：「艱困韶光，何以遣此？」余曰：「排遣之方，莫如重結詩社。」二君韙之。余遂披衣而出，偕二君往訪伍憲子，以組社事告之。憲子首肯者再，又介其戚陳介行入社。

越日，假憲子寓齋為首次雅集之所。因時局之不靖，詞客之雲散，蒞會者寥若晨星。爰以「碩果」二字名社，非自矜也，蓋有感也。兩月以後，乃得沈仲節欣然參加。再歷數月而寇氛告靖，招量行、李鳳坡先後歸自濠鏡、曲江。舊雨重逢，聯翩蒞社，詩友已達八人矣。繼而諸友互相作介，又不期而集者，凡十餘人，遂有今時之盛況。

余因之而重有感矣。夫詩者，言志之作也。曰辭、曰賦、曰倚聲、曰詩鐘，則又詩之支流餘裔，遞嬗而演變者也。除鐘句為消閒之具外，餘則莫非有觸而發。其為言志者一也。苟有是志焉，得人人而道之，故形之於詩，託之於吟詠，乃同聲相應，同氣相求，有不期然而然者，豈非心靈之感召，出於天性自然者耶？孔子曰：「詩可以興，可以觀，可以羣，可以怨。」夫詩社者，用羣之義，以文會友者也。羣之所在，而興觀與怨隨之而發。其有所作，則遭時之隆替，學術之高下，後人皆得而覘之。蓋各達其言，各歌其事，不能自掩，亦不自知其工拙也。

今屆五十期矣，詩稿之叢積既久，同人之行蹤靡定。因與社友醵資付梓，以志香江一島遭時喪亂，朋儕萍聚之緣。所謂自鳴天籟，不擇好音，豈欲與海內詞宗較一日之短長也哉？民國三十六年中秋日，順德黃偉伯序於九龍塘。

選自《碩果詩社第一集》，香港：復興印刷所，民國三十六年（一九四七）

謝焜彝

論詩絕句

古詩何清真，為不矜詞藻。我志能盡言，無邪便是好。

沙田逸園同人雅集留影

花風拂面柳條新，沙田沿路多遊人。商量綠野開詩會，挈榼攜壺共踏春。逸園樓閣排林麓，水繞山環風景淑。衣香鬢影客如雲，四圍白酒黃雞局。把酒憑闌望欲迷，馬足車塵東復西。人事自忙山自笑，禪房清磬度雲谿。賞心樂事難常見，悟識浮生如夢電。君不見窗南惘惘望夫山，圃後煢煢安老院。牛羊日夕下山巔，隱隱江村起暮烟。牧笛漁歌聲漸遠，晚風林籟送歸鞭。勝游未可無題誌，留影畫橋聯雅誼。己丑丙寅辛巳申時，禺南謝氏焜彝記，行年七十又添四。

選自《碩果詩社第二集》，香港：復興印刷所，民國三十八年（一九四九）

潘小磐

瓜廬 東官陳子礪故居。

古城憑弔後，輒復過瓜廬。元亮空留井，遺山但著書。風詩彌史闕，野服遂吾初。淒絕巾箱盡，樞榆下世餘。

至日，隔江望大角咀、荃灣兩地大火

烈火烘烘照江滸，黑龍上天矗雙柱。烟燄高於大帽山，斜抹爐峰捲林楚。飛鷹不下日為曛，夾江十里彌黑雲。樓臺灰燼蟲沙化，霹靂礮聲猶慘聞。平昔旌旗蔽日月，大船小船舳艫接。於今一水餘寒煙，鐵鎖橫江斷舟楫。身際亂離事百難，肝腸雖鐵淚暗彈。菜羹沙飯過至日，縱有雞豚難為歡。

十一月十六日過中環被炸處

破瓦頹垣此刼痕，熙攘誰省弔頻冤。道邊負販還成市，戰後人家盡閉門。塵草敢矜殘孑命，蟲沙疑有故人魂。狂來反服湯王識，解毀飛車絕禍根。

十二月念三夕，方子招同荊鴻、肇鍾、簡能、居霖小集半山寓舍

海上棲遲雅故稀，今宵難得接清暉。兩隄鐙火纔通霧，滿院桐陰亂颭衣。世味熟參嫌酒淺，古人不作歎詩微。高歌只可酬猿鶴，休共時流較是非。

以上選自潘小磐《餘菴詩草》，一九七四年香港刊本

《碩果詩社第二集》序

風雨晦冥，人間何世？刑天舞戚，銅仙人語。詩書逐於牆壁，衣冠坐於塗炭。相公愛高驪之

舞，閭巷淫鄭衛之聲。紀綱廢，人倫滅，世變至斯極矣！士有外榮利，齊得喪，抱瑾瑜以自重，屣軒冕其如脫。嘯歌茅簷之下，伊吾蘿谷之中。其志潔，其懷悲。窮則獨善，驚網羅之在天；老當益壯，作湛盧之去國。用綺之儔歟？嵇阮之侶歟？

爾乃斗南星聚，月裏槎浮。豹文隱霧而猶章，龍泉渡津而必合。聲氣之感，結為古懽；絕續之頃，存其墜緒。幼安皁帽而至，香山白衣而來。社仿月泉，亭希野史。坐觀時變，聊附月旦之評；自鳴天籟，咸本風人之旨。笙磬之協，忽逾四稔；文酒之敘，遠及百會。猗歟盛矣！

夫詩以言志，歌以永言。或緣情而作，或佇興而就。綺旎則西崑託體，淒涼則東武名篇。又或刻燭半寸，籠袖八叉。為蜜官吟，鬥羊角對。莫不海潮助其豪思，山月結其高韻。日居月諸，積稿成帙；往當大衍，曾付開雕。茲復紬漢上之新製，比樊南之乙集。五十知非以後，庶幾寡尤；百年大齊之數，彌以自勉。享猶珍於敝帚，藏敢望於名山？

余於茲復有感焉！當夫星言夙駕，日中而至。履舄喧闐，詼諧雜作。喁于互唱，高下寧介於心；觥籌交錯，賓主胥忘乎跡。託同岑之契，極一時之樂。顧人事牽率，嘉會靡常；祖帳忽張，川塗遂阻。胡馬越鳥，各殊其趣；滄波白雲，曷寫所懷。加以黃鑪之哀惻其聲，牙琴之慟鬱其念。手此一卷，則穆如清風，鏗爾鼓瑟。鈞天之樂，彷彿耳聞；瑤池之會，儼然身接。拳拳故誼，眷眷清遊。謝莊所謂敬佩玉音，復之無斁者，其在斯乎！

磐少傷失學，長靡所成。非有晦庵之賢，眉山之譽。而文定許為老友，永叔讓以一頭。使得附汐社之榮光，聆吹臺之逸韻，何其幸也。更承豫章之推，囑擬玉臺之序。竊欣驥附，敢辭騶引。嗟嗟曠劫無極，洪流際天。如披禹鼎之文，望古遙集；更取湯盤之語，苟日又新。己丑首夏順德餘庵潘小磐謹序。

選自《碩果詩社第二集》，香港：復興印刷所，民國三十八年（一九四九）

何古愚

戊子四月十四日荔支園泳塲開幕夜，偕諸友往觀煙花，即目成詠

其一

久廢郊行負一春，夏炎空自惜芳辰。寧知清興聯裙屐，別有風光在水濱。樂土佯狂無夜禁，坦途奔逐有飈輪。荔園舊是頻遊處，指點何勞更問津。

其二

水嬉真覺擅龍城，激浪浮沈徹夜聲。燈火熒煌星萬點，烟花炫耀月三更。一宵知費金錢幾，薄海渾疑玉燭明。最是狼烽傳遠驛，關山回首不勝情。

《變風集》序

《變風集》者，諸同志唱酬之作也。丁丑而後，國亂如麻，朋儕之避地海隅者，舊雨重逢，驚

疑隔世，以結習之難忘，傷時念亂，往往一寓於詩。由是唱酬殆無虛日，高丈奎吾更雅意裁成，遙相應和，流風未泯，輒復忻幸。

去秋高君澤浦感聚散之靡常，慮篇章之易佚，屢屬彙錄付刊，俾人手一編，如相晤語。紛紜人事，愧未有以應也。今春，余既輟講席，端居多暇，始克從事編校，諸凡觸犯時諱者概從刪削，得詩僅如干首。而陳丈菊衣、廖師伯魯、家叔直孟先生復多所增益，篇什頓富。獨林君岳軍以越在蒼梧，迢遞郵筒，稽延莫致，故初輯之成，著錄者九人而已。

嗟夫！世變之亟至今日而極矣。天方薦瘥，其何能淑，不得已託〈出車〉、〈杕杜〉於〈民勞〉、〈板〉、〈蕩〉之者，此不變而變者也。思鷄鳴不已於風雨如晦之日，此變而不變者也。變者其風，不變其度，余雖譾陋，知所勉矣。編既竟，輒弁數言於簡端。庚寅三月望日，南海何古愚於香港客次。

以上選自何古愚編《變風集》，一九五〇年香港刊本

廖恩燾

虞美人・抵香港舟中感作

隔江喧徹夷歌舊。雨洗青螺岫。依然落日照旗紅。一墖摩空靈刼幾曾鍾。香港陷落，日軍改摩天嶺上旗壘為墖，命名鍾靈，英軍克復，以拆費過鉅，尚未毀去。　萬星鐙引鸞簫墜。吹破癡龍睡。未應銜恨割珠厓。不割珠厓無此好樓臺。國內兵刃相尋，萑苻徧地，留此一隅乾淨土為吾民將息，臥榻旁遂不得不容他人鼾睡，抑亦可哀也夫。

西江月・春游二首

其一

二十年前別去，三千里外歸來。太平山上杜鵑開。山在太平何在。　散盡石塘鶯甏，是處昔為妓院。賣殘鐙市兒獃。為文憑弔宋皇臺。那可勿論成敗。

其二

樓起仙山有閣，風收宦海無波。一灣淺水浴嫦娥。淺水灣浴場。側竟裸裎於我。　漸見游人雜遝，微妨老子婆娑。鯉魚門對小坡陀。得酒且圍花坐。

以上選自廖恩燾《捫蝨談室集外詞》，香港：蔚興印刷場，民國三十八年（一九四九）

塞翁吟・閏七月十六夜約六禾、叔儔、伯端、武仲山樓小集，沮風雨，不果來，按美成韲調賦寄

颸濕窗鐙愁，翳曉色瓏璁。倚檻對，海雲東。劍玉礪芙蓉。深山流潦妨車到，吟夢那止成空。悵水隔，翠樓重。杳螺戔浮紅。　忡忡。休文瘦，圍犀褪却，臣甫老、啼鵑拜中。矧局外、棋觀勝負，感蝸正、繞壁流涎，蘚迹難封。亭柯袖底，竚待繁吹，高振歌風。

選自廖恩燾《影樹亭和詞摘存》，香港：蔚興印刷場，民國三十八年（一九四九）

蕙蘭芳引・七月十一日處暑，前人未有詠者，漫成一解，此調夢窗於清眞四聲十依八九，余則全依之

涼雨洗空，盪雲影，綺羅般薄。漫薄似恩情，嬌再扇捐淚落。暗螢甃底，暫放了，低飛休撲。只汗痕不點，粉額今無珠錯。帝赤行權，天青懸鑑，所處應確。問金井梧飄，曾否倦蟬喚覺。新鴻傳訊，到樓我約。歌吹堤，呼櫂載花移酌。

選自廖恩燾、劉伯端《影樹亭詞・滄海樓詞》，一九五一年香港刊本

陳湛銓

夜雨

來去無端一惘然，可堪風雨響春邊。自羅今古撐孤抱，應有文章屬少年。夢幻樓臺勞想像，心如木石即神仙。蒙頭省得為詩苦，出戶寧嫌笑聳肩。

別衡戡

其一

于役終何似，因詩得訂交。茶餘親受管，山半共誅茅。一笑堪排悶，羣飛作解嘲。歸來聞浩歎，憐爾尚懸匏。

其二

花鳥供吟望，江湖遨此身。有人兼有酒，憂道不憂貧。放眼誰曾省，逢時自可神。吾將行萬里，應與到龍津。

以上選自陳湛銓《修竹園詩近稿》，民國三十年（一九四一）鈔本

夜臥銷凝，詩以自解

幼安浮海更何尤，窮狀終為婦稚羞。覆國人才猶聚訟，經天河漢亦橫流。騰騰兵氣逾光怪，密密心謀且罷休。閑味范書方術傳，今宵有夢莫深愁。

遣懷

老女施容只自羞，丈夫還作稻粱謀。臨淵直擬量孤抱，合眼何嘗無九州。追夢裏春休失足，論天下事欲從頭。沉沉煩暑將銷歇，早晚欄干入好秋。

獨行

難起夷齊共海濱，側身天地定誰親。莫教懸壁輕離握，未信圓顱盡是人。獨醉自憐書甲子，一竿時欲釣乾坤。借一韵。長風高浪光天在，滿眼旌旗那見秦。

別紹弼

逃墨逃楊孰重輕，詩書功罪更難明。胸中冰炭殊恩怨，度外風波一死生。宛聽中丞喝南八，亟須孤島起田橫。王孫自有歸燕策，善事荊卿與報嬴。

以上選自《聯大文學》創刊號，香港：文化印刷所，一九五八

饒宗頤

眼兒媚・阻兵滯雨，欲歸無舟楫，徒有懷土之情，依贈別韻

驚濤拍岸霧沈山。歸棹渡良難。登樓四望，灞陵回首，不見長安。　路遙却羡楊朱泣，悲結大刀環。更堪殘月，時傳哀角，只勸人還。

選自葉恭綽《遐菴彙稿》（《民國叢書第二編》），上海：上海書店，一九九〇

《修竹園詩近稿》序

余投荒二年，落漠無所向，因棄舊所從事考証之學，移情聲律，冀得一二知好，相與慰釋於虛澹寥廓之濱，久未有合也。

庚辰秋，識新會陳君湛銓，接其言，溫然儒雅，心焉儀之。久而讀其《修竹園詩》，知其嫻習華文，頗以是自娛。喜用益投契，三數日必一見，見則未曾不言詩。君詩自義山入，而摩壘半

山，穠纖中時見勁骨，並世年少能詩者，未見其匹儔也。

比君將北逾五嶺，肄學上庠，乃以事阻，遲遲其行。一日，袖其詩過予曰：「知我深者莫若子，不可無一言。」予惟詩之為道，易能而難工，其間甘苦得失，非夫為之久且專不能測其萬一，功力之淺深與夫風格之卑亢，要與作者之志行識見相進退，非徒矜誇一言一句所能幾其極至者焉。君勤於為詩，前後所積若干首，而意猶若未厭，蓋其胸中蘊蓄固非詩所能盡囿抑。予誦其香草美人之句，輒低徊諷誦，不能自已。然頗欲其開拓境宇，於以考覽今古，上下而求索，發情思于無窮，尤於向所謂志行識見者，有以恢皇焉！體味焉！夫而後其境益大，而詩不日昌，君蓋有志乎進道之用，蓋有味于予言乎哉。以其將行，書此以為其詩序。固菴饒宗頤。

選自陳湛銓《修竹園詩近稿》，民國三十年（一九四一）鈔本

吳天任

初到香港

國府遷台，余以家累自請遣散到港謀生。

亂來眞愧此南游，世外徒聞似十洲。照眼樓臺非故國，驕人犬馬亦名流。烽煙落日銜中土，海氣經天入早秋。信美蓬萊輕一割，百年遺恨水悠悠。

香港重晤筱雲丈，別十二年矣，舊好新知，一時共會，賦呈長句，并柬仲衡、鳳坡、小磐、居霖、唯菴、簡能、荊鴻、漱石、湛銓、汝鏗諸子

十年忍說亂離蹤，但有滄波照舊容。劫外秋喧留此會，眼中人老及重逢。居夷風雅參時變，沸海笙歌散夕烽。莫歎栖栖餘數子，相期可得似雲龍。

香港晤陳湛銓，承示近詩，賦答

南來識面早相聞，雲夢眞堪八九呑。歛手詩權看汝奪，有句云「論才猶可奪詩權」。棲心人海欲誰論。千靈筆底騰光怪，一雁兵間警夢魂。各抱離騷同逐客，沉吟與答暮濤喧。

傷兵歎并序

共軍入廣州，國府原收容之戰時傷兵，盡被驅逐來港，流落街頭，扶傷乞食，感而賦焉。

海隅十月風霜急，一別亭前木葉脱。一別，亭名。跛足蹣跚淚滿襟，三五扶携路旁乞。言昔同仇禦倭寇，從戎百戰勇蹀血。八年辛苦終受降，頭顱無恙股肱折。將軍奏凱皆晉爵，論功不數創病卒。淒涼冷院寄殘生，同袍那復問存沒。秋深殺氣從北來，赤燄着處皆成灰。行都不戰一夕棄，中樞西撤珠海沸。屋底達官走不顧，殘軀半死無去處。紅旗飄空五星高，新貴意氣何囂囂。哀此無告忍放逐，饑寒流落道旁宿。戎衣未洗舊血痕，已看興廢隨轉燭。當年苦戰恨不死，餘生倒懸向誰哭。行人駐足良歎嗟，故國傷心增慘目。君不見徐淮一役殲百萬，纍纍戰骨流水斷。又不見頻年喪亂餘空村，億兆瘡痍盡塗炭。新鬼舊鬼冤相呼，遺黎命亦懸斯須。況復萬物盡芻狗，咄爾傷兵何區區。

海上

海上波濤壯，天南涕淚枯。陸沉賸舟楫，庭哭待師徒。或夢竿旗出，猶聞楚戶呼。終看蹶秦暴，剝復定斯須。

香江秋感四首

其一

起看霜露滿庭除，門外西風萬籟疎。一夕興王人盡醉，殘秋去國我何如。早傳易幟喧天死，忍待栽桑傍海居。遮莫眼前誇盛業，英雄成敗總邱墟。

其二

秋高鼙鼓颯風淒，又報欃槍指蜀西。未分危棋成敗局，可堪孤注盡殘黎。使臣昨夜通邛筰，甲楯何人保會稽。莫上宋臺瞻故國。烽烟高舉夕陽迷。

其三

太息紛紛尚道謀，覆巢忍復較恩仇。市朝左袒驚初變，冠蓋偏安訟未休。終望同心興一旅，可容失國寄諸侯。沉沉大陸行看盡，笑爾乘桴又海浮。

其四

黑水偏教赤狄來，謂他人父劇堪哀。北門鄭管知誰掌，大長蠻邦笑此才。雜種似聞充戰陣，異軍應見起風雷。十年懸目窮天變，休問胡僧劫幾灰。

以上選自吳天任《荔莊詩稿初續集》，臺北：藝文印書館，一九八一

釋月溪

戊寅春初在香港講《維摩詰經》

芒鞋破砵遍天涯，與世無爭樂歲華。偶向海濱飛錫駐，從容又自整三車。羊鹿牛三車，出《法華經》。

滿江紅・題晦思園

古柏參天，雲深處、玲瓏僊闕。翠巒上、山濤怒嘯，冷泉擊節。五畝池塘十里花，一嶺寒松千仞月。百鳥閑、弄舌柳枝頭，聲嘶竭。

蘭競芬，桂飄粒。須彌燈，維摩偈。□聲聲鐘度，娑婆千刼。沙彌貪嬾不添香，老僧解衲閒折蝨。金烏斜、映照落花飜，山寺寂。

更漏子・南北韓戰場

虎棋矗，笳聲淒。羯鼓頻催攢蹄。關月黯，塞風寒。將軍去不還。

草瑟瑟。血凝碧。鬩牆惹恨堪惜。馬空嘶，魂胡依。深閨夢裏迷。

以上選自釋月溪《月溪法師詞：附詩》，一九五二年香港刊本

作者簡介

王　韜（1828-1897）

原名王利賓，又名畹，字蘭卿。江蘇長州（今屬蘇州）人。王韜年少攻舉業，屢試不售，乃以授徒維生。後赴上海協助西人麥都思、艾約瑟、偉烈亞力翻譯西洋典籍。同治元年（一八六二），王韜因化名「黃畹」上書太平天國而被清廷通緝，輾轉逃至香港。居港協助英華書院院長利雅閣翻譯中國儒家經典。同治十二年（一八七三），與友人創辦中華印務總局。次年，創辦《循環日報》。光緒八年（一八八二），獲准返回蘇州。著有《蘅華館詩錄》、《弢園尺牘》、《弢園文錄》、《瓮牖餘談》、《遯窟讕言》等。

胡禮垣（1847-1916）

字榮懋，號翼南，晚號逍遙子，齋號厚豐園。廣東三水人。咸豐七年（一八五七）隨父來港，就讀於香港大書院（中央書院、皇仁書院），畢業後，留校任教兩年。後任《循環日報》助譯工作，並於光緒十年（一八八五）創辦《粵報》。其後應邀赴南洋，參加北婆羅洲、蘇祿國開發工作，頗有成就。返港後，加入香港文學會為譯員，更閉門著書，提倡維新改革、大同文明，著成《新政真詮》。後人統編其詩文著述為《胡翼南先生全集》。

潘飛聲（1858-1934）

字贊思，號蘭史、劍士，別署老蘭、老劍、獨立山人等。廣東番禺人。諸生。光緒十三年（一八八七）赴德國柏林東語學堂任教三年。光緒二十年（一八九四）任香港《華字日報》主筆，後曾辦《實報》。光緒卅二年（一九〇六）夏返回廣州。其後北遊京滬諸地。民初，卜居上海橫濱橋畔。南社、漚社、希社、鷗隱社、題襟金石書畫會社員。著作宏富，有《說劍堂集》（詩詞文凡十四種）、《在山泉詩話》、《羅浮紀遊》、《飲瓊漿室詞》、《飲瓊漿室駢文鈔》、《粵詞雅》、《說劍堂集》（詩三卷，詞一卷）等。

梁　淯（1861-1919）

字又農。廣東東莞人。光緒十三年（一八八七）來香港經商。能詩能畫，刻有《不自棄齋詩草》。

趙吉莽

名祉皆，號吉菴。廣東東莞人。能詩文。晚清在香港何氏山莊課徒，與潘飛聲、梁淯、蘇澤東交善。民國後，與遺老陳伯陶等交遊，有詩入《宋臺秋唱》。著有《聽濤屋詩鈔》。

丘逢甲（1864-1912）

字仙根、仲閼，號蟄仙，晚號滄海君。臺灣苗栗縣人。光緒十五年（一八八九）進士。清廷被日本逼簽《馬關條約》後，與唐景崧等在臺灣奮起抗日，失敗內渡廣東鎮平原籍。後主講粵東各大書院，並創辦嶺東同文學堂。後任廣東學務公所參議、兩廣學務處視學、廣東諮議局議員等。清末屢次來港，與潘飛聲交遊頗契。著有《柏莊詩草》、《嶺雲海日樓詩鈔》等。

何祖濂（1853-？）

字仲洛，廣東順德人。生平多次取道香港北上赴考，屢困場屋。民國元年（一九一二），移居香港。次年任教香港聖士提反學堂。工詩文，著有《碧蘿僊館吟草》、《碧蘿僊館文編》。

伍星墀（1860-1938）

名其昌，字榮賓，號星墀，一作星池。廣東寶安人（今香港新界元朗沙埔）。諸生。曾與鄧惠麟、鄧菁士等起兵反英，被補，判終生監禁。十三年後，獲釋回里，改號醒遲，設館授徒。二十年代，曾參與創辦博愛醫院、合益公司、永安社學校等，貢獻殊大。民國三十七年（一九三八）年五月病卒，終年七十九。

鄧惠麟

字儀石。廣東寶安人（今香港新界元朗廈村）。廩生。少從里人鍾詔琦遊，後從岡州李辰煇進士讀書。能詩文。英人拓租新界時，與伍星墀、鄧菁士起兵反英，兵敗潛隱內地。

梁喬漢

字斗衡。廣東順德人。諸生。光緒初，曾取道香港北上赴試。光緒二十六年（一九〇〇）任教澳門私塾，曾遊香港，有詩紀事。著有《港澳旅遊草》。又與其兄合編《昶園詩草》。

許永慶

廣東寶安人。清末民初新界沙田塾師。編有多組歌詠香港、九龍、新界之竹枝詞。

陳步墀（1870-1934）

字子丹，別號雲僧，齋號十萬金鈴館、繡詩樓。廣東饒平人。少歲攻舉業，困於場屋，後來港打理家族「乾泰隆行」之米業生意。宣統元年（一九〇八），納貲獲恩貢生。生平喜從陳伯陶、賴際熙、溫肅遊，擅詩詞，撰作甚夥，有《繡詩樓詩》、《茅茨集》、《宋臺集》詩集，《雙溪詞》、《十萬金鈴館詞》詞集。又編《繡詩樓叢書》，保存廣東文獻三十六種。

余維垣（1860-1934 後）

字介屏，一字介庵，號雪泥廬主。廣東台山人。少貧棄學習商，年十八赴美洲巴拿馬及美國謀生，後返香港營商，並再赴美國、南洋經商，二十年代後期離港返粵，計經商香港四十年。能詩文，詩頗清雅，不染俗氣，多紀遊、紀事之作。著有《雪泥廬詩草》。

楊其光（1862-1925）

字崙西，號公亮。廣東番禺人。擅詩文，尤工填詞，兼長篆刻。清末曾在香港及廣州授徒，與潘飛聲、劉伯端等遊。民初，參加海外吟社。著有《花笑樓詞》、《崙西印譜》等。

田邵邨（1862-？）

名浦源，字基泰，號邵邨、梧桐山人、桃源居士，齋號望鶴齋、新安樂窩。廣東清遠人。十七歲入先天道，後領天恩。能詩文。晚清來港宣揚先天道，光緒十二年（一八八六）於九龍大石鼓山設小霞仙院，光緒二十八年（一九〇二）於新界梧桐山開闢梧桐仙洞。民國後，於旺角築坤道堂、大埔築桃源洞，積極弘教。著有《梧桐山集》、《桃源洞詩聯集》等。

鄭貫公（1880-1906）

原名道，字貫一，別署自立、仍舊、死國青年。廣東香山人。少日東渡日本，從梁啟超遊。後任《清議報》編輯，並創辦《開智錄》，同時加入興中會。光緒二十七年（一九〇一）前赴香港任職《中國日報》。兩年後，與友人等創辦《世界公益報》。光緒三十年（一九〇四），創辦《廣東日報》。次年，創辦《唯一趣報有所謂》，並加入中國同盟會，任幹事。次年五月病卒。

岑學呂（1882-1963）

字伯矩，晚號師尚老人。廣東順德人。清末來港，與鄭貫公等創辦小報，宣傳反清革命。民國後，從政。民國九年（一九二〇）赴京，任職國務院，曾為張學良將軍幕僚。抗戰期間，任廣東省府秘書長、代理廣東省政府主席，後去職隱居香港荃灣老圍。著有《梁燕孫先生年譜》、《岑學呂詩略》、《岑學呂尺牘》、《佛學與人生》等。

陳競堂

原名常熙，名尚武，字競堂，一作敬堂，號念狂、純昭、貸粟居士，齋號克念堂、貸粟軒。廣東寶安人。清末時，曾任香港報界，其後在元朗任教學校十三年。能詩文，著有《克念堂詩稿》、《貸粟軒稿》。

馬小進（1887-1951）

名駿聲，號夢寄樓。廣東台山人。生於香港。宣統元年（一九〇九）赴美肄業於哥倫比亞大學。同盟會會員、南社社員。民初返國，擔任中華民國衆議院議員、大總統府秘書，兼財政部秘書。後南下任大元帥府參事、廣東督軍府參謀。三十年代任香港華僑學院中文系主任，並與友人合辦「南方電影制片廠」，詩文常載報刊。勝利後，曾任廣州大學文學院院長。一九五一年卒於香港。著有《夢寄樓詩草》、《知神隨筆》等，俱未刊行。

陳伯陶（1855-1930）

字子勵，號勵道人，晚號九龍真逸、九龍山人。廣東東莞人。光緒十八年（一八九二）進士，以一甲第三名授翰林編修。歷任國史館協修、雲南、貴州、山東鄉試副考官等。光緒三十一年（一九〇五）入值南書房，次年署江寧提學使及布政使。民國後，移居香港九龍，築「瓜盧」，隱居不出。民國十二年（一九二三）與賴際熙等創立學海書樓。民國十九年（一九三〇）年八月病卒香港。著有《孝經說》、《勝朝粵東遺民錄》、《瓜廬詩賸》、《瓜廬文賸》等。

賴際熙（1865-1937）

字煥文，號荔垞。廣東增城人。光緒二十九年（一九〇三）進士，授翰林院編修、國史館纂修、總纂。民國二年（一九一三）應聘為香港大學中文教習。民國十二年（一九二三），與友人創辦學海書樓。民國十六年（一九二七），籌組香港大學中文學院，擔任主任。著有《荔垞文存》。

温　肅（1879-1939）

字毅夫，號檗庵。廣東順德人。光緒二十九年（一九〇三）進士，授翰林院編修、國史館纂修。宣統年間，先後任湖北道監察御史、署四川道監察御史。民國後，積極參與各種復辟活動，曾應賴際熙之邀任教學海書樓及香港大學。卒諡文節。後人編其遺稿為《溫文節公集》。

蘇澤東（1858-1928）

字選樓。廣東東莞人。清末諸生。生平從事鄉邦文獻整理工作。民國四年（一九一五）來港協助陳伯陶編撰《東莞縣志》。工詩文，著有《祖坡吟館詩略》。後又編同人唱和之作為《宋臺秋唱》。

何鄒崖（1865-1930）

名藻翔，原名國炎，字翽高，號浦亭、鄒崖（厓）、鄒厓逋者，以號行。廣東順德人。光緒十八年（一八九二）進士，官至外務部員外郎。曾出使西藏。民初，移居香港。曾任香港學海書樓講師。編有《嶺南詩存》、《藏語》，後人編其遺作成《鄒厓先生詩集》。

韓文舉（1864-1944）

字孔庵，號樹園。別署捫虱談虎客。廣東番禺人。為康有為弟子，曾主時務學堂。戊戌政變後，東渡日本，任教大同學校，並主《清議報》。民國後，返粵授徒。後赴香港，抗戰期間卒。生平工詩文，著有《近世中國秘史》、《舟車醒睡錄》，後人編其遺詩為《韓樹園先生遺詩》。

梁廣照（1877-1951）

字公輔，號長明。早歲赴日本東京修讀法政速成科。清末返國，充任法部典獄司主事等職。民國後，曾在香港辦灌根、長明學堂。後返廣州，任教知用中學、國民大學。後人編其遺稿為《柳齋遺集》。

張學華（1863-1951）

字漢三，號闇齋。廣東番禺人。光緒十六年（一八九〇）進士，授翰林院檢討。後充國史館協修。歷任山西道監察御史、濟東泰武臨道、江西提法使等。民國後，不出，移居港澳。生平擅詩文，著有《闇齋稿》、《采薇百詠》等。

黃慈博（1886-1946）

名佛頤，字慈博，號慈溪、拜鵑道人、鐵城頑艷生，以字行。廣東香山人。工詩詞，一生致力整理鄉邦文獻。抗戰居港授徒，淪陷後返廣州任教廣東大學。著有《廣州城坊志》、《拜鵑草堂詩詞集》等。

江孔殷（1864-1952）

字韶選、少泉，號霞公。廣東南海人。光緒三十年（一九〇四）進士，授翰林編修，官至江蘇候補道。辛亥革命後，在香港經營煙草生意，並加入海外吟社、正聲吟社等。三十年代，曾返廣州定居。民國二十七年（一九三八），廣州淪陷後，避難香港，時參加千春社，唱和不綴。著有《蘭齋詩詞存》。

朱汝珍（1870-1942）

原名倬冠，字玉堂，號聘三，又號隘園。廣東清遠人。光緒三十年（一九〇四）一甲第二名進士，授翰林院編修，獲派往日本習法律。民國二十年（一九三一）任教香港大學中文學院。其後，任香港孔教學院院長。正聲吟社、千春社社員。編有《陽山縣誌》、《清遠縣誌》、《詞林輯略》等。

崔師貫（1871-1941）

字伯樾，號北邨。廣東南海人。諸生。工詩詞。南社、北山詩社社員。歷任廣東視學官、瓊崖中學監督及汕頭商業中學校長。民國後，寓居香港，任教子褒學校。民國十三年（一九二四）與鄧小蘇、區月恆等創辦養中女校。其後兼教香港大學中文學院等。著有《北邨類稿》、《丹霞遊草》等。

劉伯端（1887-1963）

名景堂，字守璞，號伯端，齋號滄海樓。廣東番禺人。早年供職廣東學務公署。黃花崗起義後來港，任教私塾。後任職華民署文案。工詩詞，早年嘗與友人創立海外吟社，晚年又組堅社。南社、北山詩社社員。著有《心影詞》、《滄海樓詩鈔》等。

勞緯孟（1874-1958）

名世選，字緯孟，號夢廬，以字行。廣東鶴山人。清末，來港任《廣東日報》、《有所謂報》等報編輯，後返廣州任廣東臨時省議會代議士。民國元年，返港任職《世界公益報》。後任《華字日報》總編輯。潛社、南社、北山詩社社員。能詩詞。曾口述歷史，編成《五十年人海滄桑錄》。

張雲飛

原名沂康，字雲階，號香海醫隱，別署雲公、雲齋。廣東南海人。潛社、南社、北山詩社社員。清末民初，年二十餘即在香港行醫。能詩文，工書畫。著有《坡公事蹟山水畫冊》、《百蘇畫冊》、《市壺隱齋詩草》二卷、《雲飛醫方》四卷。

呂伊耕（1865-？）

名紹莘，字劍三，號伊耕，以號行。廣東新會人。南社、北山詩社社員。能詩文，民初於港島堅道、鴨巴甸街設伊耕學塾授徒。

何冰甫

名琬政，字冰甫，一作凝甫、凝父、冰父，以字行，齋號信芳草堂。廣東南海人。南社、北山詩社社員。光緒三十一年（一九〇五）任職《循環日報》，創辦「循序錄」副刊專欄，兼任《華字日報》編輯。民國九年（一九二〇）任《循環日報》督印人。三十年代初，退職返鄉。

葉茗孫（1888-1943）

名翰華，號宗公。廣東南海人。光緒癸卯邑廪生。早年與友人創辦時務學堂，兼主《粵東公報》筆政。能詩文，與黃節、陳洵、黃詔平交遊。民初辦《商權報》，得罪權貴，遂於民國六年（一九一七）避難香港，在上環永樂街設塾授徒，後遷德輔道中、灣仔耀華街。間與友人結潛社、北山詩社，唱和不絕。後人編其遺詩為《葉茗孫先生詩集》。

戲　菴

潛社、北山詩社社員。

張秋琴

名琴，號闇叟、秋夢盦。廣東南海人。能詩文，尤擅詩鐘對聯。潛社、香海吟社、北山詩社社員。清末民初，於西營盤舊鹹魚街口設文武廟義學授徒，又於堅道一號設館講學。又任教香港私立梅芳女子中學。抗戰期間，仍健在。

譚荔垣（1857〔?〕-1939）

名汝儉，號荔浣，筆名憂時客。廣東南海人。優廩生。康有為之弟子。清末民初積極參與廣東商會、佛教會等社團及報界。民初擔任《國華報》、《羊城報》主筆，並撰述說部，最為矚目。曾出任廣西巡按使署政務廳長、廣西岑縣知事。民國八年（一九一九）任香港《中外新報》督印人，又任《華字日報》編輯。性喜俳諧，能詩文小說，潛社、北山詩社、正聲吟社社員，文名頗著。

聽　濤

潛社、北山詩社社員。生平不詳，疑即趙吉𦫿。

陳菊衣（1879-1967）

名兆年，字菊衣，齋號傲霜簃。廣東南海人。曾署瓊山縣知事。主《大公》、《天聲》報筆政。歷任南洋學校校長，西南、光華中學教師。南社、北山詩社、賓名社社員。著有《菊簃吟草》、《傲霜簃詞》。

楊鐵夫（1874-1943）

名玉銜，字季良，號鐵夫，以號行。廣東香山人。光緒辛丑（補行庚子）鄉試舉人，曾任廣西鎮安知府。民國後移居香港，任教中學，北山詩社社員。其後北上師事朱彊村，專研詞學。抗戰軍興，返回香港，加入千春社，頗事唱和。生平著作有《夢窗詞全集箋釋》、《吳夢窗事迹考》、《鐵城土語語原攷》、《雙村居詞》、《抱香室詞》、《楊鐵夫先生遺稿》等。

鄧爾雅（1884-1954）

原名溥，又名萬歲，字季雨。廣東東莞人。鄧蓉鏡之子，師事何鄒崖、黃紹昌。南社、北山詩社社員。擅書畫金石篆刻，工詩詞。後人編印遺稿為《綠綺園詩草》、《鄧爾雅詩稿》等。

蔡哲夫（1879-1941）

名守，字哲夫，以字行。原名有守，號寒瓊。擅詩畫金石。南社廣東分社社長。民初，來港協助莫鶴鳴打理赤雅樓。與友人聯組北山詩社、切磋書畫，後回廣州任職黃埔軍校。民國二十六年（一九三七）移居南京。抗戰期間，依附偽國民政府而失節。著有《寒瓊遺稿》、《寒瓊室筆記》、《印林閑話》、《說文古籀補》、《畫璽錄》、《印雅》等。

鄒靜存（1874-?）

名浚明，字靜存，號聽泉山人。廣東番禺人。南社、北山詩社社員。民國十年（一九二一），移居香港。年六十，汪兆鏞、江孔殷、沈演公、游金銘為之訂《鄒靜存先生六十初度徵詩文啟》。著有《聽泉山館詩鈔初集》。

莫鶴鳴

名漢，字鶴鳴，號養雲、養雲山人，齋號赤雅樓，以字行。廣東香山人。居港營商。光緒三十一年（一九〇五）任太古洋行海口代理處買辦。能詩文。南社、北山詩社社員。好鑒藏，於港島海旁東廿號開設赤雅骨董店，並聘蔡哲夫等打理業務。後來從事電影事業。

羅賽雲女史

別署雲娘。廣東順德人。南社、北山詩社社員。

張傾城女史

名洛，字傾城，別署阮兒、阮簃，以字行。廣西合浦人。蔡哲夫室。南社、北山詩社社員。

呂素珍女史

名敏蘇。廣東新會人。南社、北山詩社社員。

陳啟君女史

香港堅道宏文女校教員。民國十一年（一九二二）組織蓮社，提倡風雅，曾於《香江晚報》、《華字日報》徵詩。

杜其章（1891-1942）

字煥文，別號小浣草堂主人。福建泉州人。先世居港營商。民國後，設裕茂行商號。民國十六年（一九二七），與友人創辦香港書畫文學社、《非非畫報》，擔任社長。

鄭水心（1900-1975）

名天健，字水心，以字行。廣東香山人。畢業於廣東高等師範學校。南社、北山詩社社員。擅詩詞。早年任職香港報界，後從政，曾任中山縣縣長。五十年代，任教學海書樓、新亞書院、聯合書院等。著有《水心樓詩話》、《水心樓隨筆》、《水心樓詩草》。

黃冷觀（1886-1938）

名顯成，字君達，別字仲弢，號冷觀、崑崙。廣東香山人。同盟會會員、南社社員。早年創辦《香山旬報》、《香山週刊》，鼓吹民族主義。民初，因反袁被龍濟光囚禁五年。後赴香港主《大光報》筆政，並於各大報刊撰寫小說，極具盛名。民國十五年（一九二六）創辦中華中學。民國二十七年（一九三八）一月十三日卒於香港。

何恭第（1879-1941）

廣東順德人。世稱櫻花先生。少攻舉業，曾入權貴幕僚，後在順德授徒。曾任香港育才書社漢文總教習，並於大道中設櫻花草堂授徒。能詩文，尤擅說部，著有《櫻花集》、《苗宮夜合花》、《玉面狐狸》、《冷宮紅杏》等。

陳硯池（1868-?）

廣東新會人。民初在港澳授徒。工詩文。居港時，曾聯結天涯吟社。

羅　濂（1862-1941）

字雲翹，號勺菴。廣東順德人。民國後，移居香港設帳授徒。二十年代，轉赴澳門授徒。工詩文，著有《勺菴全集》。

廖鳳樵

名喜田，號鳳崗樵子。廣東寶安人。世居上水鄉。上水青年詩社社員。曾任上水鳳溪中學第三任校長。著有《愛樹齋吟稿》。

廖頌南

號靜觀道人。廣東寶安人。世居上水鄉。上水青年詩社顧問。

廖紹賢

廣東寶安人。世居上水鄉。上水青年詩社社員。曾任香港政府文員、上水鳳溪中學校監。

黃子律（1878-1960）

名鐘聲，字乾初，號子律。廣東寶安人。先後執教五柳、美善、達德等學校。民國二十三年（一九三四）於新界元朗創辦鐘聲學校，培育人才。晚年曾任元朗博愛醫院主席、元朗公立中學校董等。能詩文，作品甚豐，後人編為《黃子律先生自書詩稿》。

葉次周（1874-1952）

名佩瑜。廣東番禺人。工詩文。曾任教香港漢文中學及漢文師範。賓名社社員。又任香港孔教學院副院長。後人編其遺詩為《蘗錫庵詩鈔》。

黃密弓（-1944）

原名允銜，字勿庵。廣東香山人。居港任教中華中學、光華中學、中南書院、華僑中學等，自辦密弓學院。工詩文。新潛社、千春社社員。著有《莊諧集》。

葉恭綽（1881-1968）

字裕甫，一作玉虎、譽虎，號遐庵。廣東番禺人。清末民初，曾任郵傳部、鐵路總局、路政司、交通部等要職。民國二十六年（一九三七）避戰香港。在港曾組織中國文化協進會、千春社等。香港淪陷，滯居九龍。次年，轉往上海，拒受偽職，閉門謝客，以詩畫自娛。一九四九年後，供職於中央文史館。著有《遐庵詞》、《遐庵彙稿》、《遐庵清秘錄》等。

呂碧城女史（1883-1943）

原名賢錫，晚號寶蓮居士，法號曼智。安徽旌德人。清末於天津創辦北洋女子公學，鼓吹女權。民初，曾任總統府秘書。篤信佛學，終生不嫁。中晚年遊歷歐美，著有《歐美之光》。民國二十九年（一九四〇），滯留香港，寄居東蓮覺苑，釋譯佛學，三年後卒於香港。生平工詩詞，南社社員。著有《信芳集》、《曉珠詞》。

冼玉清女史（1895-1965）

廣東南海人。生於澳門。民國五年（一九一六），曾在香港聖士提反女子學校讀書兩年。後赴廣州讀嶺南大學附中、嶺南大學文學院。畢業後，留校任教國文系。抗戰時，隨校遷移來香港。五十年代，任中山大學中文系教授。後任廣東省文史館副館長。工詩畫，著有《碧琅玕館詩鈔》、《廣東女子藝文考》等。

李仙根（1893-1943）

名蟠。廣東香山人。少歲負笈日本。民國後，任孫文秘書。曾任香山縣長。工詩文，抗戰時移居香港，鼓吹抗日。著有《秋波琴館近草》、《小容安堂詩鈔》。後人編其遺稿為《李仙根日記・詩集》。

何曼叔（1895-1955）

名冀，字曼叔。廣東東莞人。光緒二十一年（一八九五）生。家貧，幼受庭訓。曾任職廣州、上海多家報社。後任星子縣縣長、貴州畢節專員公署民政科長。抗戰軍興，赴港任職《大眾日報》，主編《大眾園地》。四十年代，赴重慶，任職於僑務委員會。一九五五年病卒廣州。後人編其遺稿為《曼叔詩文存》。

黃詠雩（1902-1975）

名肇沂，字詠雩，號芋園，以字行。廣東南海人。從嚴炳漢、岑荔浦、簡朝亮遊。工詩詞。抗戰移居香港，參加千春社。著有《天蠁樓詩詞》。

黎季裴（1874-1950）

名國廉，字季裴，號六禾。廣東順德人。光緒十九年（一八九三）舉人，曾任興泉永道台。民初，曾任廣東省議會議員。後移居香港，抗戰時加入千春社。擅填詞，與陳述叔、劉伯端交契。著有《玉燊廔詞》，及與陳述叔合刊《秫音集》。

李履庵（1902-1944）

名洸，字履庵，號吹萬，以字行，齋號荊園、吹萬樓。廣東香山人。廣東高等師範學校畢業，後任中山縣第三區中學校長。工詩詞，與時人余心一、曾希穎、佟紹弼、熊潤桐並稱「顯園五子」，亦稱「南園今五子」。著有《吹萬樓詩》，編有《鳩艾山人遺集》、《李文介公年譜》等。

陳孝威（1892-1974）

字向元。福建閩侯（今福州）人。保定陸軍軍官學校畢業。曾任直隸泰寧鎮守使、陸軍第七軍參謀長等職。鄭孝胥弟子，能詩詞。抗戰時期，在港發行《天文臺》半週評論，宣傳抗戰。著有《太平洋鼓吹集》、《若定廬隨筆》、《怡閣詩選》。

楊雲史（1875-1941）

江蘇常熟人。光緒二十八年（一九〇二）舉人。供職戶部、郵傳部。光緒三十三年（一九〇七）起任清廷駐新加坡領事館二等書記。辛亥鼎革，辭官不出。後任吳佩孚將軍、張學良將軍幕府。抗戰時，南來香港，高呼抗日，以詩救國，國民政府委為行政院參議。民國三十年（一九四一）七月，病卒香港。著有《江山萬里樓詩詞鈔》、《江山萬里樓詩詞鈔續編》等。

柳亞子（1887-1958）

原名慰高，字安如；後改人權，字亞盧，又改名棄疾，字亞子。江蘇吳江人。南社社長。曾任國民黨江蘇省黨部執行委員會委員兼宣傳部長、第二屆中央監察委員。民國二十九年（一九四〇）底，自滬來港避難。四十年代後期重來香港，未幾返大陸參加建國大業。著有《磨劍室詩詞集》。

林庚白（1897-1941）

原名學衡，字凌南。福建閩侯（今福州）人。早歲肄業於京師大學堂。後來廣州，追隨孫文，任廣州國會非常會議秘書長。後任國民政府外交部顧問、南京市政府參事。抗戰時，任立法院立法委員。民國三十年（一九四一）十二月，由重慶來香港，同月十九日於九龍天文臺路為日軍所殺。著有《庚白詩存》、《庚白詩詞集》、《孑樓隨筆》、《孑樓詩詞話》等，後人統編為《麗白樓遺稿》。

孫仲瑛（1883-1953）

名璞，字仲瑛，號顧齋，別署完璞道人、阿瑛等。廣東香山人。同盟會會員。隨蔡鍔、李根源、孫文從事革命。二十年代，創辦《民國日報》。後長年追隨吳鐵城，先後任上海市政府、廣東省民政廳主任秘書、省府參議等職。抗戰軍興，移居香港。勝利後，曾任廣東省稅務局局長。民國三十八年（一九四九），重返香港。工詩文，富收藏，南社社員。著有《顧齋戰時詩草》。

陳君葆（1898-1982）

齋號水雲樓。廣東香山人。香港大學文科畢業。後任香港大學中文學院教授、馮平山圖書館館長等。香港淪陷後，與日人周旋，成功保存大批古籍及香港文獻，貢獻殊大。生平能詩詞，著有《水雲樓詩草》。

吳肇鍾（1896-1967）

字唯庵，號白鶴道人。廣東三水人。生於澳門。文武兼修，為白鶴派宗師。後來移居香港，任教中華中學，又設白鶴健身院，授武維生。工詩文，與韓文舉等結宋社。著有《白鶴草堂詩詞初集》。

古卓崙（1900-1982）

名哲，號卓崙。廣東香山人。民國二年（一九一三）畢業於廣東省立高等文科專門學校，後赴北京大學攻讀經濟科。曾任中山縣政府秘書長等。後從商，任上海先施人壽保險公司司理。抗戰軍興，隨公司南遷香港。能詩文，從黃慈博遊。

伍憲子（1881-1959）

名莊，字憲子，號夢蝶、憲庵。廣東順德人。早年從學於簡朝亮、康有為。清末任職《香港商報》。民國後，曾任北京總統府諮議。後返港辦《共和日報》、《平民週刊》、《丙寅》。並與梁啟超、徐勤待籌建民憲黨。抗戰期間，與友人組結碩果社。勝利後，任民社黨主席，並創辦《人道週刊》。曾講學於學海書樓、聯合書院。一九五九年九月病卒。著有《夢蝶詩存》等。

李景康（1890-1960）

號鳳坡，齋號百壺山館。廣東南海人。民國五年（一九一六）香港大學首屆文科畢業。賴際熙、區大原弟子。工詩文，曾任南海中學校長、香港官立漢文中學校長。抗戰勝利，參加碩果社，並主學海書樓事。著有《披雲樓詩草》、《舊夢樓詩話》，後人編其集為《李景康先生詩文集》。

韋汪瀚（1897-1972）

名蘭生，字汪瀚。廣東南海人。工詩詞。碩果社發起人。

陳荊鴻（1903-1993）

字文潞。廣東順德人。幼受庭訓，工詩詞，擅書畫。弱冠漫游大江南北，結交詩書畫名家。南歸後，歷任粵港多間報社筆政。其後移居香港，從事教育工作，並參加香港書畫文學社。抗戰勝利後，參加碩果社。著有《獨漉堂詩箋》、《蘊廬書畫》、《蘊廬詩草》、《海桑憶語》。

馮漸逵（1887-1966）

名鴻翥。廣東順德人。民國十六年（一九二七）移居香港，創辦三達學校。後任教於官立女子師範學校、漢文中學、聖保羅中學等。工詩文，為碩果社發起人。著有《馮漸逵先生詩存》。

黃偉伯（1872-1955）

名棣華，號偉伯，齋號負暄山館，以號行。廣東順德人。工詩文。民初在港營商，二十年代北上大連發展業務，與南海胡子晉共結嚶鳴社。後回港定居，亦商亦文，與友人結正聲吟社、蟾圓社、碩果詩社等。著有《負暄山館詩草》、《負暄山館十五省紀游詩鈔》等。

謝焜彝（1877-1958）

名燿倫，又字煉公，晚號隨廬老人。廣東番禺人。能詩詞。碩果社發起人。著有《隨廬詩詞集》，未見。

潘小磐（1914-2001）

號餘菴。廣東順德人。工詩文。抗戰時，居港與柳亞子等遊。勝利後，參加碩果社。曾擔任學海書樓、樹仁學院文史系講師等。著有《餘菴詩草》、《餘菴詩續》、《餘菴文存》等。

何古愚（1897-1981）

廣東南海人。少從任元熙（子貞）遊。長期旅居香港。後任教珠海書院。曾編印同人詩作為《變風集》。一九五九年，與馮漸逵、何直孟等組結瀹社。著有《何古愚先生詩文集》。

廖恩燾（1866-1954）

字鳳書，一作鳳舒，號懺庵。廣東惠陽人。廖仲愷胞兄。清末任清廷外交使節，奉駐古巴、朝鮮、日本。民國後，歷任古巴、智利、巴拿馬、馬尼拉等國領事。抗戰期間，任職偽國民政府委員。勝利後被捕，未幾移居香港。工詩文，尤擅填詞，學夢窗、美成諸家，與陳洵、朱彊村、夏敬觀、黎六禾等唱和甚密，居港則與劉伯端、林汝珩、羅慷烈等組結堅社唱和。一九五四年病逝。著有《半舫齋詩餘》、《懺盦詞》、《嬉笑集》、《捫虱談室詞》、《影樹亭詞集》等。

陳湛銓（1916-1986）

字青萍，齋號修竹園。廣東新會人。國立中山大學中文系畢業。詹安泰弟子。父兄均居港營商。抗戰時，居港度假，與饒宗頤、高伯雨、劉衡戡過從。四十年代，曾任教中山、大廈、珠海等大學。民國三十八年（一九四九）來港後，歷任珠海書院、學海書樓、聯合書院、經緯書院、嶺南書院教授。工詩文，研《周易》。著有《修竹園詩近稿》、《修竹園近詩》、《周易乾坤文言講疏》等。

饒宗頤（1917- ）

字固庵、伯子，號選堂。廣東潮安人。幼受庭訓，自學成才，編纂《潮州藝文志》。工詩詞。抗戰時期，避戰香港，結識前輩王雲五、葉恭綽，曾協助葉氏編纂《全清詞鈔》，同時與陳湛銓、高伯雨等訂交。民國三十八年（一九四九）移居香港後，曾任香港大學、新加坡大學、香港中文大學等校教授。著有《楚辭書錄》、《選堂詩詞集》等。

吳天任（1916-1992）

號荔莊。廣東南海人。任職國民政府。民國三十八年（一九四九）倉皇來港。後設中華藝苑授徒。曾任教學海書樓、樹仁學院等。工詩詞，潛研嶺南文獻，編有多種嶺南文人年譜，成就斐然。著有《荔莊詩稿初續集》、《黃公度先生傳稿》等。

釋月溪（1879-1965）

俗姓吳，號雪庵。祖籍浙江錢塘。世居雲南昆明，故自稱昆明沙門。少讀詩書，能詩詞。長而出家，雲遊四方。抗戰時曾客香港講經傳教，與粵港文人交遊，作品不少。民國三十八年（一九四九）重來香港，輒於沙田晦思園構建萬佛寺，著述傳經。著有《月溪法師詞：附詩》、《月溪法師問答錄》等。

《香港文學大系一九一九—一九四九》編輯委員會鳴謝
以下人士及單位，資助本計劃之研究及編纂經費：

李律仁先生

・

香港藝術發展局

・

香港教育學院 中國文學文化研究中心

香港藝術發展局
Hong Kong Arts Development Council

藝發局邀約計劃
香港藝術發展局全力支持藝術表達自由，
本計劃內容並不反映本局意見。

The Hong Kong
Institute of Education
香港教育學院

中國文學文化研究中心